KB110805

넝마주이와 훈장

고재경 에세이집

도서출판 신세림

책 머리에

대학 강단에서 남의 나라 문학과 실용영어 강의를 20여 년 동안 강의해오고 있다. 그런데 언제부터인가 마음속에 '무언가'가 꿈틀거리고 있었다. 외국 문학과 영어 모방이 아닌 살아있는 창작 욕망이었다. 그것은 내 숨결과 나만의 자유로운 영혼의 사색이 담긴 글을 써보고 싶은 간절한 욕망이었다. 마치 살아있는 가슴과 위대한 야성의 영혼을 가진 그리스인 조르바가 외친 것처럼 : "나는 아무 것도 바라지 않는다. 나는 아무 것도 두려워하지 않는다. 나는 자유인이므로……."

이러한 글쓰기 열망에 뜨거운 격려와 아낌없는 조언을 주신 분이 원로 문학평론가 이유식 선생님이었다. 같은 대학에 근무하였고 연구실이 바로 옆에 위치하였기에 우리는 일명 '고 마담 카페'(내 연구실 별칭)에서 종종 만나곤 했다. 이곳에서 우리나라 문학뿐만 아니라 외국문학 전반에 걸쳐 고담준론을 논할 때 느꼈던 문학적 기쁨을 필설로 형용할 수 없었다. 이 지면을 빌어 靑多 이유식 선생님께 감사의 마음을 전하고 싶다.

여기 실린 글 대부분은 각 지면에 발표되었던 것들이다.

제1부는 최근 전 세계적 화두인 녹색 환경과 관련된 글과 국내외 기행 생태 에세이다.

제2부는 다양한 관점에서 우리의 삶을 관조해본 사색 에세이며 제3부는 개인 일상과 관련된 생활 에세이다. 제4부는 각종 언론매체에 기고한 시사 에세이다.

그동안 게으른 탓에 차일피일 미루다 이제야 첫 에세이집을 세상에 내놓게 되었다. 부끄러울 따름이다. 그러나 한편으로는 설레는 마음을 숨길 수도 없는 것이 솔직한 심정이다. 여러 가지로 부족하지만 나의 글 어느 한 자락에서라도 문학적 감흥과 깨우침의 희열을 발견할 수 있다면 그것으로 위안을 삼고자 한다.

끝으로 많은 질정(叱正)과 더불어 관심과 격려도 기대해보면서 이 책의 출판을 기꺼이 맡아준 신세림 출판사의 이 시환 사장님과 편집부원들께 그 고마움을 표한다.

2010년 3월 弥雲書齋에서
自月 高在經 씀

차례 ▮ 넝마주이와 훈장

책머리에 … 2

제1부 녹색은 생명이다

숲은 생명이다 … 10

달과 술 그리고 숲 … 14

아! 뜸부기여! … 18

산과 삶 … 22

사람과 자연 … 26

웰빙(well-being)과 웰다잉(well-dying) … 32

'아나바다'와 '실미안고' … 35

봄 봄 봄이 왔네! … 39

정겨운 잉글랜드 추억 … 42

경주 탐방기·1 … 47

경주 탐방기·2 … 51

잉글랜드 추억 … 55

제2부 빼기의 삶은 아름답다

빼기의 삶이 아름다운 이유 - 다운시프트 … 62

삶과 무관심 … 65

살며 생각하며 … 68

불가능을 가능으로 … 74

만남과 헤어짐의 역설 … 78

진실한 혀와 거짓 혀 … 82

디지털 유목민 시대를 생각하며 … 85

새 술은 새 부대에 … 88

변화를 기회로! … 92

성실의 모자 … 95

마이너스 인생과 플러스 삶 … 99

지하철 인생론 … 103

청부(淸富)의 삶 … 108

인생 오락(五樂)론 … 112

가정이 편안해야 직장도 잘 된다 … 116

'일하는 손'에 대한 예찬 … 119

탈과 맨얼굴 … 123

다섯 거인들을 물맷돌로 … 126

차례 | 넝마주이와 훈장

제3부 넝마주이 대학선생은 행복하다

넝마주이와 대학선생 … 130

거울아 거울아 내 머리 돌리도! … 134

돈! 돈! 돈! … 138

첫 인연 … 142

대중목욕탕이 좋아 … 146

해외입양인 가족과 함께한 추억 … 150

아버지·1 … 155

아버지·2 … 160

조화(造花) 유감 있어 … 165

난생 처음 서본 법정 … 169

야구와의 질긴 인연 … 174

영흥도와 네 남학생 그리고 월드컵 … 178

처음이 좋은 것이여! … 183

비에 젖은 낙엽 … 187

나의 팔 버릇에 대한 변(辯) … 191

두 남자의 외출 … 195

'카르페 디엠' 문화 생각하기 … 199

제4부 낙엽귀근(落葉歸根)의 생명력은 소중하다

국제중학교 설립, 어떻게 볼 것인가 (교수신문) … 204

위기의 전문대 (조선일보) … 207

툭하면 '다운' 되는 인터넷 강국 (조선일보) … 210

대학정보 공시제와 대학평가 (한겨레) … 213

전문대학 공멸의 위기 (경향신문) … 216

빼앗긴 환자주권 되찾을 때다 (한겨레) … 219

탄핵정국과 우리의 자화상 (인천일보) … 222

변화 갈망하는 국민을 감정적 단선적이라니……

　－ 서지문 교수의 시론에 대한 반론 (조선일보) … 225

'느린 삶' 에 대한 갈증 (조선일보) … 227

오늘을 잡아라! (인천일보) … 230

"남자 노릇 못해먹겠다" (동아일보) … 233

산 · 학 협력 인문학 분야로 넓히자 (한국경제신문) … 235

'탈리타 쿰' 의 희망을 쏘자 (인천일보) … 237

전문대 살리는 길 (조선일보) … 240

무료 영어 평생학습센터 세우자 (조선일보) … 243

로봇이 '영어수재' 를 만든다니 (한겨레) … 245

미래위한 영어 투자 막을 일인가 (동아일보) … 247

'落葉歸根' 의 교훈 새기자 (문화일보) … 250

'장충동 왕족발' 대법(大法) 판결의 교훈 (경향신문) … 253

1

녹색은 생명이다

숲은 생명이다

　겨울의 차가운 한기를 피부로 느끼는 올해의 마지막 달이다. 지난여름의 초록색 숲은 어느새 색 바랜 고엽만이 무성히 쌓인 채 그 벌거벗은 나신을 세상에 드러내고 있다.

　사실, 숲에서 내뿜는 향기는 사람의 코를 즐겁게 하며 긴장을 풀어주는 것으로 알려져 있다. 아닌게 아니라 누구나 숲길을 걸으면 숲 속의 보약인 '테르펜' 음이온이 몸의 스트레스를 몸 밖으로 날려 보내어 피로를 말끔히 씻어주는 느낌을 받는다.

　타오르는 불꽃같은 생명의 원천인 숲! 동양과 서양의 문학작품들은 숲을 어떻게 그리고 있을까. 정 비석의 단편 『성황당』(1937)은 숲을 인간의 원초적 생명력의 발원지로 다루고 있지 않은가. 산림 간수인 김 주사와 광산에서 일하는 칠성이는 분홍 항라 적삼과 수박색 치마 라는 문명의 이기를 통해 순박한 순이의 마음을 흔들리게 한다. 그러나 순이는 그러한 문명의 유혹을 끝내 거부하며 깊은 산골마을에 그녀의 삶의 뿌리를 내린다. 그 마을은 나무와 숲 그리고 꽃 등 자연이 살아 움직이는 곳이다. 순이 자신은 이미 숲 속에 우뚝 선 한 그루의 나무와 커다란 하나의 바위가 되어 푸른 자연과 합일된 건강한 삶을 영위한다.

　영국 작가 D.H.로렌스에게 숲은 태고의 신비스러운 생명이 움트는 창조의 공간이다. 장편 『채털리 부인의 연인』(1928)에서 산지기 멜러즈는 늘 총을 휴대한 채 외부로부터의 공격을 차단하면서 숲을 방어한다. 영성과 신성이 깃들어 있어 생명이 태동하는 성림(聖林)을, 멜러즈는 새싹이 돋아나고 성장하여 죽고 다시 태어나는 대안적 질서로 여기어 숲을 굳게 지킨다. 그 성스러운 숲은 귀족계급 출신의 채털리로 대변되는 산업질서의 질식 상태가 아니다. 그것은 오히려 자연의 생명력이 숨 쉬는 에덴동산이라고나 할까.

이처럼 숲은 대체로 원시적 본능과 생명창조의 모태 공간이 아닐까 싶다. 여기서 흥미로운 사실이 하나 떠오른다. 그것은 생명의 신비로 가득한 자연에는 아직도 때묻지 않은 숲이 주변에 있듯이 사람의 몸에도 '생명의 숲'이 여전히 남아 있다는 것이다. 머리 숲은 사람의 건강한 인상과 성취(性臭)를 결정하는 요소이고, 눈썹의 숲은 이마에서 흐르는 땀을 막아주는 제방 역할 및 감성을 자극하는 심미적 기능을 한다. 또한 겨드랑이 숲은 면적은 좁지만 팔다리 털에 비해 굵고 강하여 이성을 유혹하며, '불두덩'의 숲은 피부의 마찰을 줄여주고 성적 유인물질을 발산한다.

여하튼 사람은 자연의 숲이 됐든 인체의 숲이 됐든 생명의 산실인 깊은 골짜기 숲에서 태어나지 않았는가. 기독교적 시각에서 보면 인류의 조상 아담과 하와는 온통 숲으로 둘러싸인 동산에서 하나님의 형상에 따라 태어났다. 생물학적인 관점에서 보면 사람은 '불두덩' 주변의 깊은 골짜기 숲에서 세상에 나오지 않았는가. 또한 고대 중국의 노자가 말한 곡신불사(谷神不死)는 만물을 품어내고 기르는 너른 품을 가져서 결코 죽는 법이 없는 골짜기 신의 신성을 이야기한 것이 아니던가.

아뿔싸, 그런데 이게 웬일인가! 갈수록 자연의 산림이 마구 훼손되거나 남벌되어 흉칙한 모습을 더해가듯이 언제부터인 지는 몰라도 인체의 숲도 갈수록 황폐화되어 가는 것이 아닌가! 채석 작업으로 인해 허리가 잘려 나가 흉물화 되어 버린 산과 숲의 모습이 섬뜩하듯이 여기저기 듬성듬성 빠진 머리 숲도 보기에 그리 썩 좋아 보이지는 않는 듯싶다. 마치 긴 머리카락이 다 잘려 나가 장님이 되어 힘을 못쓰게 된 '현대판 삼손'의 부활을 보고 있다고나 할까. 더군다나 요즘엔 '불두덩' 숲이 아주 빈약한 희소 무모증 때문에 고민하는 사람들이 '그곳' 주변에다 비싼 돈을 들여 모발이식을 통해 성적 매력을 강화시킨다는 이야기도 심심 찮게 들린다. 그리고 보면 최근 자연의 숲과 인체의 숲 모두가 무분별한 개발로 극심한 '홍역'을 단단히 치루고 있지 않나 싶다.

어디 이뿐인가. 현재 지구는 난개발과 도시화 등으로 푸른빛을 잃은 채 신음하고 있다. 자연의 보고(寶庫)이자 전세계 생물의 50% 이상이 살고 있는 열대 산림에서는 지금도 벌목의 톱 소리가 요란하다. 앞으로 50년 이내에 지구의 허파 역할을 하고 있는 브라질의 아마존을 비롯한 열대림이 모두 잘려나갈 것이라는 불길한 전망도 들려온다. 또한 남태평양의 아름다운 섬들이 지구가 뜨거워지고 있어 하나 둘씩 물속으로 사라져 간다는 슬픈 소식도 있다.

벌써 겨울 추위가 다가오면서 대기가 건조해지고 있다. 매년 이맘때쯤 되면 국내외 곳곳에서 대형 산불이 나서 소중한 산림 자원이 잿더미로 변하는 안타까운 모습을 많이 보게 된다. 건물이 무너지면 금방 복구가 가능하지만 숲이 한번 무너져 망가지면 원래 상태로 복원하는 기간은 아무리 적게 잡아도 몇 십 년은 족히 되리라 본다. 탈모로 마음 고생하는 사람들은 머리 숲을 복원하려고 지푸라기라도 잡는 심정으로 온갖 방법과 수단을 동원하여 결국은 가발이나 모발이식을 통해 '산림흑화' 사업을 한다. 하물며 사람들의 귀중한 젖줄인 나무와 숲을 가꾸고 복원하려는 '산림녹화' 사업에 대한 결연한 의지를 다져야 하는 것은 새삼 강조할 필요가 더 이상 없을 것 같다.

그러나 현재 시점에서 새롭게 깨닫고 실천해야 하는 것이 있다. 그것은 금수강산에서 대대로 살아갈 후손들에게 물려줄 산림을 적극적으로 보호하고 숲의 활력도를 높이는 산림 보전 관리계획을 더욱 더 강화해야 한다. 더 나아가 각각의 영롱한 보석이 서로의 빛을 받아 서로를 비추듯이 불가에서 말하는 더불어 존재하는 '인드라망' 생명 공동체를 찾으려는 노력이 절실히 필요하지 않나 싶다. 숲과 사람은 경쟁의 상대가 아니라 생명을 함께 나누는 다정한 친구임을 마음에 깊이 새겨야 할 때이다.

['산림' 2002년 12월호]

달과 술 그리고 숲

달과 술 그리고 숲의 공통점은 무엇일까. 그것은 보기만 해도 취(醉)할 수 있다는 점이다.

먼저 달을 생각해보자. 옛날부터 보름달은 우리 나라 사람들에게 심취와 풍요로움 그리고 소원과 전설이 깃들어 있는 신비의 대상이었다. 휘영청 떠 있는 한가위 보름달에 도취하여 살아있는 영혼의 교감을 나누며 강강술래 놀이를 한 우리 민족이었다. 백열된 보름달을 신천지를 새로 발견한 듯 경이로운 시선으로 바라보기도 하였다. 그러면서 달에 흠뻑 마음을 빼앗긴 채 소원을 빌기도 했다.

전통적인 농업사회에서 한국인들은 미인의 필수조건을 보름달 같이 둥글고 희고 통통한 얼굴을 가진 사람으로 보아 오지 않았던가. 참으로 복스럽게 생겼다는 말 속에서 보름달의 풍성함과 풍만함이 느껴졌던 모양이다.

게다가 우리 한민족에게 달은 꽤나 낭만적인 전설이 스며있는 신비한 존재이기도 하다.

계수나무 한 그루가 방아 찧는 토끼와 함께 살고 있다고 굳건한 믿음을 갖고 있었으니 말이다. 그러한 확고한 믿음은 마치 종교적 신념에 가깝지 않았나 싶다.

독자들이여! 달맞이꽃에 취해본 적이 있는가. 해거름 무렵이 되면 피어나기 시작해서 밤에 달을 보고 피는 달맞이꽃은 북미에서 들어온 귀화식물로 알려져 있다. 동물이 아닌 식물조차도 달빛에 취해 노란 꽃을 피는 달맞이꽃을 보고 있노라면 꽃과 사람 모두가 달빛에 취해 자연과 같이 호흡하며 하나가 된다.

그런데 서양에서는 보름달이 끔찍한 악령과 깊이 관련되어 있는 것 같으니 이 얼마나 대조적 대상물인가. 서양 공포영화에서는 하얗고 탐스러운 보름달 아래 산등성이 너머로 한마리 늑대가 절규하는 장면이 거의 어김없이 등장한다. 기원을 알 수는 없지만 서양에서는 아마 보름달이 마귀할멈과 늑대인간과 연관되는 것으로 보아 불길한 사건의 징후로 생각하는 모양이다.

그 다음으로 생각하고 싶은 점은 술이다. 술은 독약이 되기도 하고 명약이 될 수도 있다 하겠다. 지나친 알코올 중독으로 인해 목숨을 앗아갈 수도 있지만 때로는 삶의 에너지가 되기도 한다. 현진건의 단편 '술 권하는 사회'는 만취되어 귀가한 남편이 아내를 버리고 집을 나가는 이유를 압축적으로 표현하며 절망적인 말로 끝을 맺고 있다. "그 몹쓸 사회가 왜 술을 권하는고!"

그러나 지금도 많은 이들은 조선시대부터 일컬었던 술인 '약주'(藥酒)를 술의 대명사로 말하지 않던가. 풍류와 멋으로서 즐기는 술은 삶의 힘이요 약 이기도 하다. 또한 술은 사람과 사람 간에 또는 사람과 자연 간에 심리적 공간적 거리를 좁혀주기도 한다. 특히 흔적 없이 비치는 외로운 달을 친구 삼아 마시는 술은 만고의 시름을 씻을 수도 있지 않을까 싶다.

달과 술 하면 떠오르는 사람이 있으니 다름아닌 중국의 시선(詩仙) 이 백(李白)이다. 물속에 비친 달이 너무 아름다워 도취하여 달을 따라 들어갔다는 사람이다. 이 백은 월하독작(月下獨酌)

시를 다음과 같이 읊었으니 그의 시에 우리도 함께 취해보자.

꽃 사이에 앉아 홀로 마시니/ 술잔 들어 달을 청해와/ 그림자와 셋이 되었네/ 달은 술 마실 줄 모르고/ 그림자는 날 따라 덩달아 춤추네/ 달과 그림자와 더불어 이 봄 밤 즐기리/내가 노래하면 달도 서성이고/ 내가 춤추면 그림자도 춤추네/ 이리 함께 놀다가 취하면 서로 헤어지네/ 영원히 담담한 우정을 맺었으니 이제 은하수 저 쪽에서 만날까/

같이 술 마실 벗 하나 없이 혼자 들이키는 술잔에 비쳐진 절대 고독의 시인 이 백! 그러나 시인은 달과 그림자에 심취하여 흥겨운 술자리를 만들어 간다. 가무(歌舞)를 즐기는 동안 취한 시인은 이 세상 너머에서 까지도 달과 그림자를 친구 삼겠다고 하니 술을 통한 자연에의 심취는 생활의 에너지원인 듯싶다.

마지막으로 같이 생각해보고 싶은 점은 숲이다. 독자들이여! 말로 설명할 수 없는 친밀한 감정을 숲에서 느껴 보았는가. 울창한 나무 숲 속의 자연물들과 생물들이 조화롭게 빚어내는 아름다운 소리에 잠시 넋을 빼앗겨 본 적이 있는가. 마치 잘 훈련된 오케스트라 단원들의 다양한 악기들이 연주해내는 협화음에 숨을 죽인 채 소리에 취해 타오르는 영혼을 불사르듯이 말이다. 누구나 한 두 번쯤은 태고의 신비를 간직한 청정 숲에 취하여 마음을 헌신하고자 하는 종교적 제의(祭儀) 의식을 경험한 적이 있지 않을까 싶다.

특히 대도시 공해와 환경 오염에 찌들어 사는 허약한 현대인들에게 숲은 보약이 아닐까.

더 나아가 숲은 희석되지 않은 순수한 새벽 공기를 무료로 나누어 주는 만병통치약이라고나할까. 숲에 취하면 취할수록 심신의 고통은 말끔히 사라진다. 나무에서 뿜어내는 상쾌한 음이온이 상처 받은 마음을 변화시키고 편안히 위로까지 해준다. 한 치의 오차도 없이 빽빽이 들어서 도열한 나무 숲에 취해 호젓이 거닐어 보면 어떨까. 속세의 모든 짐을 훌훌 털어 버리고 싶은 욕망이 지금이라도 마구 터져나올 듯싶다. 아마 걸친 옷을 모두 내던지고 벌거벗은 나신이 되어보고 싶은 생각도 들지 않겠는가. 위대한 대자연 숲 속에서 왜소한 인간의 부끄러운 자화상을 되돌아 볼 수 있는 기회가 되지는 않을는지.

듣기만 해도 보기만 해도 취할 수 있는 달과 술 그리고 숲! 이 세 가지엔 아름다운 전설과 신성(神性)이 서려 있고 소망과 행복이 담겨 있다. 금년 새해에는 이 중 한 가지에 취해봄이 어떨까 싶다. 선택의 자유와 그 결과는 전적으로 각 사람의 몫이다.

['산림' 2004년 1월호]

아! 뜸부기여!

1960년대에 초등학교를 다녔던 나는 남들에 비해 노래를 제법 잘 불렀다. 타고 났다기보다는 음악이 내겐 생활의 기쁨으로 다가왔던 것 같다. 그 당시 남학생으로서는 보기 드물었던 교내 합창단 단원이었다. 수줍은 여학생들은 한 사내아이의 멋진 가창 실력을 공인(?) 했던 것으로 어슴푸레히 기억한다.

그러던 어느 날 손꼽아 기다려왔던 음악 수업시간이었다. 그날 따라 담임선생님의 아름다운 풍금소리가 사랑하는 사람의 속삭임처럼 다정스럽게 들려왔다. 반주에 맞추어 내 애창곡인 "뜸~북 뜸~북 뜸~북새 논~에서 울고"로 시작되는 국민동요 '오빠생각'을 내가 선창하면 급우들이 열심히 따라 불렀다. 방학 때마다 시골 외가댁에 놀러가 논에서 뜸부기의 울음소리를 직접 들어본 적이 있는 나였다. 그러한 내 즐거운 경험이 불현듯 되살아나면서 교실에서 뜸부기 노래를 힘주어 부르면 동심의 순수함과 정겨움을 아련히 느끼곤 하였다.

이렇듯 내 마음 한 구석에 아름다운 추억의 상징으로 자리 잡고 있었던 뜸부기였다. 그런데 이 뜸부기가 '현대판 비아그라'의 역할을 대신하고 있었다니! 이러한 충격적인 사실을 안 것은 그로부터 삼십 육년 정도 지난 작년 여름 방학 즈음이었다. 같은 직장에 재직 중이었던 육십 대 중반의 한 원로 교수와의 우연한 만남에서였다. 그는 곧 정년퇴임을 앞두고 있었고 산신령 같이 백발이 성성한 대선배였다. 그와 연구실에서 학술 관련 이야기를 나눈 후 차를 마시며 가벼운 담소를 나누고 있었다. 여름철 보양식에 관한 화제에 이르자 한국의 대표적 여름철새 중의 하나인 뜸부기에 관한 흥미진진한 이야기를 들을 수가 있었다.

유교적 전통이 한국 사회를 지배하고 있었던 시절이 우리에겐 있었다. 이 때엔 한 집안의 아들이야말로 가업을 이을 더없이 소중한 존재였다. 따라서 손(孫)이 귀한 집에 시집온 며느리의 심적 고통이 이루 말할 수가 없었다. 자부에게서 집안의 대를 이을 '고추'를 아직 보지 못한 시어머니의 아린 고통을 누가 알 것인가. 그렇잖아도 후손 생산에 실패하여 항상 의기소침하고 있었던 며느리에게 그녀는 종종 다음과 같이 말하곤 하였다고 한다. "아가야, 그 동안 시집살이하느라 힘들었는데 한 달 동안 친정에 가서 푹 쉬고 오너라."

도대체 무슨 영문인지 알 길이 없었던 며느리로서는 어리둥절하였다. 그녀는 시모의 말을 못 이기는 체 하며 감사하게 받아들였다. 서식처가 논인 뜸부기는 전래 민간요법에서 정력 증강제로 애용되고 있던 것을 시어머니는 익히 알고 있었다. 강한 정력이야말로 꿈속에서부터 늘 숙원 하였던 아들을 낳을 수 있다는 강한 확신을 시어머니는 가슴속에 품고 있었다. 아니, 그녀의 이러한 굳건한 믿음과 끈질긴 집념은 마치 종교적 신념에 가깝지 않았을까 생각해본다. 며느리가 없는 한 달이라면 그리 짧지만은 않은 기간이었다. 자신의 아들에게 뜸부기를 잡아 며느리 몰래 집중적으로 먹여서 후손을 보아야 한다는 시모의 의중과 눈물겨운 노력. 이 것을 며느리로서는 전혀 알 수가 없었던 것이다.

　주로 벼 포기를 모아 둥지를 만들어서 어린 볏잎, 수서 곤충, 달팽이 등을 먹이로 삼고 있다는 뜸부기. 솔직히 말해 이러한 뜸부기가 정력 강화에 어떠한 효능이 있는지는 모르겠다. 아울러 현저한 건강 효과가 검증되었는지에 대한 과학적 근거도 없지 않은가. 그러나 오죽하면 시어머니가 며느리에게 무려 한 달간의 기나긴 특별휴가 보너스(?)를 주었을까 생각해본다. 속이 탈 것 같이 그 애타는 심정을 조금은 이해 할만도 한다.

　언제부터인지는 모른다. 우리 사회 주변에 '고개 숙인 남성들'이 날이 갈수록 많아진다는 소식이 들려온다. 그러한 소문의 참과 거짓 여부는 잘 모르겠다. 성의 혁명을 불러일으킨 비아그라 및 그 유사 의약품의 시판은 그들에게 진정 희소식일 지도 모른다. 오래 전에 알려진 것으로 기억하지만 순수 국산 '숫총각' 누에나방의 번데기에서 추출한 천연 정력 증강제가 판매되고 있다는 보도도 있었다. 그런데 뜸부기의 예에서 보듯이 옛날이나 지금이나 정력지상주의를 좇는 인간의 욕심은 변함이 없는 것 같다. 앞으로도 이러한 원시적 욕망을 좇아가려는 심리는 쉽사리 멈추지 않을 것 같다.

　어릴 적 시골의 정취와 향취가 듬뿍 배어 있는 뜸부기. 내 마음 속 동화에 나오는 풍경처럼 소중하게 자리 잡고 있는 뜸부기. 초등학교 시절에 교실에서 선생님과 여자 아이들의 모든 이목을 집중시켰던 나의 뜸부기 노래. "뜸~북 뜸~북"하고 우는 뜸부기의 아름다운 옛 울음소리가 지금은 마치 목메어 슬피 우는 단장곡 인양 환청처럼 들리는 까닭은 왜일까.

　각종 개발 및 농약 살포와 남용에 따른 먹이 부족으로 인해 개체가 줄어들고 있는 뜸부기. 이러다간 조만간 완전 멸종하지 않을까 싶어 뜸부기의 신세가 처량하기만 하다. 그 철새의 숙명적 비통을 무엇으로 위로하랴. 우리민족과 오랫동안 함께 했었던 뜸부기. 그러나 시간이 지나면서 습지 오염 등으로 인해 서식 환경이 파괴된 뜸부기. 정녕 뜸부기는 영원한 망각의 사막으로 사라지는 최후의 순간을 벌써부터 맞이하고 있었던 것이 아니던가. 어찌 애달프고 안타깝지 않으랴.

뜸부기의 울음소리가 그립다. 다시 한 번 꼭 듣고 싶다. 이 삭막한 도시의 아스팔트 위에 세워진 아파트 새장에 갇혀 사는 사람들. 원래의 따뜻한 보금자리를 잃어버린 뜸부기. 오도 가도 못할 딱한 처지에 놓여 있는 뜸부기가 곧 박제될 운명에 처해질 것 같은 아찔한 생각이 든다. 아마 뜸부기가 희귀조류 박물관에서나 볼 수 있을 것 같아 정말로 두렵기만 하다.

아! 그리운 옛~날이여~!

['새길' 2006년 가을호]

산과 삶

오늘 모처럼 집을 나선다. 산에 오르기 위함이다. 내가 살고 있는 동네 뒷산 이름은 바로 불암산이다. 그리 높은 산은 아니지만 아마추어 등산 동호인들에겐 등산코스로서 안성마춤이 아닌가 싶다.

그런데 내겐 이렇다할만한 등산장비가 없다. 고작해야 '싼마이'(싸구려를 뜻하는 속어) 등산화와 페트 물병 그리고 여기저기 방구석에 돌아다니는 헐렁한 바지와 다 떨어진 벙거지 모자가 전부이다. 까맣거나 푸른 색상의 멋진 등산복, 그럴듯한 배낭, 일반 산길이나 바위 능선을 탈 때 모두 신는다는 기능성 등산화, 그리고 잘 어울리는 선글라스 안경을 낀 등산객들이 때론 부럽기도 하지만 등산 초보자인 내겐 언감생심, 턱도 없는 일이다.

이제 녹색 등산로 입구 약수터에서 한 모금 목을 축인다. 간단히 준비운동을 하고 서서히 한 걸음 한 걸음 산을 향해 내딛는다. 능선을 따라 조금씩 힘겹게 올라가면서 숲 속의 보약 '테르펜' 음이온을 마음껏 마시니 상쾌한 기분을 느낀다. 정말로 보약이 따로 없는 듯싶다. 나도 모르게 기운이 하늘로 솟구침을 온몸으로 감지한다. 며칠동안 장마 비가 내려서인지 계곡에서 흐르는 세찬 물소리가 숨 막힌 도시에서 찌들어 병든 마음의 때를 완전히 씻어내는 것처럼 속 시원하게 들려온다. 잠시 발걸음을 멈춰 계곡물을 천천히 응시한다. 어쩌면 저렇게 명경지수(明鏡止水)

일까. 거울에 자신을 비춰보듯 물속에 비친 내 지친 모습을 물끄러미 쳐다본다.

지금 내가 바라보고 있는 초록 자연은 순수하며 거짓이 절대 없다. 있는 모습을 그대로 꾸밈없이 보여줄 뿐이다. 아무런 허위와 가식은 존재할 수가 없다. 그런데 혼탁한 세상 속에 함몰되어 살아가는 인간의 모습은 어떠할까. 권모술수가 난무하고 부화뇌동을 일삼곤 하지 않을까. 달면 삼키고 쓰면 뱉는 감탄고토(甘呑苦吐)의 이기주의가 우리의 삶을 포위하고 있지는 않던가. 또한 사치와 허영 덩어리가 아니라고 누가 감히 말할 수 있겠는가.

차가운 물속에 발을 풍덩 담가본다. 짜릿한 촉감이 뼈 속까지 전율케 한다. 한여름인데다 습도도 높아 짜증내기 십상인 무더위 열기도 계곡물의 시원함과 한기에 영 맥을 못 추는 듯싶다. 물 속에서 나와 올라가던 길을 재촉한다.

어느덧 '깔딱 고개'라고 쓰여 있는 표지판이 설치된 산 중턱에 이를 때쯤 되니 땀이 비 오듯 온몸을 적시고 있음을 느낀다. 헐떡이는 숨을 피할 길이 없다. 정말로 숨이 차다. 숨이 깔딱깔딱 넘어간다는 뜻으로 사람들이 왜 깔딱 고개라고 이름을 지었는지 이제야 그 작명 이유를 알 것 같다.

문제는 정작 지금부터이다. 저 높은 곳을 향해 점점 가파른 길을 엉거주춤 기어가며 올라가야하기 때문이다. 그렇잖아도 얼마 전 같은 등산길에서 크게 미끄러져 혼쭐이 난 터였다. 불암산은 흙산이 아니라 바위산이므로 미끄러지지 않도록 매번 조심해야 한다. 그래서 바위 면에서의 접지력이 좋은 신발을 신어야 한다고 한다. 등산화 끈을 다시 한 번 질끈 동여매고 심호흡을 크게 해본다. 마치 임전무퇴 정신으로 무장한 채 승리의 결단을 하는 군인의 심정으로 내 마음도 정상을 반드시 밟고 말겠다는 굳은 의지로 가득 차 있다.

드디어 출발! 정상으로 가는 길은 내겐 험난하기만 하다. 고소 공포증에다 다소 겁이 많은 탓도 있기 때문이리라. 내 옆으로 산을 잘 타며 올라가는 프로급 등산객들의 모습은 내겐 몹시 선망의 대상으로 다가온다. 그들은 마치 일정한 리듬에 맞춰 춤을 추듯 자연스럽게 산을 오르고 있다. 아, 산은 바로 저렇게 타는 거야! 이렇게 탄성을 지르면서도 손이 떨리고 발이 얼어붙어 제대로 오르지도 못하는 나 자신이 심히 초라하게 느껴진다. 이렇게 어려울 때 같이 동행하는 사람이라도 있으면 좋을 텐데! '나 홀로 등산'의 절대고독과 싸우며 나는 천천히 그리고 꽤나 부자연스럽게 조금씩 왼발과 오른발을 옮겨본다. 그러나 아무리 애써도 더 이상 전진할 수가 없다싶어 그 자리에서 잠시 휴식을 취한다. 그리고 산 아래로 푸르게 우거진 녹음 숲 속을 내려다보며 다시 한 번 심호흡을 가다듬으며 잠깐 사념에 잠긴다.

그래, 산정(山頂)에 이르기가 결코 쉽지 않듯이 우리네 삶도 힘겨운 과정의 연속이 아닐까? 정상을 정복하기위해 오름의 과정이 있다면 하산하기위해 내림의 과정이 있듯이 잿빛 도시의 숨가쁜 인생에도 상승과 하강 곡선이 반복되지 않겠어? 등소평은 '때를 기다리며 실력을 배양 한다'는 뜻을 가진 도광양회(韜光養晦)의 전략으로 중국의 살 길을 찾았다고 하지 않던가? 그래, 맞아! 인생은 늘 굴곡이 있기 마련이야. 밝은 내일의 성공과 성취를 위해 힘들고 어두운 오늘을 고통스럽지만 단련하는 과정으로 생각해보는 거야!

이제 조금만 오르면 정상에 도달한다. 잠깐의 휴식을 통해 에너지가 재충전됨을 느낀 나는 이를 악물고 조심스럽게 바위를 탄다. 고지가 바로 저긴데 예서 말 수는 없다는 오직 일념뿐이다. 줄줄 흐르는 땀이 눈앞을 가린다. 조그만 더! 조그만 더! 바로 10미터만 더 오르면 목표지점에 이른다.

드디어 정상이다! 야~호~! 마침 시원한 한 줄기 바람이 불면서 정상에 꽂혀있는 태극기가 살랑 살랑 휘날린다. 감격 그 자체이다. 아, 이 벅찬 감동을 맛보기 위해 많은 사람들이 산을 찾는구나 싶은 생각이 든다. 준비해간 물병을 꺼내 벌컥 벌컥 물을 들이 마신다. 카~! 연신 감탄사를 내뿜으며 정상에 선 내 자랑스런(?) 모습에 말로 표현할 수 없는 가슴 뿌듯한 기쁨을 경험한다. 지금 이 순간보다 더 좋은 내 생애의 최고 희열은 지구상에 더 이상 존재하지 않는 듯싶다.

즐거움과 만족과 자연과의 동화에 대한 진한 감동을 간직하고 한결 가벼운 발걸음으로 산을 내려온다. 그런데 산을 오르기 보다는 내려오기가 더 어렵다는 말이 불현듯 떠오른다. 등산할 때는 정상 정복이라는 한 가지 생각에 몰두하여 안전 등산을 하지만 하산할 때는 정상 정복에 도취하여 긴장감이 풀려 사고 위험이 뒤따른다는 뜻이리라.

우리의 인생 또한 이런 평범한 진리에서 크게 벗어날 수는 없다고 생각해본다. 성공에 흠뻑 취하여 성취의 흥분에서 빨리 빠져 나오지 못하면 결국은 현실에 안주하게 될 것이리라. 그렇게 되면 자기 발전은커녕 결국은 도태 위험에 직면할 수도 있을 것 같다는 생각이 든다. 그러기에 여러 가지 점에서 산과 삶은 무척이나 닮은꼴로서 우리의 삶 속으로 다가온다.

['땅 이야기' 2004년 11·12월호]

사람과 자연

　얼마 전 늦은 밤 어느 텔레비전 주말 명화 시간에 '브레이브 하트' 제목의 영화가 방영되고 있었다. 스코틀랜드의 전설적인 기사인 윌리엄 월레스의 사랑과 투쟁을 그린 대서사시였다. 나는 벌써 이 영화를 세 번째 보고 있는 셈이었다. 영화내용도 인상적이었지만 감독이자 주연 남자배우로 분한 멜 깁슨의 사실적인 연기 또한 압권이었다.

　그러나 무엇보다도 이 영화가 나의 주목을 끈 것은 약 구 년 전 영문학 박사 공부를 한답시고 내가 낯선 땅에 첫발을 내딛은 곳이 바로 스코틀랜드였고 내 추억의 가슴속에 아름답게 아로새겨져 있는 여행을 한 장소가 또한 이 곳이었기 때문이었다.

　오늘따라 근래에 보기 드물게 별이 총총 빛나는 밤이다. 나는 서가에서 먼지가 수북히 쌓여 어느새 빛이 바랜 사진앨범을 꺼내들었다. 지리멸렬한 일상의 삶을 살다보면 옛 추억이 그리워지는 법이 아닐까 싶었다. 여러 사진 중에서 나의 시선이 갑자기 멈춘 사진은 바로 윌리엄 월레스의 조국 스코틀랜드를 여행하다가 찍은 몇 장의 낡은 사진이었다.

　때는 1994년 크리스마스를 며칠 앞둔 날이었다. 우리 가족은 런던에 본부를 둔 영국 문화원이 외국인 유학생들을 대상으로 무료로 시행하고 있었던 이른바 '호스트 패밀리 프로그램'의 일환으로 스코틀랜드 서북부 끝에 위치한 Kyle of Lochalsh의 플록톤에 거주하는 어느 가정에 민박하기로 예정되어 있었다. 스코틀랜드의 북부지역인 '하이랜드'는 산악과 호수로 이루어진 지형으로 풍광이 매우 뛰어난 곳으로 알려진 곳이었다. 특히 플록톤은 '하이랜드의 보석'이란 별칭이 붙을 만큼 텔레비전 유명 드라마의 촬영장소로 애용되는 관광명소이기도 하였다. 나는 아내와 두 아이들과 행선지로 함께 출발하기 전날 밤을 거의 뜬눈으로 지새웠다. 마치 초등학교 시절에 운동회나 소풍 전날 밤이면 마음이 몹시 들뜨듯이 말이다.

십 년이 지난 중고차는 그런 대로 쓸만했고 잘 굴러갔다. 스코틀랜드 동북부 항구도시인 에버딘에서 출발한 우리 가족은 즐거운 마음으로 지도를 보며 목적지로 가고 있었다. 서부 '하이랜드' 지역으로 점점 다가가면서 우리 일행은 이 곳이 아직은 인간의 손길이 덜 미친 수 천년의 오랜 역사를 가진 많은 전설과 신화를 품고 있는 곳이며, 무성한 잡초로 뒤덮혀 있어 방목에 적합한 길게 뻗은 황무지가 있는 곳이며, 하루동안 비, 바람, 우박, 태양을 모두 볼 수 있는 원시적 신비의 땅임을 발견하고는 화들짝 놀라기도 하였다. 차창밖엔 진눈깨비가 내리고 있었다. 때마침 음산한 날씨에 지금은 폐허가 된 듯한 고가옥(古家屋)과 내륙의 산을 볼 때마다 금방이라도 전설 속의 영웅들이 나타날 것 같았다.

집을 찾는데 한동안 어려움이 있었으나 동네 주민들의 도움으로 플록톤 근처에 간신히 도착하였다. 초대한 집주인 내외가 저 멀리서 환영의 두 손을 번쩍 들어올린 것이 보였다.

"아빠, 저기 산타클로스가 이쪽을 향해 손을 흔들고 있어요!"

산타 할아버지의 예고 없는 출현에 다섯 살짜리 아들 녀석이 깜짝 놀라 외쳤다.

도착 첫날은 이렇게 하얀 턱수염과 구레나룻 수염을 길게 늘어뜨리고 하얀 이를 티없이 맑게 드러낸 영락없는 산타클로스 할아버지 차림으로 우리를 애타게(?) 기다리고 있었던 집주인 남자와의 만남으로 인연의 끈을 맺는 것으로 보냈다.

다음 날은 눈이 제법 많이 내려 꼼짝없이 집안에 갇혀 있었다. 그렇지만 오후에 눈이 그치자 우리 일행은 집주인의 안내로 동네 주변 호수를 산책하러 갔다. 세상에! 지구상에 이보다 더 아름답고 깨끗한 호수가 있을까 싶었다. 명경지수(明鏡止水)라고나 할까. 오염되지 않은 태고의 신비와 절경을 그대로 간직한 천혜의 호수였다. 나는 옷을 홀라당 벗고 물 속으로 첨벙 뛰어들고 싶은 충동이 가슴 깊은 곳에서 불끈 솟아났다. 신성하기조차 한 대자연과 하나가 되고 싶은 거룩한 마음의 확신은 마치 신의 목소리를 들으려는 종교적 믿음에 가까웠다고나 할까. 호수 근처에 하늘을 찌를 듯 빽빽이 사열해 있는 수많은 천년 고목들은 장구한 세월의 온갖 풍파와 시련을 거쳐 자랑스럽게 오늘에 이른 듯 싶었다.

"아, 야만적인 인간 문명에 의해 전혀 파괴되지 않은 채 자연 그대로의 원시적 환경을 이렇게 그대로 보존하고 있으니 인류로서는 얼마나 다행인가! 이런 것이 바로 불가에서 말하는 '인드라 망' 환경공동체의 전범이 아닐까!" 불현듯 이런 생각이 뇌리를 스쳐 지나갔다.

그 날 밤은 마침 크리스마스 이브였다. 이층 거실에 우리 모두가 모였다. 오랜 시간 담소를 나누다 보니 벌써 밤이 되었고 함박눈이 다시 펄펄 내리기 시작하였다. 창 밖 주위엔 인기척이 전혀 들리지 않았다. 작고 낮은 언덕 위에 고고히 홀로 서있는 멋진 전원 주택에서 우리는 글자 그대로 흰눈 내리는 '화이트 크리스마스'를 맞고 있는 것이었다. 벽난로 앞에 나란히 앉은 우리는 따스한 온기를 느끼기 시작했다. 그리고 조촐한 파티를 열었다. 스코틀랜드인의 넉넉한 인심과 사려 깊은 배려는 우리 아이들에게 모두 열 개 이상의 크리스마스 선물 꾸러미를 준비한 사실에서 충분히 엿볼 수 있었다. CD 카세트에서는 '징글벨 징글벨 징글……' 음악이 축제 분위기에 화답하려는 듯 경쾌하게 흘러나오고 있었다. 아이와 어른 모두에게 이 얼마나 커다란 감격의 순간이던가! 그 날은 우리 가족에겐 생애 최고의 밤이었다.

사흘 째 날이었다. 요즘엔 우리 나라 배낭 여행자들에게도 많이 알려진 스카이 섬 주도(主都)인 항구 포트리로 나갔다. 밤새 내린 눈이 온 세상을 덮어 아름다운 설경을 바라만 보고 있어도 자연에 대한 경이로움과 찬탄이 절로 나왔다. 잔뜩 찌푸린 날씨여서 당장이라도 비가 올 듯 싶었다. 해안선은 만입(灣入) 부분이 넓은 듯 보였다. 상가는 굳게 문을 닫고 가끔 개들이 주인과 함께 한적한 거리를 활보하는 것이 보였다. 물어보니 그것이 다름 아닌 작업견(犬) 스카이테리어였다. 어디선가 어슴푸레 들었던 스카이테리어의 원산지가 바로 이곳 스카이였던 것이다.

항구 근처 한적한 야외 식탁에서 미리 준비해간 샌드위치로 점심을 간단히 해결한 우리는 그 곳을 빠져 나왔다. 다음 행선지는 발마카라 내셔널 트러스트 정원이었다. 넓게 트인 옥외 산책로와 다양한 종류의 식물을 볼 수 있는 이 곳은 주민들의 영혼의 휴식처이자 사색의 안식처 역할을 담당하고 있는 듯 보였다. 가끔 마주치는 현지 사람들의 표정은 행복한 미소에서 우러나오는 여유로움 자체인 듯 싶었다. 너무나 평화스러운 성탄절 오후에 나는 조용히 정원 벤치에 앉아 잠시 깊은 생각에 잠겼다. 갑자기 스코틀랜드 국민시인 로버트 번즈가 머리 속에 떠올랐다.

19세기 유명한 영국 수필가 챨즈 램이 번즈를 가리켜 자신의 "젊은 날의 우상의 신"이라 말한 것을 나는 떠올렸다. 영문학사에서 중요한 한 획을 그었던 번즈는 스코틀랜드 농부들이 사용하는 북부 방언을 시로 형상화하여 그의 걸작으로 후세에 남긴 위대한 시인이지 않던가. 전 세계인들이 새해를 맞기 전에 송구영신의 시간을 보내면서 손에 손을 잡고 축배를 올리며 훈훈한 인정에 푹 젖을 때 부르는 노래로 우리에게도 잘 알려진 '올드 랭 사인'의 작사가가 바로 번즈가 아니었던가.

"그래, 바로 이렇게 평화롭고 고즈넉한 스코틀랜드 시골에서 가난한 농부의 아들로 태어난 번즈도 때로는 가축을 사랑하며 축산 부흥의 꿈을 키우기도 하였을거야. 때로는 꿈 많은 문학청년으로서 자신의 마을 정원을 수없이 거닐며 사색을 하면서 시상(詩想)을 떠올리기도 하였을거야. 결국 그가 각고면려(刻苦勉勵)의 노력 끝에 위대한 시인이 된 것은 결코 우연이 아닐거야."

꼬리에 꼬리를 물고 이 생각 저 생각을 하고 있을 때 바람이 조금씩 일더니 비가 쏟아지기 시작했다. 참으로 이곳의 변화무쌍한 날씨를 직접 체험하면서 우리 일행은 주인집으로 서둘러 귀가하기 시작하였다. 다음 날 우리는 떠나온 에버딘 도시의 일상으로 돌아가야 한다는 생각에 이르자 별리(別離)의 아쉬운 생각이 들기 시작했다. 소위 '회자정리'(會者定離)의 심정이라고나 할까.

지금은 서울의 꽤 늦은 밤이다. 스코틀랜드에서 찍은 정겨운 사진을 추억에 잠겨 다시 한 번 바라본다. 순박하고 선한 마음을 가진 스코틀랜드 집주인 가족과 자연 풍광에 대한 그리운 향수가 불쑥불쑥 고개를 내민다. 문득 아파트 베란다 밖을 쳐다본다. 사방이 온통 성냥갑처럼 가득 쌓여 있을 뿐이다. 창살 없는 감옥과도 같이 답답하고 착잡한 마음도 든다.

스코틀랜드 플록톤의 청정호수와 숲 그리고 정원이 아련히 떠오른다. 내일은 집에서 그리 멀지 않은 불암산으로 산행을 가야겠다고 다짐해본다. 울창한 숲 속에 졸졸졸 흐르는 봄날의 계곡이 벌써부터 그리워진다. 숲 속을 거닐며 숲 속의 보약 '테르펜' 음이온을 한껏 마셔볼 작정이다. 바쁘고 매연에 찌든 도시인들에게 때묻지 않은 자연보다 과연 더 좋은 천국이 따로 있을까.

['신촌사료' 2003년 신년호]

웰빙(well-being)과
웰다잉(well-dying)

잘 먹고 잘 살자는 포괄적 뜻을 가진 웰빙에 이론의 여지는 없는 듯싶다. 그래서 웰빙 식품, 웰빙 아파트, 웰빙 건강법 등 웰빙 관련 용어만 들어 있으면 누구나 관심을 갖게 마련이다. 물론 다수 소비자들이 듣고 보는 웰빙 메시지는 상업적 마케팅으로 교묘히 포장되었지만 말이다.

너도나도 웰빙 홍수에 빠져 있는 이때에 이젠 웰다잉에 관심을 돌려야 할 때이다. 살아 생전에 웰빙은 중요하다. 그러나 이에 못지않게 어떻게 삶을 잘 마무리하는 것도 매우 중요하다. 얼마 전 20대 중반의 전도유망한 여배우의 안타까운 자살 원인을 놓고 설왕설래가 많았다. 왜 자살이라는 극단적인 방법을 택했는지 많은 사람들에게 충격을 주었다. 죽음은 이처럼 당사자뿐만 아니라 주위 사람들에게도 심대한 정신적 영향을 미치기 때문에 웰다잉은 그래서 더욱 의미가 크다 하겠다.

옛날부터 우리 조상들의 복(福)의 개념은 '5복'이었다. 5복이란 수(壽), 부(富), 강녕(康寧), 유호덕(攸好德), 고종명(考終命)의 다섯이다. 수란 오래 사는 것이요, 부란 많은 재물을 뜻함이요, 강녕이란 몸이 건강하고 편안한 것이요, 유호덕이란 도덕을 지키기를 즐거움으로 삼는 일이요, 고종명이란 착하게 살다가 제명대로 편안히 맞는 죽음이다. 수, 부, 강녕, 유호덕을 현대적 개념의 웰빙으로 칭할 수 있다면 고종명은 바로 웰다잉의 의미로 해석할 수 있다 하겠다.

사람이 세상에 태어나서 건강하게 천수를 누리고 세상을 하직할 수만 있다면 얼마나 좋을 것인가. 하지만 많은 사람들이 이런저런 사고와 질병으로 고통스럽게 죽음을 맞이한다. 환자 본인은 물론이고 보호자까지도 함께 고통을 수반하는 죽음 앞에 인간은 광대한 우주의 미미한 존재일 뿐이다. 그러면 우리는 어떻게 고종명의 웰다잉을 차분히 준비할 수 있을까.

첫 번째로 생각나는 점은 죽음 체험 의식이다. 언젠가 텔레비전에서는 여러 사람들이 차례로 목관에 들어가 죽음 의식을 미리 체험해보는 장면이 방영되고 있었다. 두꺼운 관에 반드시 누워 뚜껑이 쾅 닫히는 순간 어떤 생각이 들까 궁금해진다. 암흑, 혼돈, 공포, 망각, 죽음 등 온몸에 전율이 흐르는 무서움의 그림자가 전신을 휘감지는 않을까. 그러나 무엇보다도 삶의 진지성을 처음으로 느끼지 않을까 싶다. 그래서 두 발로 땅을 딛고 서 있는 것조차 무한한 희열을 느끼고 사랑해야하지 않을까. 앞으로 살아가야할 날들을 생각해보면 인생의 숭고함을 다시 한 번 숙고해보는 계기가 되지 않을까 여겨진다.

두 번째로 떠오르는 점은 유언장 작성이다. 유언장을 미리 써보면 어떨까. 임종의 순간까지 어떻게 살아갈 것인가에 대한 분명하고도 신중한 해답을 얻을 수 있지 않을까. 이는 죽음에 대한 깊은 성찰을 할 수 있는 기폭제가 될 수도 있다. 누구나 이승에서 사라지며 죽는 법이다. 여기서 부활의 종교적 개념은 논외로 하자. 죽더라도 잘 죽고 멋들어지게 죽어야 한다. 특히 나이가 들면 최소한 추악한 모습으로 잊혀지거나 죽어서는 안 된다. 이런 점에서 나만의 색깔과 향기를 지닌 채 죽으려면 유언장을 써 뒤야 할 필요가 있다. 깨알같이 써놓은 유언장을 생각하면 불끈 솟았던 헛된 욕망이 사라진다. 더 나아가 소위 '다운시프트'(저속 기어로 바꾸다)의 삶을 지향하게 된다. 욕망의 축소라고나 할까. 작년 9월 고인이 된 어느 대학 교수가 평소 유언대로 화장 후 유골을 한 참나무 아래에 묻어 수목장(樹木葬)으로 장례를 치러 영생목(永生木)이 된 것은 여유 있는 죽음에 대한 방법을 새롭게 제시한 사례이다.

마지막으로 생각나는 점은, 죽음을 수용하는 정신적 마음가짐이다. 또한 죽음을 맞이할 수 있는 훈련을 해야 한다. 종교인이든 무신론자이든 인간의 마지막 수양단계가 죽음을 받아들이는 것이 아닐까. 누군들 죽음을 두려워하지 않겠는가. 누군들 오래 살고 싶지 않겠는가. 그러나 죽음을 인정하면 오히려 긍정적이고 자발적인 삶의 변화가 일어난다. 불치병이나 난치병 환자들이 죽음을 받아들이고 남은 생을 뜻있게 보낸다면 다시 회복되는 임상 사례를 종종 듣곤 한다. 또한 죽음을 받아들임은 일종의 양보이다. 후대를 위해 자리를 넘겨준다는 것은 산 자에 대한 가는 자의 마지막 양보이다. 이런 점에서 출생, 성장, 죽음의 순환적 자연의 질서를 온전히 받아들여야 한다. 자연의 순리를 거부하면 자연은 인간에게 가혹한 응징을 가할 것이다.

진정한 참살이 웰빙의 궁극적 완성은 품위 있는 웰다잉이 아닐까. 오묘한 자연의 이치를 받아들이고 오늘에 충실하자. 이렇게 될 때 죽음은 한낱 사라짐이 아니라 삶의 미덕이 될 수 있다.

['산림' 2005년 4월호]

'아나바다'와 '실미안고'

  몇 년 전 외환위기로 우리나라 모든 국민이 이루 말할 수 없는 고통을 겪을 당시에 유행했던 이른바 '아나바다'가 최근 다시 고개를 들고 있다고 한다. '아껴 쓰고 나눠 쓰고 바꿔 쓰고 다시 쓰고'라는 근검절약 정신을 되살리는 운동인 아나바다는 사용할 수 있는 물건을 물려주는 일종의 캠페인이다.

  사실, 아나바다는 미국을 포함한 선진국가에서는 보편화된 국민생활운동이다. 특히 독일, 영국 등 유럽국가 시민들이 아나바다를 적극적으로 실천하기로 정평이 나 있음은 다년간 현지 거주 경험이 있는 사람들에겐 주지의 사실이다. 이제는 집에서 쓰지 않는 물건들을 집 밖 마당에 돗자리를 깔아놓고 그 물건들을 필요로 하는 사람들에게 값싸게 파는 야드(Yard) 세일. 불필요한 물건들을 자신의 차고에 펼쳐놓고 파격적으로 저렴하게 파는 거라지(Garage) 세일. 선진국에선 이 모두가 아나바다 운동의 대표적 사례이다. 이러한 운동을 통해 쓰레기통에 버려질 물건들이 재활용과 재사용되어 결국은 우리가 살고 있는 지구의 환경친화적 목표 달성에도 이바지하고 있다.

  현재 우리나라는 장기불황, 나라 빚과 가계 빚의 급격한 증가, 소비침체 그리고 고유가 파동을 심각히 경험하고 있다. 특히 각종 형태의 경제적 부담으로 등골이 휜 소비자들은 지갑을 굳게 닫고 도무지 열려고 들지 않는다. 그만큼 소비자들의 소비심리가 꽁꽁 얼어붙은 것이다. 이런 가운데 유통업체들이 중고품 판매와 보상판매 등 아나바다 관련 마케팅을 펼치고 있다. 유치원생들의 수업시간에도 아나바다가 활용되며 아이들과 학부들에게도 좋은 반응을 보이고 있다는 소식도 들려온다. 인터넷 웹 사이트엔 아나바다 카페가 속속 생겨나고 있다. 사용하지 않은 물건이나 치수가 맞지 않는 의류 등을 상호 교환 사용하는 알뜰족도 크게 늘고 있음은 아나바다 운동의 능동적 실천과 무관하지 않다.

이와 같이 오래 사용하다가 싫증나거나 필요 없다고 생각되는 물건을 막상 필요한 사람에게 나눠줘서 재활용하도록 하는 것은 적극 권장할 만한 일이다. 나에겐 쓸모없는 물건이 다른 사람에겐 요긴한 용도로 실생활에서 보물로 사용될 수 있는 법이다. 이런 점에서 타인에 대한 따뜻한 배려와 아름다운 마음을 기쁘게 주는 것이 아나바다 운동의 진정한 요체가 아닐까 싶다.

이처럼 아나바다 운동이 점차 확산되는 가운데 이른바 '실미안고'(실례합니다, 미안합니다, 안녕하세요, 고맙습니다) 운동의 도입을 적극 검토해보고 이를 생활현장에서 실천해보면 어떨까. 어떤 의미에서 실미안고는 사람들 사이에서 지켜야 할 기본적 예의범절이며 영미인들의 대표적 인사 표현이기도 하다. 말과 행동이 예의에 벗어날 때 그들은 '실례합니다'(Excuse me.) 라고 말한다. 남에게 폐를 끼쳐 마음이 편치 못하고 거북할 때는 '미안합니다'(I am sorry.), 만날 때 인사말인 '안녕하세요?'(How are you?), 그리고 남의 은혜나 신세를 입어 마음이 느껍고 흐뭇할 때 '고맙습니다'(Thank you.) 라고 또한 서슴없이 말한다. 특히 영미인들과 다양한 화제의 대화를 진지하게 나누다 보면 '고맙습니다' 라는 말을 무의식적으로 많이 하는 것을 직접 듣곤 한다. 그만큼 그들에게 실미안고는 삶의 중요한 부분을 차지하고 있다.

영미인들과는 달리 우리나라 사람들은 실미안고 표현에 적극성이 다소 부족하고 인색한 점이 있는 듯싶다. 출퇴근 시 콩나물시루 같은 만원 버스와 지하철 안에서 그리고 복잡한 승강기 안에서 발을 밟혀도 상대방으로부터 미안하다는 말 듣기가 그렇게 어려운 것이 우리의 엄연한 현실이다. 번잡하기 이를 데 없는 대도시 길거리를 바쁜 걸음으로 걷다가 반대 방향에서 걸어오는 행인과 가볍게 어깨를 스쳐도 심지어 몸을 부딪쳐도 상황은 더 낳아지지 않는다. 이제부터라도 부모와 자식 간에, 스승과 학생 간에, 기관장과 직원 간에 더 나아가 대통령과 국민 간에 오늘 당장 실미안고 운동에 동참하자. 부모의 입에서, 스승의 입에서, 기관장의 입에서, 그리고 대통령의 입에서 '실례합니다, 미안합니다, 안녕하세요?, 고맙습니다' 라는 말을 들으면 듣는 자들은 이에 더욱 감동하여 더 좋은 말과 행동으로 보답하지 않겠는가.

우리 옛말 중에서 '웃는 낯에 침을 뱉으랴' 라는 말이 있다. 요즘 갈수록 인심이 각박해지고 살림살이가 나아질 기미가 보이지 않는다 해도 의기소침하지 말고 미래의 희망을 가져보자. 이럴수록 오히려 웃으면서 '안녕하세요?', '고맙습니다' 라고 상대방에게 큰 소리로 말을 걸어볼 마음의 여유를 가져보자. 웃으면 만복이 온다고 한다. 그리고 '실례합니다', '미안합니다' 라고 말을 해야 할 불가피한 상황이라면 주저하지 말고 그 자리에서 정중히 표현을 해보자. 가는 말이 고와야 오는 말도 고운 법이라고 하지 않던가. 그것도 의례적인 빈 말이 아닌 진실한 마음에서 우러나오는 말이라면 금상첨화다.

여기서 간과해선 안 될 사실은 아나바다와 실미안고 둘 다 각각의 고유 의미에 가치부여를 해야 한다는 것이다. 그럼에도 불구하고 그 둘의 상호 공통점은 현재 개인과 사회 모두가 아나바다와 실미안고 운동을 절실히 요구하고 있다는 점이다. 더 나아가 두 운동은 우리나라가 선진 사회 및 국가로 발돋움하는데 필수불가결한 생활 및 의식개혁 운동이 될 수도 있지 않을까 싶다. 신진국 대열 진입 기준이란 단순히 경제적 부에 토대한 것만이 전부가 아니다. 이와 더불어 민주적 시민역량을 제고하고 검소하고 근면하고 타인을 배려할 줄 아는 선진의식을 겸비하는 것이 아닐까싶다.

['흙 사랑 물 사랑' 2004년 11월호]

봄 봄 봄이 왔네!

계절의 꽃이요 인생의 꽃이기도 한 봄이 왔다. 식탁엔 봄나물의 으뜸인 두릅이 입맛을 돋워준다. 민들레 개나리 진달래 튤립 수선화 동백 등 봄 꽃들이 겨우내 잠자던 기억을 건드리고 있다. 특히 눈 속에 핀 복수초의 모습은 '봄의 전령'이라는 훈장을 달아 줄만 하다.

시심(詩心)이 흐르는 섬진강엔 매화가 지천으로 흐드러지며 피고, 사람들 마음엔 가득한 봄 내음이 진하게 풍겨온다. 한강엔 따스한 봄바람이 가슴을 적시고 지리산 자락은 온통 계곡을 노랗게 색칠한 산수유나무 꽃으로 뒤덮이며 봄이 찾아왔음을 알린다. 어디 이뿐이겠는가. 안온한 춘풍에 '봄처녀'의 마음에도 미래에 대한 설레임과 생기가 금방이라도 솟구치는 듯 싶다. 남녀노소 모두의 가슴 속에도 희망의 종소리가 메아리 치지 않을까.

어두웠던 캄캄한 겨울의 터널을 지나 파릇파릇 새싹이 돋아나는 계절을 맞고 있다. 마음은 벌써부터 강 자락 냇물소리, 지저귀는 이름 모를 새 소리가 들려오는 듯 싶다. 신생의 봄을 마음껏 노래한 비발디의 〈사계〉 중의 제 1 악장 〈봄〉의 경쾌한 아름다운 선율을 듣고 있다고나 할까. 바위에 들러붙은 이끼는 봄비에 기지개를 켠다. 나무에 붙은 이끼는 솔잎처럼 푸르름을 더해간다. 그러면서도 으스스했던 한겨울 대지의 틈을 비집고 올라오는 무명의 인동초 속에서 강인한 생명력과 희망을 본다.

생명력과 희망! 사람과 자연이 똑같은 맥박으로 숨쉬고 융합하며 살아간다면 얼마나 좋을까. 원초적 에너지인 우주적인 기운과 리듬을 체험하며 삶의 활력을 느낄 수는 없을까. 봄의 우주적 생명력을 아름다운 필치로 그린 영국 작가 D. H. 로렌스가 문득 떠오른다. 그의 장편인 『무지개』를 보자. 마아쉬 농원에서 여러 세대를 살아온 브랑윈 집안 사람들 주위에 봄이면 천지에 가득 찬 생기가 넘쳐 흐르고 있다.

"… 그들은 봄이 되면 수액(樹液)의 흐름을 [본능적으로] 느꼈다. 막을 수 없는 생명의 파도를 알고 있었다. 그러나 해마다 생명의 씨앗을 뿌리며 지상에는 숱한 어린아이들을 남겨 놓았다. 그들은 하늘과 땅의 교섭(交涉)을 알고 있었다. 햇볕은 대지의 가슴과 내장 속에 스며들고 비는 한낮에 공중으로 빨려 오른다…."

도도한 현대문명의 거센 물결 속에서 이성과 과학으로 제어할 수 없는 따뜻한 생명력이 충만하기에 희망을 하늘높이 쏘아 올릴 수 있지 않을까. 위대한 인류 역사의 수레바퀴를 힘차게 움직이게 한 원동력은 바로 '희망'이라는 추상명사가 아닐까 싶다. 희망은 사람의 혈관을 관류하는 살아 숨쉬는 소망의 목소리이자 절망의 아드레날린 호르몬을 희망의 엔돌핀으로 변화 시키는 마력과도 같은 것이 아닐까. 동굴과 토굴에서 한겨울을 보낸 그 옛날 고대인들의 마음에도 희망은 있지 않았을까. 봄이 언제 올지는 몰랐지만 언젠가는 따스한 봄볕이 들 것이라는 미래에 대한 확신과 희망이 있지 않았겠는가.

옛 선인들은 '유암화명(柳暗花明)'이라는 말을 곧잘 쓰곤 하였음을 기억한다. 무성하기 그지없는 버들은 컴컴하여 실의와 절망의 나락에 떨어져 있는 것 같이 보인다. 그러나 밝게핀 꽃은 어둠으로부터 빛의 광명을 던져주는 법이다. 그래서 '절망은 죽음에 이르는 병이다'라고 갈파한 키에르케고의 말은 인간의 가슴속에서 영원히 솟구치는 희망의 샘물에 의해 충분히 극복될 수 있지 않을까 싶다. 희망이 고무풍선만큼이나 부풀어 오르는 한 인간은 계속 앞으로 나아가지 않겠는가. 희망은 고난과 역경을 이기고 파란만장한 역사와 굴곡의 세계를 아름답게 변화시키리라.

계절은 묵은 외투를 벗어 던지고 비단결 같이 곱고 부드러운 소매로 화창한 봄날의 옷으로 갈아 입었건만 아뿔싸, '춘래불사춘(春來不似春)'이라고 하던가. 반 세기가 넘도록 꽁꽁 얼어 붙었던 '38 선의 봄'이 남북 이산가족 상봉과 육.해상을 통한 관광교류로 눈 녹듯이 찾아 오는 듯 싶더니만 핵 위기로 다시 예전처럼 얼지나 않을까 걱정된다. 언젠가는 생명과 자유와 희망의 '봄의 교향악'이 38 선 숲속에서 '네'가 '내'게서 그리고 '내'가 '네'게서 미묘(微妙)하게 울려 퍼질 때 '우리'의 기나긴 이별의 슬픔은 봄 안개 걷히듯 스멀스멀 사라지지 않을까.

저 맑고 푸른 하늘에는 하늘하늘 아지랑이가 걸려 있다. 겨울을 태우는 꽃 피고 새 우는 봄날의 천지에, 작은 겨자씨가 자라서 큰 나무가 된다는 소망을 가져보면 어떨까. 심장이 녹슬어도 피가 용솟음치는 것을 온몸으로 느끼는 요즘이 아니던가. 마음 속 깊은 곳에서 콸콸 솟아오르는 희망의 샘물을 길어보자. 자연 세계와는 달리 사람이 사는 세계의 봄은 개인의 꿈과 실천하는 삶에 달려있는 법이 아닐까. 옥토에 씨 뿌린 농부는 새로운 종자를 얻을 수 있다는 희망을 품기 마련이다.

['석유협회보' 2003년 3 · 4월호]

정겨운 잉글랜드 추억

지난 6월의 나른한 오후였다. 2002 FIFA 한일 월드컵 본선경기가 한창 진행중인 때였다. 축구 종주국인 잉글랜드 팀은 같은 '죽음의 조'에 있었던 아르헨티나와 결전을 코앞에 두고 있었다. 나는 불현듯 잉글랜드에 대한 옛 생각이 떠올라 케케묵은 사진첩을 책장에서 꺼냈다. 7년 전, 가족과 함께 했었던 잉글랜드 여행을 떠올리며 어느덧 그 때의 잊을 수 없는 추억의 현장으로 미끄러지듯 달려가고 있었다.

1995년 5월경이었다. 나는 영국의 에버딘 대학교 대학원에서 공부를 하고 있었고 때마침 영국 문화원의 주선으로 한 영국인 가정을 알게 되었다. 남편 존과 부인 힐러리 부부는 잉글랜드 북서부 컴브리아 주의 작은 마을에 살고 있었다. 60대 초반으로 보이는 노부부는 우리 가족을 자신의 집에 초대하였고 우리 일행은 목적지를 향해 들뜬 마음으로 현지로 출발하였다.

컴브리아 주 일대는 말로만 듣곤 하였던 그 유명한 호수지방인 레이크 디스트릭트(Lake District)가 있는 곳이었다. 위대한 낭만파 시인 윌리엄 워즈워드의 고향인 글래스미어가 있는 곳이기도 하였다. 그 장소는 영문학을 전공한 나로서는 언젠가 꼭 한번 가보고 싶은 명소 중의 하나로 손꼽아 기다려왔던 곳이었으니 이 어찌 감격하지 않을 수 있었겠는가.

스페인 혈통의 존과 순수 영국사람인 힐라리는 그들의 영원한 벗 쥬디(애완견)와 함께 그날 오후 늦게 도착한 우리를 반갑게 맞이하여 주었다. 놀랍게도 두 사람은 한국에 관한 기본적인 지식을 꿰차고 있었다. 컴퓨터에 내장된 세계백과사전을 통해 우리나라에 대해 미리 면밀히 알아보았던 것이다. 정성을 다해 외국 손님을 접대하려는 치밀한 준비성에 나는 감탄사를 내지를 수밖에 없었다.

도착 이튿날 오전엔 세계적으로 많이 알려진 잉글랜드 창작 동화작가이자 화가였던 비아트릭스 포터의 삶의 궤적을 직접 찾아나섰다. 주인공인 장난꾸러기 토끼를 중심으로 오랜 기간 동안 고슴도치, 집오리, 다람쥐, 고양이 등의 동물들을 모델로 모두 23권의 시리즈를 완성한 비아트릭스는 나이 16세 이후부터는 레이크 디스트릭트에서 자연과 함께 여생을 보낸 20세기의 가장 위대한 여성 중의 한 사람이었다. 같이 동행한 존의 말을 빌리자면 더욱 놀랍게도 그녀가 쓴 피터 래빗 시리즈 책의 막대한 인세로 500만평에 이르는 레이크 디스트릭트 토지를 매입하여 영국에서 가장 영향력 있는 자연보호단체인 내셔날 트러스트(National Trust)에 기증한 사실이었다. 나는 호수지역의 빼어난 자연경관을 훼손시키지 않고 그대로 보존한 환경보호주의자로서의 비아트릭스의 자연사랑에 깊은 친밀감을 느끼게 되었다.

한 인간의 자연에 대한 각별한 관심과 애정이 없었더라면 푸른 자연을 갈망하는 현대인들이 레이크 디스트릭트와 그 주변 호수의 경이로운 아름다움에 감탄 할 수는 없었을 것 같다는 생각이 퍼뜩 나의 뇌리를 스쳐 지나갔다. 말하자면 그 청정 호수 지역은 시민들이 거룩하고 숭고한 대자연과 평화롭게 대화할 수 있는 영원한 마음의 휴식처이자 안식처임이 분명하였다. 요즘 수도권 지역 난개발로 심한 몸살을 앓고 있는 우리나라의 자연파괴 현장을 생각해볼 때 벌써 100년 전에 자연보호 운동에 심혈을 기울였던 비아트릭스의 선견지명은 높이 살만한 것 같다. 향년 일흔 일곱 살의 나이로 레이크 디스트릭트 숲 속 한구석에서 한줌의 재로 뿌려진 비아트릭스 포터! 아름답고 의미 있는 삶을 가치 있게 마감한 한 인간의 삶의 행로가 지금도 나의 마음을 숙연하게 한다.

집에서 준비해간 샌드위치로 간단히 점심을 해결한 우리 일행은 글래스미어 호수 지역으로 향하고 있었다. 호수가 길섶에 빽빽이 도열해 서 있는 청초하고 수려한 노란 수선화가 우리를 기쁜 마음으로 맞고 있었다. 특히 내가 수선화의 싱그러운 향기에 도취되고 흥에 겨워 연실 탄성을 지르고 있을 때 나는 고등학교 때 배운 워즈워드의 명시 "수선화"의 한 구절을 떠올렸다.

"골짜기와 언덕 위 하늘 높이
둥실둥실 떠도는 구름처럼 홀로 헤매다가
홀연히 나는 보았어라 지천으로
피어난 황금빛 수선화를
호수가 나무 아래
산들바람에 너울너울 춤추는 것을"

수선화가 머리를 치켜들고 흥겹게 춤추며 나를 환영해줄 때 내 마음도 기쁨에 충만하여 "얼씨구"하며 수선화가 되어 황홀감에 푹 빠져 춤추고 있는 듯싶었다. 그리고 대자연과 나의 영혼이 함께 숨 쉬고 자연과의 포근한 대화를 꿈꾸어 보면서 파란 하늘 아래로 무심히 흘러가는 뭉게구름들을 바라보았다.

나는 호수 언덕 너머로 양들이 한가로이 풀을 뜯고 있는 모습과 미풍에 흔들리는 나뭇가지의 떨림을 또한 보았다. 광활한 호수지역을 유람선을 타고 잔잔하기 그지없는 수면위로 흐르는 대자연의 정취를 호흡하기도 하였다. 대지는 환희로 가득 채워졌고 한없이 뻗친 골짜기엔 이름 모를 꽃들이 저마다 아름다운 자태를 세상에 드러내고 있었다. 축제가 따로 없었다. 내 머리엔 화관(花冠)이 둘러 씌어졌고 파릇한 숲과 덤불의 자연이 인간에게 내려준 축복의 향기에 난 내 몸과 마음을 전폭적으로 내맡겼다. 한 위대한 시인의 고향인 호반의 마을을 운전하면서 때 묻지 않은 자연에서 묻어난 영혼의 시심(詩心)이 절로 입가에 맴돌게 되는 것을 느꼈다고나 할까.

사흘째 날의 행선지는 영국 중부의 고대도시 요크에서 자동차로 한 시간 가량 걸리는 거리에 있는 스카보로였다. 우리나라 동해안 백사장처럼 길게 뻗어있는 깨끗한 모래사장이 인상적인 해변도시였다. 저 멀리 모래 언덕 위에 높이 치솟은 폐허에 가까운 성(城)이 나의 발길을 멈추게 하였다. 성의 정문 가까이에는 성 메리 교회가 있으며 그 동쪽에는 교회묘지가 있었다. 그 묘지엔 『폭풍의 언덕』의 작가 에밀리 브론테의 동생인 앤 브론테가 편히 영면(永眠)하고 있는 곳이었다. 잘 알려진 대로 이 두 자매는 『제인 에어』의 작가인 샬롯 브론테와 더불어 모두 작가였다. 이 중 막내인 앤 브론테가 바닷가 언덕 위에 외롭게 잠들고 있었다.

브론테 자매는 요크주의 하워드 황야에서 태어나 모두 폐결핵에 걸려 투병하며 외롭게 성장했다. 거의 폐허나 다름없는 황량하기 그지없는 거친 들판에서 살다보니 그들에게 바다는 늘 동경의 대상이었다. 그러나 건강이 좋지 않은 상태에서 마차를 타고 며칠씩이나 걸리는 장거리 여행의 위험을 무릅쓰고 샬롯과 앤은 일생일대의 스카보로 여행을 결행한다. 태어나서 처음으로 스카보로 바다의 황홀경에 빠진 앤은 해변을 산책하다 뜨거운 눈물을 쏟으며 갑자기 쓰러져 불귀의 객이 되고 만다. 그래서 앤의 시신이 쓸쓸한 성 메리 교회 묘지에 묻히게 되었다고 한다.

내가 교회 묘지 쪽을 둘러보고 있을 때 때마침 갈매기가 처량한 울음소리를 내며 앤과 내 주변을 날개짓 하며 빙빙 돌고 있었다. 아, 한 여류 작가의 슬픈 일화가 스며있는 스카보로 해변 언덕 위에서 백 오십 년 전 이승을 떠난 앤의 진정한 예술혼이 갈매기의 구슬픈 울음소리로 환생하여 고통에 겨워 나의 귓전을 세차게 때리고 있지 않은가!

지금은 아내와 두 아이들과 함께 소파에 앉아 잉글랜드 여행 시에 찍었던 추억의 빛바랜 사진들을 바라보고 있다. 우연의 일치라고나 할까. 때마침 라디오에서는 작가 미상의 잉글랜드 민요 "스카보로 페어"를 부른 사이먼과 가펑클의 애잔하고도 호소력 넘치는 화성이 잔잔히 흘러나오고 있다. 정겨운 잉글랜드의 추억은 멀리 있어도 그 추억의 잔향(殘香)은 아련히 여운처럼 남아 나에게 살아 숨 쉬는 듯이 다가오는 늦은 오후다.

['새길' 2002년 겨울호]

경주 탐방기·1

때는 바야흐로 황금돼지해 겨울이다. 오늘따라 유난히 따스한 햇살이 마냥 눈부시다. 천년의 향기를 은은히 간직하고 있는 고도 경주! 오늘밤 이곳으로 야간 고속버스를 타고 내려간다. 학술 목적은 아니다. 그냥 기분전환으로 방문해보고 싶은 것이다. 자정 무렵이 되자 서울발 경주행 버스는 서서히 출발한다. 얼핏 좌석 주변을 휙 둘러보니 겨우 너 댓 명 정도 승객이 보인다.

실로 33년만의 경주 방문이다. 중학교 시절에 수학여행 다녀온 이후 처음이니 말이다. 그동안 도시는 얼마나 많이 변해 있을까 곰곰 생각해본다. 심야 '총알택시' 부럽지 않게 버스도 쌩쌩 내달린다. 아니 훨훨 날아다닌다는 표현이 좀더 정확할 듯싶다. 버스는 예정도착시각보다 40분 빨리 경주고속버스 터미널에 도착했다.

일정대로 제일 먼저 가고 있는 곳은 '표' 해장국집이다. 전국적으로 소문난 '맛 집'으로 알려져 있는 음식점이다. 그래서 평소 가보고자 벼르고 별렀던 해장국집이다. 꼭두새벽에 칠 순 가량 되어 보이는 할머니 주방장이 내어온 해장국! 굵은 멸치와 동태 국물로 끓인 시원한 국물에 먹기 좋게 얇게 채 썬 메밀묵이 송송 들어가 있는 해장국! 과연 명성 그대로 맛이 일품이다. 배고픈 탓도 있지만 너무 별미인지라 그 자리에서 두 그릇을 얼른 비우고 나니 포만감이 물밀듯이 쏴~악 밀려온다. 예전 장터의 선술집 같은 분위기와 경상도식 해장국의 색깔이 그대로 남아 있는 이 해장국집은 맛깔스런 음식점으로 기억에 남아 있으리라.

오전 8시 30분에 경주 고적 순회 관광버스에 몸을 싣는다. 오늘은 제 1 코스로서 불국사, 신라역사과학관 및 민속공예촌, 분황사, 김유신 장군묘, 박물관, 천마총 등을 돌아보는 총 9시간 20분이 소요되는 탐방 코스이다.

두말할 필요가 없는 우리나라 사적 및 명승 제1호인 불국사! 우리나라 사람치고 불국사를 모르면 아마 '세작(細作)'일지도 모른다. 신라 경덕왕 10년(751)에 당시 재상 김대성에 의해 재건되고 혜공왕 10년(774)에 완성되어 신라 호국불교의 도량(道場)으로서 법통을 이어온 불국사! 경내에는 다보탑과 석가탑으로 불리는 3층석탑, 청운교, 백운교, 극락전으로 오르는 연화교, 칠보교가 국보로 보존되고 있다. 당시 신라 예술품의 극치를 여실히 보여주고 있는 모습을 유심히 바라보고 있으니 감개무량할 따름이다.

나에게 신라역사과학관은 처음 방문이다. 1988년도에 개관하여 수많은 관람객들에게 살아있는 우리 역사와 볼거리를 제공하는 명소로 자리 잡고 있다고 인솔 전문가이드가 설명한다. 전시물 중에 특히 눈길을 끈 것은 통일신라 서라벌의 모습을 재현한 신라왕경도인데 그야말로 압권이다. 또한 석굴암의 제작원리를 모형으로 재조명한 문화재는 감탄을 자아내기에 충분할 정도로 일행의 모든 시선을 집중시킨다.

이어 중고교 국사 교과서에 실려 있는 신라 선덕여왕 3년(634)에 창건된 분황사 모전석탑(국보 제 30호)을 둘러보고 일행을 태운 버스는 김유신 장군묘로 출발한다. 김유신 장군! 가야국 시조인 김수로왕의 12대손인 김유신은 김춘추와 처남과 매부 사이이지 않던가. 김유신은 매부를 도와 태종무열왕이 되게 하고 나당 연합군이 백제를 공격할 때 신라군 총대장이 되어 황산벌에서 계백 장군을 무찔러 승리한 김유신! 김유신 장군의 묘를 보면서 고구려와 당나라 군사까지도 물리침으로써 삼국통일의 위업을 완수한 화랑 출신인 장군의 위용과 기개를 온몸으로 느낀다.

신라 천년의 역사를 한눈에 볼 수 있는 박물관! 그곳에서 그 유명한 성덕대왕신종(일명 에밀레 종) 등 수 만 점의 유물을 자세히 관람한 후 버스는 어느덧 첨성대에 도착하고 있다. 동양에서 가장 오래된 관측대로서 신라선덕여왕(632~647) 때에 만든 첨성대(국보 제31호)! 오래 전 수학여행 때엔 몰랐지만 지금 현장에서 다시 보고 들으니 첨성대의 쌓은 돌의 수가 모두 361개 반이란다. 또한 음력으로 따진 일 년의 날 수와 같다는 인솔 가이드의 해박한 지식과 설명에 고개를 끄덕이고 만다. 석단은 모두 28단으로서 중간의 네모난 창 아래 위 12단의 석단은 12달, 24절기를 의미한다는 과학적 설명에는 절로 감탄사가 연발된다.

내게 가장 관심을 끈 고적지는 대릉원 내 천마총임을 부인할 수 없다. 주인을 알 수 없는 이 무덤은 5~6세기 경에 만들어진 신라 적석목곽분이다. 1973년 발굴 조사 후 내부를 공개한 이 무덤의 구조를 육안으로 직접 관찰해본다. 평지에 놓인 나무로 만든 곽 안에 시신을 넣은 나무관을 넣고 곽의 뚜껑을 덮은 후 밖에 냇돌을 쌓아 올리고 냇돌 위에 흙을 두텁게 덮어 봉분을 조성한 무덤이다. 바로 이 무덤에서 하늘을 나는 말의 그림이 있는 말다래가 출토되었는데 신라 무덤에서는 최초로 발견된 것으로서 신라인의 회화 솜씨를 짐작할 수 있는 귀중한 유물인 셈이다.

따라서 무덤의 이름도 가장 대표적인 발굴품인 천마도의 이름을 따서 '천마총'으로 부르게 되었다고 한다. 그런데 만일 무덤에서 컴퓨터가 출토 된다면 무덤의 이름은 어떻게 지어질까. 자연히 '컴퓨터총'(?)으로 불리지 않을까 생각해본다. 이번 탐방에서 가이드로 통해 새롭게 안 사실은 이 무덤에서 발견된 신라 금관은 장례용 부장품으로 사용되었다는 것이다. 천마총 안에서 발굴된 유물 중 특히 나의 이목을 집중시키는 것은 세 개의 계란이다. 아마 신라 건국 시조 박혁거세의 난생신화와 무관치 않은 듯싶다. 아울러 석탈해왕과 김알지 등 알에서 태어나 나라를 세운 왕의 이야기와 관계가 있는 것이 아닐까 여겨진다. 현재는 경주박물관에 보관되어 있는 계란을 직접 육안으로 자세히 관찰해본다. 그 알은 다름 아닌 '위대한 신라'라는 새 생명체의 탄생과 번영 그리고 죽음과 부활을 상징하고 있는 것이 아닐까 생각해본다.

고적 순회 코스를 마치니 어둠이 깔려오기 시작한다. 숙소는 보문관광단지 내 24시간 운영 찜질방으로 예약해놓은 상태이다. 온천수에 지친 몸을 풍덩 담그니 일순간 피곤이 싹 가신다. 인간은 본능적으로 물을 그리워하는가 보다. 태아 때부터 어머니 양수에서 소중한 생명의 탄생을 준비해왔으니 그럴 만도 하지 않겠는가. 20여분 가량 반신욕을 하고 나니 몸에서 땀방울이 송송 맺히기 시작한다. 오늘은 고단하여 일찍 잠자리에 든다. 33년 만에 방문한 경주여! 동화 같은 꿈결의 나라에서 영원히 전진하라! 천년의 아름다운 향기가 온 세상을 뒤덮을 때까지!

['새길' 2007년 봄호]

경주 탐방기·2

　경주 고적 순회 둘째 날 코스는 다소 생소한 곳이 눈에 띈다. 괘릉, 석굴암, 문무대왕릉, 감은사지, 마지막으로 골굴사로 이어진다. 당연히 인솔 가이드의 설명에 귀를 쫑긋 세운다. 현존하는 신라 왕릉 가운데 가장 화려한 무덤(원성왕릉)이자 통일신라시대의 가장 완벽한 능묘제도를 대표한다는 괘릉! 문득 호기심이 모락모락 일기 시작한다.

　괘릉 입구에 들어서니 운치 있는 송림길이 일행을 환영한다. 이 곳에 왕릉이 조성되기 이전에는 작은 연못이 있었다고 한다. 연못의 모습을 바꾸지 않고 왕의 유해를 수면 위에 걸어 장례하였다고 하여 괘릉이라는 이름이 붙여졌다고 전해진다. 괘릉에서 가장 눈에 띄는 석조물은 단연 무신상이다. 육중한 무게감은 물론이고 서역인 같은 무인상은 금방이라도 다가올 것 같은 생동감이 살아나 있다. 이국적인 무인상을 유심히 관찰해보니 통일신라의 동서 문화 교류가 매우 활발하였지 않나 짐작케 한다. 신라 땅 경주에선 이미 세계화의 물결이 출렁거렸던 것이다.

　석굴암! 불국사와 더불어 신라시대의 대표적 고적이다. 34년 전 이곳을 방문했을 때는 매우 가까이서 석굴암을 면밀히 관찰했었는데 지금은 정면 유리벽을 통해서만 볼 수 있으니 참으로 안타깝다. 유네스코가 지정한 세계문화유산의 훼손을 방지하고 세계 최고의 조각 작품을 영원히 보존한다는 취지 때문이라고 한다. 예나 지금이나 화강암으로 만든 부드럽고 아름다운 부처의 모습은 필설로 형용하기가 어려운 듯싶다.

신라 경덕왕 10년에 불국사를 창건한 김 대성이 전생의 부모를 위해 30년에 걸쳐 완성한 석굴사원인 석굴암! 돌로 비단을 짜는 것 같이 감실을 조성했다는 옛 기록이 전하듯이 석굴암의 미적 표현은 불교 미술의 문외한이 보기에도 한국 불교 조각의 백미가 아닌가 싶다.

고적순회 탐방단을 태운 버스는 문무대왕릉으로 향하고 있다. 경주 외곽 지역에 위치해 있고 20분만 동남쪽으로 가면 울산이라고 가이드는 친절히 설명한다.

그런데 이게 웬일인가. 문무대왕릉이 바다 위에 떠 있지 않은가. 세계 유일의 수중릉인 것이다. 삼국통일의 위업을 달성한 문무대왕의 유언에 따라 해변에서 가까운 바다 가운데 자연바위에 문무대왕의 호국의지가 서려 있는 것이다. 죽은 뒤에도 용이 되어 나라를 지키겠다는 문무대왕의 나라사랑이 천년 이상 지난 지금에 내 귓전에 진한 감동이 물결치듯 들려오는 것만 같다. 점심식사 후 잠시 해변가를 산책하고 있다.

그런데 오십 여 미터 떨어진 곳에서 우렁찬 함성 소리가 들린다. 호기심이 발동하여 얼른 가보니 몇 몇 보살들로 추정되는 이들이 장구 장단에 맞춰 신들린 춤을 추고 있다. 구경꾼 중의 누군가가 말하기를 아마도 문무대왕의 '기'를 받기 위해서 벌이는 '퍼포먼스'라고 귀띔 해준다.

부왕인 문무대왕의 유지를 받들어 신라 제31대 신문왕이 창건한 감은사지를 잠깐 둘러보고 고적순회 탐방단은 마지막 행선지인 골굴사로 향한다. 이름도 특이한 골굴사 입구에 도착하니 오른편에 선무도 대학 이라는 간판이 눈에 들어온다. 옛날 화랑들이 수련하던 심신수행법인 선무도의 총본산으로서 선무도를 계승, 보급하고 있다고 한다.

옛날 고구려 시대 무예 수련집단인 '조의'들처럼 신라 화랑들도 이곳에서 심신을 단련하였다고 하니 옛 화랑들의 힘찬 기합소리가 쩌렁 쩌렁 메아리쳐 들려오는 듯 하다. 일설에 의하면 김유신도 이곳 골굴사 굴안에 들어와 몸과 마음을 닦았다고 가이드는 설명한다. 골굴사는 약 1500년 전 인도의 광유 성인 일행들이 이곳에 정착하면서 창건한 절이다. 인도 사원 양식을 모방하여 만든 전형적인 석굴사원인 셈이다. 깨지기 쉬운 석회암 바위에다 어떻게 인공 동굴군을 만들었는지 직접 보니 신기할 따름이다. 이 사찰은 지금은 내외국인들의 사찰체험인 '템플스테이' 장소로 각광받는다고 알려져 있다.

경주! 이는 듣기만 해도 가슴이 설레는 도시 이름이다. 신라 천년의 오랜 세월 동안 한때는 인구 100만 명을 상회했던 대도시였던 경주. 지금은 그 숫자가 대폭 줄어들어 약 16만 여 명 인구가 거주하고 있는 경주. 격변하는 세월의 무상함과 부침이 초래한 오늘의 경주는 그럼에도 불구하고 과거 우리 조상의 슬기와 지혜와 예술혼이 함께 살아 숨쉬는 유적 도시임에 틀림없다. 신라 56대 마지막 왕 경순왕이 왕건에게 나라를 무혈 헌납할 때 왕건이 말하기를 '경사스런 마을'이라고 하여 유래했다는 경주!

이번에 아주 오랜만에 경주를 방문하면서 나는 내적인 기쁨의 알찬 수확을 거둔 것 같다. 조상의 빛나는 얼과 혼을 뼈 속 깊이 체험했으니 말이다. 천년 고도를 방문하는 소중한 기회를 통해 성취한 희열감! 답답한 잿빛 콘크리트 아파트 생활에 취해 있는 내게 경주는 아름다운 추억의 이름으로 가슴속에 영원히 남을 것이다.

['새길' 2007년 여름호]

잉글랜드 추억

1997년 8월초였다. 나는 미처 끝마치지 못한 부족한 공부를 한답시고 영국 에버딘에 있었다. 다니던 직장을 잠시 접어두고 있었던 나로서는 휴직기한 내에 박사학위를 취득해야만 할 절박한 상황이었다. 다시는 이처럼 공부할 좋은 기회가 없을 것 같아 밤을 지새우며 연구에 연구를 거듭하고 있었다.

20세기 영국소설의 거목 중의 한 명인 D.H.로렌스가 나의 연구대상이었다. 마음만 먹는다면 영국에 있으면서 로렌스 생가를 방문할 기회는 여러 번 있었다. 로렌스의 위대한 문학적 결실의 체취와 향기를 음미해보고자 하였으나 나의 게으른 탓에 방문여행을 차일피일 미루고 있었던 차였다.

이러는 사이에 우연한 기회에 로렌스 생가가 있는 잉글랜드 노팅햄 주 소재 이스트우드(Eastwood)를 방문할 기회가 갑자기 왔다. 노팅햄 주에 사는 영국인 할머니를 영국 문화원을 통해 알게 되어 가족과 함께 그 할머니 댁에 머물며 로렌스 고향을 방문하게 되었던 것이다. 할머니는 '독거노인'이었다. 남편과는 사별하고 자녀들은 모두 출가하여 혼자 살아가고 있었다. 집안 전체에는 외국학생들과 함께 찍은 사진들이 도배질되고 있었다. 70대 초반의 왜소한 체구의 할머니였지만 그녀의 얼굴엔 환한 행복감이 스며들어있는 듯 싶었다. 손자뻘 되는 젊은 학생들의 생생한 '기(氣)'를 받으니 그녀인들 어찌 젊어지지 않겠는가 싶었다.

오후 늦게 도착한 첫날과 이튿날에는 지역 축제인 '로빈홋 페스티발'을 관람하였다. 로빈홋 하면 영국의 전설적인 의적(義賊)이 아니던가. 우리 나라 조선시대의 임꺽정 같은 인물이었다고나 할까. 시간과 공간은 달라도 어느 나라에서건 지방장관의 폭정에 항거하여 도탄에 빠진 백성들을 돕는 '정의로운 도적'은 있는가 싶었다.

축제행사는 참나무류의 오래된 오크 나무들로 빽빽이 들어선 셔우드숲(Sherwood Forest)에서 신명나게 벌어지고 있었다. 울창한 삼림의 모습도 장관이지만 금방이라도 셔우드 숲 속에서 로빈홋이 출몰할 듯한 신비로 가득 찬 생명의 숲임을 느껴보았다. 한창 휴가시즌이어서 그런지 노팅햄 주민뿐만 아니라 남부 웨일즈와 북부 스코틀랜드에서도 적지 않은 여행객들이 이곳을 많이 찾아왔다.

우리 아이들은 로빈홋 가면을 여러 개 샀다. 자기들 친구들에게 보낸다고 로빈홋 그림이 새겨져 있는 그림엽서도 몇 장씩 샀다. '명궁사'였다고 알려진 로빈홋의 활쏘기 시범훈련도 시간 가는 줄 모르고 흥미롭게 관전하였다. 이 날 축제의 백미(白眉)는 임시 야외극장에서 벌어진 다채로운 연극 공연이었다. 질서정연하게 땅바닥에 털썩 주저앉아 공연을 기다리고 있는 관객은 어림잡아 약 육 백 명이 훨씬 넘어 보였다. 혼신의 힘을 다해 역할 연기를 펼쳐 보이는 노래하는 배우들, 막간을 이용해 개그를 하여 관중들의 배꼽을 잡아버린 아마추어 코미디언들, 자신들의 엄청난 힘과 체력을 자랑하는 차력사들, 공연 중간 중간에 얼굴을 힐끔 보이며 멋진 묘기를 보여주는 마술사들, 배우들과 함께 동참하여 무대 앞에서 서툰 연기와 대사을 통해 극적 요소들을 가미시키는 여행객들…… 이날 모인 모두는 인종, 피부, 지역을 떠나 '하나'가 된 듯싶었다.

셋째 날엔 로렌스 생가를 방문하는 날이었다. 꿈속에서 그리던 벅찬 기대와 흥분을 감출 수가 없었다. 전공 작가의 고향을 이제야 방문한다고 생각해보면 그 동안 나태한 나를 질책해야만 했다. 그래도 뒤늦게나마 이곳에 올 수 있는 나의 용기와 결단을 생각해보니 나름대로 작은 위안이 되었다.

광부의 아들로 태어난 로렌스! 백 년 전 탄광촌 이스트우드에서 로렌스는 유년시절을 보냈다. 그러나 지금의 이스트우드에서 탄광촌의 흔적이라곤 거의 찾아볼 수가 없었다. 장편『아들과 연인들』에 나오는 빙스글리 탄광은 온데 간 데 없이 사라졌고 또 다른 장편『연애하는 여인들』에 나오는 탄광주 제럴드가 운영하였던 탄광 역시 흔적조차 없다. 꼬불꼬불한 길을 따라 겨우 찾아낸 곳은 로렌스 생가가 아닌 로렌스 박물관이었다. 기대했던 로렌스 생가는 없고 다만 생가 자리에는 로렌스 박물관이 대신 들어서 있었다. 박물관 안에는 로렌스가 부모와 함께 지내면서 살았던 침대, 부엌 도구, 성경책, 흔들의자, 그리고 만년에 화가로서 로렌스가 그렸던 그림 등이 일반 관광객들에게 공개 전시되고 있었다.

그러나 나를 깜짝 놀라게 한 것은 영국의 위대한 작가 중의 한 사람인 로렌스가 사후에도 여전히 홀대를 받고 있는 것이 아닐까 라는 생각이 들면서부터였다. 로렌스 생존 당시에도 그는 하층계급의 출신이었고 외설작가의 오명을 뒤집어썼으며 그리고 독일인 아내를 둔 이유로 인해 간첩 혐의자로 오인되어 군당국으로부터 집중감시를 받는 신세로 전락하였고, 그로 인해 자신의 조국으로부터 '왕따'를 당하여 외국으로 유랑생활을 해야만 하였던 그였다. 그런데 로렌스 문학이 영문학사에서 그 진가를 당당히 공인받고 있는 이 시점에서도 그는 초라하기 그지없는 매우 작은 박물관 속에 새장의 새처럼 갇혀 있는 것이 아닌가.

우리 가족이 로렌스 박물관을 방문할 때에는 다른 일반 관광객은 거의 없었다. 관리인에게 물어보니 평상시에도 박물관을 찾는 인원이 매우 적다고 귀띔해주었다. 기껏해야 로렌스 전공학자 및 학생들과 일부 지역 주민들이 입장객의 다수라고 설명해주었다. 나는 커다란 실망을 머금은 채 몇 장의 로렌스 그림엽서와 관련 서적을 구입하고 박물관 밖에서 기념사진을 찍고 다른 장소로 이동하였다.

18세기말에 노팅햄 운하에 물을 공급하기 위해 건설된 무어그린 저수지(Moorgreen Reservoir)를 찾아 나섰다. 『하얀 공작』의 네더미어(Nethermere) 호수와 『연애하는 여인들』의 윌리 호수(Willy Water)의 모델이 된 무어그린 저수지를 찾기란 여간 힘든 일이 아니었다. 달랑 지도 한 장 들고 이정표를 보면서 이리 저리 헤매며 여러 시간을 길가에서 보낸 끝에 드디어 저수지를 찾아내었다. 아, 그런데 이게 웬일인가! 작품 속에 거창하게 묘사된 호수는 지금은 관리의 손길이 닿지 않은 듯 물이 죽어 있었다. 생명의 호수는 거의 죽음에 가까운 호수로 변해있었다. 저수지도 매우 작아 보였다. 그러나 한편으로는 이렇게 작은 저수지를 작품을 통해 그렇게 완벽한 필치로 묘사한 로렌스의 작가적 상상력에 찬탄을 금할 수는 없었다.

돌아오는 길에 『연애하는 여인들』에 나오는 바버 가족(the Barber family)저택의 실제모델이 된 Lambclose House집을 방문하기로 하였다. 이 집은 작품에서 묘사된 것처럼 굉장히 큰 대저택의 옛 모습을 그대로 보존하고 있었다. 집에는 사람이 살고 있지 않았으나 관리가 비교적 잘 되고 있는 듯 꽤 넓은 앞마당 잔디는 잘 깎이어 자라고 있었다. 관리인은 우리에게 매우 퉁명스럽게 대했다. 로렌스 전공자임을 밝혔더니 그는 안색이 파랗게 질려버리는 것이었다. 이유인 즉 로렌스가 생존 당시 이 저택을 극히 부정적인 묘사로 일관하여 이 저택의 소유자들이 아직도 로렌스에 대한 반감을 강하게 가지고 있다는 것이었다. 그래서 이런 저런 이유로 로렌스 전공자들의 방문을 극히 꺼려한다는 취지의 이야기를 그는 말하였다. 두 팔짱을 끼고 씩씩거리는 관리인의 도전적인 태도와 자세를 도저히 완화시킬 만한 언어적 재주와 용기가 없어 난 그만 그 자리를 황급히 떠나고 말았다.

우리 일행은 방문의 마지막 행선지인 빙스글리 탄광으로 향하고 있었다. 『아들과 연인들』에서 로렌스의 분신인 폴의 아버지가 일했던 탄광이었다. 아니나 다를까, 예상했던 대로 이곳은 오래 전에 땅을 매립하여 탄광의 역사를 조금도 찾을 수가 없었다. 지금은 현지에 거주하는 학생들의 소풍 장소로 애용되고 있을 뿐이니 세월의 무상함을 탓할 수밖에 없는 듯 싶었다.

얼마 전 내가 회원으로 있는 학회의 연구이사로부터 전화 한 통을 받았다. 때마침 학회 사업의 일환으로 영국소설 관련 단행본 출간을 기획하고 있었던 차였다. 여러모로 부족한 내가 집필위원으로 로렌스를 담당하여 초고를 쓰고 있었는데 로렌스 사진을 한 장 제출해달라는 내용의 전화였다. 나는 몇 년 전, 잉글랜드 중부지역을 여행하면서 들른 로렌스 박물관에서 구입한 두 장의 로렌스 초상화 사진이 얼른 생각이 났다. 내가 곧 사진을 보내주겠노라고 말하면서 나중에 이 사진을 꼭 되돌려 줄 것을 그에게 간곡히 부탁하였다.

그로부터 일 년이 지났지만 지금도 책이 아직 출간되지 않아 현재로서는 로렌스 사진이 딱 한 장 남아있다. 참으로 애인과도 같은 소중한 사진이다. 어느새 서가에서 다른 책들의 무게를 견디기가 힘들었는지 다소 빛바랜 로렌스 사진을 보물 다루듯 조심스럽게 꺼내 본다. 아무리 생각해보아도 '잉글랜드 추억'의 일등공신은 다름 아닌 현재 달랑 홀로 남아 있는 로렌스 초상화 사진뿐인 것 같아 역시 전공을 속이지는 못하는 모양이다.

['국회보' 2003년 2월호]

2

빼기의 삶은 아름답다

빼기의 삶이 아름다운 이유

– 다운시프트

우리 현대문명은 스피드 광을 초래했다. 이러한 광기는 마치 역병과도 같다. 그래서 많은 사람들에게 급속도로 옮겨지고 있다. 심지어 속도전 시대에 일등이 아니면 다 죽는다는 인식이 팽배해 있다. 고속도 모자라 초고속을 꿈꾸는 일상에 구속되어 있는 것이다.

특히 우리나라의 경우 초고속의 개념은 성취와 자부심의 대명사인양 이해되어 왔던 것이 사실이다. 초고속 경제성장, 초고속 인터넷, 초고속 승진 등 우리는 21세기 초스피드 시대에 살고 있다. 초를 다투는 경주와 경마처럼 빠르게, 더 빠른 것만 찾는 우리의 삶은 과연 행복한 것일까. 어떤 성취를 위해 미친 듯이 바쁘게 사는 것이 과연 인생의 전부일까. 중요한 것은 얼마큼 일을 했느냐가 아니라 어떻게 일을 했느냐에 있지 않을까.

언제부터인가 우리 사회에 다운시프트족이 관심의 대상으로 부각되고 있다. '저속 기어로 바꾸다' 라는 뜻을 가진 다운시프트 용어는 초고속 전쟁에 매몰된 우리에게 많은 시사점을 던진다. '더하기' 가 아닌 '빼기' 의 삶을 지향하는 다운시프트족이 되는 일상적인 방법을 소개한다. 다운시프트족이란 단지 직장을 사직하고 저 멀리 산골로 이사하여 현실로부터 도피하는 사람이 아니다. 지금 살고 있는 현장에서 속도를 늦춰 얼마든지 느림의 미학을 실천하는 느림보족이다.

첫째, 차 마시기이다. 햄버거 등 패스트 푸드(fast food) 식품을 지양하고 대표적 슬로 푸드(slow food)인 차를 마시자. 다구(茶具)를 갖추고 차를 우려내 혼자서 때로는 여럿이 차 맛을 음미하며 여유롭게 마시자. 차를 마실 때는 차만 마시면 된다. 갈팡질팡 다른 생각할 필요는 없다. 은은한 향기의 차와 대화를 나누다보면 나도 모르게 호젓한 삶을 영위하는 다운시프트족의 한적함과 평화로움을 느낄 것이다.

둘째, 산보(散步)이다. 마치 산인(散人)이 한가로이 사는 자유로운 사람을 말하고, 산문(散文)은 형식에 얽매이지 않는 자유로운 글인 것처럼, 산보는 가벼운 마음으로 거리와 공원을 거니는 것이다. 걸으면서 숙고할 시간을 확보하여 마음의 여유를 일상에서 즐길 수 있다. 오늘 당장 산보를 해보면 어떨까. 계속 걷다보면 발걸음과 마음이 한결 가벼워질 것이다. 게다가 옆의 가까운 연인과 팔짱을 끼고 산보하다보면 어느새 다운시프트를 실천하고 있는 나의 참모습을 발견하게 된다.

셋째, 등산이다. 산을 오르면 웬 지 모르게 심신이 가뿐해진다. 숲과 나무에서 뿜어대는 숲 속의 보약 '테르펜' 음이온이 전신을 휘감기 때문이다. 더 나아가 몸속엔 활력이 돌고 영혼이 맑아져 영육 간의 절정과 환희를 경험하기도 한다. 이른바 '포레스트 오르가즘'(forest orgasm)이라고나 할까. 속세에 산재한 러브 호텔의 일회성 초고속 '성적 오르가즘'(sexual orgasm)과 몸과 마음이 상쾌해지고 엑스터시(무아경)를 느끼게 하는 포레스트 오르가즘 중에서 다운시프트족은 과연 어느 것을 선택하겠는가.

넷째, 과유불급(過猶不及)의 지혜 발휘이다. 모든 일은 너무 지나치면 부족하니만 못한 법이 아닐까 싶다. 동서고금의 역사 이래로 과욕이 불씨가 되어 명멸한 많은 사람들을 기억하고 있지 않은가. 그래서 도에 지나친 욕심은 금물이다. 욕심이 잉태하여 죄를 낳고 결국 사망에 이른다고 성경은 가르치고 있다. 초고속 시대에 다양한 유형의 유혹을 물리치기가 쉽지는 않다. 그러나 다운시프트족에겐 마음을 비우는 '빼기'의 삶이 행복으로 가는 지름길이 아닐까 싶다.

지금까지 우리의 삶은 앞만 보고 급하게 달려왔다. 급변하는 시대 조류에 뒤처지지 않기 위해서는 현재보다 더 빨리 질주해야 할지도 모른다. 그럼에도 불구하고 웰빙문화의 확산과 더불어 조금은 쉬어가며 인생을 즐기며 살 수 있도록 해주는 다운시프트 현상은 새로운 트렌드로 자리 잡아 가고 있다. 다운시프트 삶은 배부른 자만의 전유물도 아니요 사치도 아니다. 모든 이의 공유물이다. 그럼 평온한 시간과 여유를 추구하는 다운시프트족 정착의 관건은 무엇일까. 그것은 살인적인 무한경쟁과 조급한 삶 속에서도 아욕(我慾)에서 벗어나 이욕(離慾)에 의지할 수 있는지 여부에 달려 있다.

['이수가족' 2005년 봄호]

삶과 무관심

언제부터인지는 몰라도 세상인심이 갈수록 각박해짐을 느낀다. 아직도 시골 인심은 후하다고 사람들은 말하지만 여기저기서 이기적 현상을 많이 보게 되는 것도 부인할 수는 없는 것 같다. 남은 하찮고 자기만 중요하다고 생각해서인지 상대방에 대한 깊은 관심과 배려가 하루가 다르게 줄어드는 것 같다.

요즘 학교를 보노라면 무관심이 얼마나 확산되어가고 있는지 가늠해볼 수도 있지 않나 싶다. 개인적 경험에 비추어보면 십 여 년 전까지만 해도 스승과 제자 사이의 관계는 상호관심과 이해 그리고 사랑과 존경의 마음이 담겨져 있었던 것 같았다. 그 후 강산이 한 번 바뀌면서 사제지간의 관계에 금이 가기 시작하였다. 학생에 대한 사랑과 선생님에 대한 존경심이 과거와는 사뭇 달라진 듯싶었다. 이타적 사랑과 존경이 이기적 몰이해의 지경으로 서서히 변하는 것이 감지되더니 이제는 정말로 아무도 못 말릴 상황으로 변한 것 같다.

가정에서의 무관심은 어떤가. 언제부터 우리 주변에 맞벌이 부부가 늘어나면서 자녀교육에 커다란 구멍이 뚫리기 시작했다. 어쩔 수 없는 불가피한 상황이기는 하겠지만 어린 아이들을 어린이집 등 아동보육기관의 종일반에 맡겨놓고 저녁시간이나 되서야 아이들을 볼 수 있으니 그들이 엄마의 깊은 사랑을 제대로 느낄 리가 만무하다.

　부부간의 무관심은 이전보다 더욱 빠른 속도로 일반화되어 가는 것 같다. 남편은 일터에서 아내는 집안 또는 직장에서 얼마나 엄청난 스트레스를 받으며 살아가고 있을까. 더군다나 한국적인 직장 환경 아래에서는 사람들이 말 못할 긴장과 초조 불안 그리고 감시의 눈초리에서 완전 벗어날 수가 없는 것 같다. 과연 신바람 나며 일할 수 있는 직업을 가진 사람들이 얼마나 되는지 궁금하기만 하다. 여하튼 문제는 부부 두 사람간의 대화가 상당히 부족하기 때문에 상대방에 대한 관심이 감소되지 않나 여겨진다.

　온종일 격무에 시달려 파김치가 되어 귀가하는 남편과 아내, 학교에서 수업 끝난 후 다시 학원 차량에 지친 몸을 싣고 저녁 공부하러 갔다가 역시 파김치가 되어 밤늦게 집에 돌아오는 자녀들. 무관심 속에 모두가 전쟁 아닌 전쟁을 혹독히 치르고 있다고나 할까. 영국 작가 서머셋 모옴은 그의 희곡 "The Circle"에서 여주인공의 말을 빌려서 "사랑의 비극은 죽음이 아니라 무관심이다"라고 독자들에게 설파하였음을 나는 기억한다. 죽음 또한 두려운 것은 사실이지만 사람간의 무관심이야말로 물리적 폭력과 육체적 죽음보다 더한 정신적 폭력이자 영혼의 죽음이 아닐까 생각해본다.

　최근엔 생태환경에 대한 관심이 점차 확산되고 있는 듯 보인다. 그러나 아직은 사람들 의식 속에 깊게 뿌리내린 것 같지는 않다. 제일 중요한 것은 실천의지인데 다수 국민의 무관심 속에 우리의 생태환경은 갈수록 파괴되고 있고 우리의 삶은 더욱 황폐화되어 가고 있는 것이 현실일 것이다.

공장폐수를 비오는 날을 이용하여 몰래 하천에 흘려 내버리는 악덕 기업주, 태풍 '루사'로 인해 단말마적 고통으로 신음하고 있는 수재민의 아픔을 뒤로한 채 몇 십 년 된 멀쩡한 나무를 벌목해간 몰지각한 사람들, 자신의 생활 쓰레기를 동네 아파트나 어두운 골목에 몰래 내다버리는 무책임한 주민들 등 환경에 대한 철저한 무관심으로 '영혼의 황무지화' 현상은 갈수록 고착되어 가는 것 같다. 들판에 이름도 없이 고고히 핀 풀 한 포기도 자연의 신비요 우리 삶의 일부이지 않은가. 양심의 무단 투기와 환경에 대한 무관심이야말로 우리가 가장 경계해야 할 절실한 부분이 아닌지 곰곰 생각해 볼일이다.

삶과 무관심! 우리 시대의 최대의 화두인 듯 싶다.

사람은 세상에 태어나서 결국 늙고 병들고 죽는 과정의 연속이 아닐까. 2500년 전 싯달타가 14세 때 성문 밖 나들이를 통해 출가수행의 뜻을 두게 된 결정적 계기는 바로 인간의 삶의 재현인 '생로병사'의 생생한 장면을 목격한 직후였다고 말하지 않던가. 이 땅에서 출생하여 목숨을 다하는 날까지 이제는 사랑하는 이에게 보다 더 깊은 관심을 가지려고 노력해봄이 어떨까. 상대방에 대한 관심은 곧 '나'와 '너'가 만나 '우리'가 되어 훗날 커다란 아름다운 열매를 맺을 수 있지 않을까 싶다. 관심이 곧 행복으로 초대하는 열쇠가 아닐까.

['새길' 2002년 가을호]

살며 생각하며

　때는 2005년 새해 1월 7일. 낮이었음에도 불구하고 영하권의 매우 추운 날씨였다. 나는 직장 동료 세 명과 출판사 사장 부부 등 모두 여섯 명과 함께 승합차에 몸을 실었다. 사실, 작년 갑신년의 기억을 여미고 을유년 새해를 설계하는 설레는 마음이 가득했던 차였다. 회색 잿빛 도시를 잠깐만이라도 벗어나고픈 간절함이 있기도 하였다. 그래서 나는 한해의 희망을 차곡차곡 쌓아보기를 기대하면서 행선지인 강원도 평창군 진부면으로 향하였다.

　차는 고속도로에 진입하자마자 쌩쌩 하고 마구 달렸다. 교통체증 없는 한가한 금요일 오후였다. 차창 너머로 멀리 수많은 산이 지나갔다. 아름다운 산을 보면 볼수록 밀폐된 도시의 답답함이 어느새 연기처럼 사라져가는 듯싶었다. 출발 후 세 시간쯤 지났을까. 차가 '속사' 톨게이트를 천천히 빠져나오니 '이승복 기념관' 이정표가 눈에 가까이 들어왔다. 이어서 비포장도로를 10분여 가는 도중에 우리 일행은 첫 번째 난관에 봉착했다. 이곳은 해발 800 미터 고산지대여서 오래 전 내린 폭설이 아직 녹지 않아 길이 매우 미끄러웠다. 목적지까지 100 미터 정도 남았는데 차바퀴는 헛돌기만 하였고 언덕길을 좀체 올라갈 수가 없었다. 우리는 출판사 사장 동서 집에서 1박을 하기로 예정하고 있었다.

전형적인 농부인 그가 트랙터를 몰고 와서는 눈 속에 옴짝달싹하지 못하고 있던 차를 견인하여 무사히 집까지 도착할 수가 있었다.

족히 영하 15도는 될 듯싶은 맹렬한 한파가 몸을 잔뜩 움츠리게 했다. 그러나 이에 아랑곳 하지 않고 나는 가슴을 활짝 펴고 심호흡을 길게 했다. 아! 천혜의 자연이 내뿜는 신선한 공기를 마음껏 들이 마시니 생기와 활력이 콸콸 샘솟는 듯싶었다. 사방을 둘러보니 인가는 전혀 없었다. 단지 진도개 세 마리가 치켜 올라간 꼬리를 흔들며 일행을 반갑게 맞아주면서 멍멍 짖어댈 뿐이었다.

대형 비닐하우스 안에 자리 잡은 집은 방 세 개짜리 황토방이었다. 아궁이에 군불을 땐 지가 좀 되었는지 방바닥은 뜨끈뜨끈했다. 몸을 녹인 나는 일행과 함께 앞마당으로 나왔다. 때마침 저녁인데다 출출한 터여서 저녁 식사를 하기로 의견을 모았다. 집주인 부부 포함 모두 여덟 명이 빙 둘러 앉았다. 추위가 뼈 속까지 스며들었다. 그러나 강원도 고랭지에서 구운 참숯불로 생고기 바비큐 하는 모습을 상상해보라. 이따금 지글지글 타오르는 연기가 눈앞을 가렸다. 비닐하우스에 가득 찬 연기는 빠져나갈 통로를 찾지 못해 안절부절하는 듯싶었다.

그때 고등학교 시절 겨울 수련회에서 백사장에 둘러앉아 모닥불 피워놓고 낭만을 즐겼던 옛 추억이 주마등처럼 지나갔다. 요즘을 일컬어 추억을 소비하는 시대라고 말하지 않던가. 욘사마 배용준 열풍도 옛 젊음을 되찾고 싶은 추억을 소비하고자 하는 일본인들의 감성을 자극한 것과 무관치 않으리라. 이렇게 나는 잠시 추억의 상념에 잠겨있었다.

상추 잎엔 어느새 얼음이 얼었지만 불타는 삼겹살을 싸서 먹는 쾌감이란 흥분 자체였다. 시간이 지날수록 기온이 급강하했지만 여덟 명의 뜨거운 가슴속엔 강추위는 존재하지 않은 듯싶었다. 어느 집단이든 이야기꾼과 소리꾼이 있는 법. 출판사 여사장의 걸쭉한 농담을 풀어가는 실력은 실로 압권이었다. 오십대 초반의 그녀는 좌중의 배꼽을 잡을 정도로 익살과 해학의 이야기보따리를 풀어갔으니 영하 20도의 동장군을 녹일만한 놀라운 재주를 가졌다. 이에 질세라 정년퇴임을 앞둔 백발의 노교수의 입담 실력도 만만치 않았다. 모두가 귀를 쫑긋 세우고 그의 이야기를 경청했다. 과연 그의 '포'(?)는 대단한 위력을 발휘해서 모두가 자지러질 정도로 포복절도할 지경이었다. "어, 저 분 교수 맞아요?" 여기저기서 농담 반 진담 반 아우성이 터져 나왔다.

몸에 좋다는 과실주가 몇 순배 돌고 분위기가 무르익어갈 때였다. 누군가가 갑자기 일어나더니 악기를 꺼내는 것이었다. 묵직한 섹소폰 이었다. 정확한 곡목을 알 수는 없었지만 귀에 익은 노래가 즉석에서 잔잔히 연주되고 있었다. 생각해보라! 인적이 없는 한겨울 고산지대 마을 비닐 천막 안에서 구경꾼이라곤 일곱 명의 관객과 세 마리의 개가 전부인 섹소폰 열린 음악회! 그러나 얼핏 썰렁해 보이는 콘서트의 후원자의 성원은 이날의 백미였다. 밤하늘에 각종 수를 놓은 듯 총총 빛나는 별! 흰눈으로 뒤덮인 이름모를 산! 가끔 천막을 뒤흔드는 소나무 바람소리! 주변이 흑암으로 아무것도 보이지 않는 가운데 하늘과 땅의 모든 족속들이 모두 한마음으로 섹소폰 음악소리에 부드럽게 손짓하며 화답하고 있었다.

열시쯤 되었을까. 도저히 추위를 견딜 수 없어 모두 방안으로 들어갔다. 온몸이 사르르 녹아 온기가 퍼졌다. 한 시간여 정도 차분한 고담준론이 오가는 사이에 방안의 열기는 다시 후끈 달아올랐다. 이번엔 노래와 춤 경연대회였다. 예부터 가무를 즐겨했던 한민족 후예답게 사람들은 역시 노래와 춤에 강했다. 이날 남녀 모두 뭔가에 '올인' 하듯 자신의 애창곡과 춤을 멋지게 선보였다. 여기저기서 깔깔대며 폭소가 터져 나왔다. 그런데 대한민국 남자들은 왜 이렇게 거의 한이 맺힌 듯 소리를 질러대며 알 듯 모를 듯 이상한 춤을 추어가며 몸부림쳐야만 했을까. 왜 그들은 평소엔 점잖은 체 하다가도 마이크만 잡으면 절규하며 울부짖을까. 세상의 어느 사람치고 스트레스 받지 않는 사람은 없다. 그런데 유독 우리 남정네들은 세상의 모든 짐 다 짊어지고 가는 사람처럼 어깨가 축 늘어진 채 측은해 보이는 걸까. 나 역시 오늘만큼은 자유로워지고 싶었다. 모든 구속에서 완전히 해방되고 싶었다. 천지 간 교섭을 자연을 통해 느끼고 싶었고 사람들과의 만남을 통해 서로를 이해하고 타인의 입장이 되고 싶었다. 그래서 오늘 이 시간이 내겐 무척 소중하고 의미가 깊었다. 어느덧 여덟 명은 모두 어깨동무 하며 목소리를 모아 합창하고 있었다. "우리~ 만남은 우연이~ 아니야. 그것은 우리의 바램 이었어……." 그날 새벽 두 시가 다 돼서야 우리는 잠자리에 들었다.

그날 기상 시각은 6시 40분이었다. 동해의 해돋이의 장관을 보기 위함 이었다. 체감온도는 영하 20도가 훨씬 넘을 성 싶었다. 살을 저미는 듯한 한파였다. 숨 쉴 때마다 콧구멍의 코털이 짝 달라붙었다. 털장갑과 빵모자 그리고 두툼한 외투를 걸친 채 완전 무장 하고 나는 일행과 함께 백설의 산을 향해 천천히 올라가기 시작했다. 꼬불꼬불 미끄러운 산길을 헤치고 정상에 오르니 해발 1100 미터라고 주인집 농부가 귀 띔을 주었다. 사실, 그는 대규모 고랭지 채소를 재배하여 전국 각지 유명호텔 샐러드용 채소를 공급하는 기업형 '1인 사장'이었다. 그의 농부 전향의 변(辯)이 비범함을 알 수 있다. "도시에선 마냥 '밥'만이 눈에 들어왔습니다. 그런데 어느 날 우연히 오지 산골인 이곳에 와서 둘러보니 산과 들과 밭 등 '자연'이 눈에 쏙 들어 왔습니다. 그래서 지금은 위대한 자연을 통해 겸손을 배우고 있습니다."

산정에서 잠시 담소를 나누고 휴식을 취하고 있는데 멀리 보이는 산 너머로 동해의 해가 갑자기 떠오르기 시작했다. 너무나 순식간의 일이었다. 그 순간 나는 '야호~!' 큰소리로 인사 하면서 새해의 힘찬 도약과 소망을 빌었다. 이 감격! 이 감동! 고등학교 수학여행 때 경주 토함산에서 처음으로 일출을 본 이후 다시 해돋이를 보다니 이 감개무량!

하산하여 아침식사를 맛있게 먹은 후 일행은 주문진항으로 향했다. 어렵게 시간을 내어 이곳에 온 김에 가보자고 해서 내린 결정이었다. 출발지에서 자동차로 딱 한 시간 거리인 항구에 도착했다. 주문진항의 명물인 '아들바위'! 1억 5천만 년 전 쥬라기 시대에 생긴 '아들바위'에 기원을 하면 아들을 낳는다는 전설이 깃든 바위! 동해의 또 다른 명물인 신선한 '회'! 자연산 '회'를 바로 떠서 먹는 맛이란 정말 먹어보지 않고선 느낄 수 없는 일품요리인 '회'! 그런데 '회'를 먹고 있는 이 때였다. 직장 선배의 휴대폰에서 요란한 벨소리가 울렸다. "네? 장모님이 위독 하시다고요?" 순간 침묵이 흘렀다. 5분 후 다시 벨소리가 울리자 그는 휴대폰을 얼른 꺼냈다. "네? 장모님이 돌아가셨다고요?"

급히 상경하는 차 안에서 여섯 명은 거의 아무 말이 없었다. 유행가사말 대로 "다 그런거지 뭐 그런거야. 아 그러길래 미안 미 안해~" 우리네 삶이 다 그런 것이 아닐까 싶었다. 어제는 마음 껏 먹고 마시고 읽고 토론하고 노래하고 춤추고 하다가도 오늘 과 내일 무슨 일이 일어날지 아무도 모르는 것이 바로 삶의 참 이치인 듯싶었다.

['새길' 2005년 봄호]

불가능을 가능으로

　나는 'Impossible'이라는 영어 단어에 오묘한 매력과 사랑을 느낀다. 혹자는 '불가능한'이라는 뜻을 가진 이 단어에 무슨 얼토당토 않는 의미를 부여하느냐 할지도 모르겠다. 'Impossible'에 점 하나를 찍어본다. 'I'm possible'이 되어 '가능한'의 뜻을 내포하고 있지 않은가. 다시 말해 'Impossible'엔 무엇이든 할 수 있다는 함축된 가치가 내포하고 있다고 여겨진다. 여기서 나는 곰곰 생각해본다. 그 하나의 점처럼 가능하지 못한 것을 가능함으로 만드는 불굴의 의지와 집념을 마음속에 그려본다.

　사실 이 세상은 결코 단순하지가 않다. 세상만사가 생각하는 만큼 그렇게 쉽지가 않다는 말이다. 모든 것이 새롭고 낯설기만 하다. 더욱이 당면한 현안을 속 시원히 풀기가 그리 녹록하지가 않다. 그런데 역설적으로 말해 만약 문제 해결이 용이하다면 인생살이도 재미가 없을 것 같기도 하다. 빠른 고속도로 주행 보다는 속도가 상대적으로 느린 국도 운행이 더 볼거리와 흥분을 자아낼 수도 있지 않을까 싶다.

　여하튼 때로는 눈앞이 정말 캄캄할 때가 오곤 한다. 어둠과 방황의 긴 터널을 숨죽이며 지나야할 괴로운 순간도 있다. 망각과 죽음의 강을 건너야만 되는 어려운 시기도 있을 것이다. 실연과 실패의 아픔이 있을 수 있으며 별리와 회한의 고통을 감내할 수밖에 없는 참혹한 상황에 빠지기도 한다. 도대체 모든 것이 불가능해 보인다. 깎아지른 듯 높은 절벽의 벼랑 끝에 홀로 서 있다고나 할까. 누구든 한두 번쯤은 이런 쓰라린 경험이 있을 것이다.

나는 절체절명의 위기에 처할 때마다 내 좌우명이 되다시피 한 'Impossible' 단어를 떠올리곤 한다. 위기를 기회로 바꿀 수 있다는 삶의 강한 의욕과 투지를 불태우려고 다짐한다. 결과가 어떻게 될지는 예측할 수는 없다. 그러나 불가능을 가능으로 변모시킬 수 있다는 긍정과 확신은 정말로 중요하다고 생각한다. 물컵에 물이 아직도 반이 남아 있다고 긍정적으로 생각할 것인가. 아니면 반밖에 남아 있지 않다고 부정적으로 여길 것인가. 특히 한 치 앞도 내다볼 수 없는 혼탁한 세상에서 '나는 어떤 일도 가능하게 만들 수 있다'는 굳은 신념과 자신감은 결코 지치지 않는 영혼의 맑고 생생한 울림으로 다가온다. 결코 포기하지 않고 도전하는 삶은 얼마나 아름다운가!

하인스 워드. 2006년 2월 초에 열린 NFL(미국 프로 풋볼리그) 챔피언 결정전인 수퍼볼의 영웅. 오늘의 성공의 뒤안길엔 한국인 어머니의 피와 눈물이 있었다. 가난과 시련과 불가능을 극복하고 최우수선수에 선정된 그의 이야기와 어머니의 인터뷰 내용은 모든 이의 심금을 울린다. 어렸을 때부터 피부색이 달라 미국 흑인 친구들로부터 혼혈이라고 손가락질 당한 하인스. 그는 말한다. "저는 어머니에게 포기하지 않는 근성과 끈기, 정직과 신뢰, 희생정신과 성실성, 그리고 무엇보다 사랑을 배웠습니다. 지금의 저를 만든 것은 어머니가 몸소 실천하신 그 가치 때문이었습니다." 남편으로부터 버림받은 어머니. 그녀는 접시닦이와 호텔청소 그리고 잡화점 계산대에서 하루 세 가지 일을 하며 아들에게 불가능을 가능으로 바꾸는 위대한 도전정신과 희생정신을 온 몸으로 보여주었다. 그녀는 말한다. "하인스가 초등학교 때부터 나는 새벽 4시에 나가 일했어요. 여러 가지 일을 동시에 하는 것은 힘들었지만 중간에 포기하고 싶은 생각은 없었어요."

그렇다! 나는 이 세상에 불가능한 것은 없다고 단언한다. 다만 불가능해 보일 뿐이다. 누구는 말하기를 사람은 팔자대로 살기 마련이라고 한다. 어느 대중가요 가수의 노래처럼 잘살고 못사는 건 타고난 팔자일지도 모른다. 또한 사람의 수명은 이미 인체 내에 프로그램화 되어 사는 날이 정해져 있다는 고정불변의 기계적 운명론을 이야기하기도 한다. 정말 그러하다면 도저히 실현 불가능한 일에 부딪칠 때마다 '아자! 아자! 아자!' 정신으로 똘똘 뭉치면 어떨까 싶다. 지금 당장은 성취가 어려울지도 모른다. 아니, 어쩌면 목표 달성이 꽤나 어려울 것이다. 그렇다 해도 지금부터 미래를 세심히 준비해야 하지 않을까. 가장 늦었다고 생각할 때가 가장 빠른 법이라고 흔히 말하지 않던가.

믿음과 소망과 사랑이 있는 곳에 불가능이 가능이 되지 않을까 싶다. 불가능을 가능으로 만드는 노력이 때론 바람이나 그림자를 잡는 포풍착영(捕風捉影)으로 비칠지 모른다. 그러나 호랑이 굴에 들어가지 않으면 호랑이 새끼를 얻을 수 없는 불입호혈부득호자(不入虎穴不得虎子)의 마음가짐으로 불가능을 가능으로 바꾸는 적극적 자세가 필요한 듯싶다. 그래서 '불가능이란 말은 나의 사전에 없다'라고 말한 나폴레옹 1세의 호언장담은 후세 사람들에게 커다란 용기를 준다. 인간의 불가능성은 무한하게 보인다. 그러나 인간의 가능성도 무한함을 주목해야 하지 않을까 싶다.

어제는 꿈만 같던 일들이 오늘의 현실 속에서 실현되고 있는 때에 살고 있는 요즘이다. 나는 어제의 불가능을 오늘의 가능으로 모두 바꿀 수 있다고 확신한다. 하늘은 스스로 돕는 자를 돕는다고 하지 않던가. 오래 전 상영된 영화제목 'Mission: Impossible' (작전수행 불가능)을 오늘부터라도 'Mission: Possible' (목표실행 가능)으로 바꿔 발상의 대전환을 시도해보면 어떨까. 그래서 이제 강인한 삶의 뼈대를 다시 정밀 설계해보자. 불가능을 가능으로 변모시켜 새롭게 '재건축' 한 인생의 승리를 위하여!

해는 매일처럼 서산에 지지만 또 다시 찬란히 떠오르는 법이다. 모든 것이 불가능의 대상으로 여겨졌던 우리나라를 "끊임없는 노력이 완성을 향해 팔을 벌리는 곳"으로 읊조린 시인 타고르. 그렇다! 내일의 밝은 태양을 맞이하려면 어제의 불가능이라는 긴 잠에서 오늘 깨어나야 하지 않겠는지 신중히 생각해볼 일이다.

나는 인간의 삶의 목표는 결코 End(마지막)이 아니라 And(그리고)라고 생각한다. 2006년 희망찬 새 봄을 맞이한다. 성취를 위해 도전하는 다짐과 결단이 필요하다. '그리고' Impossible의 숨겨진 긍정의 뜻을 마음속에 다시 한 번 깊이 새겨볼까 한다.

['새길' 2006년 봄호]

만남과 헤어짐의 역설

　인간의 삶 자체는 만남과 헤어짐의 연속이다. 태아가 어머니의 뱃속에서 열 달 동안 자라서 갓 난 아기로 태어나는 순간부터 그는 이 세상과의 첫 만남을 경험한다. 그 아기는 주변 사람과 다양한 관계를 맺기 시작한다. 성인이 되고 나이가 들면 그도 어느덧 죽음의 문을 두드리게 된다. 결국 세상과 운명적으로 헤어지는 비운을 맞이하게 된다. 이와 같이 만남과 헤어짐은 반복하기 마련이다. 그러나 이러한 숙명적 순환은 자연스런 삶의 섭리가 아닐까 생각한다. 그리고 또 다른 만남을 준비하고 새롭게 창조하는 과정의 일환일 듯싶다.

　과거에 사람들은 무수히 많은 만남과 헤어짐을 거듭하며 살아오지 않았던가. 사람들은 현재를 살아가고 있으며 앞으로도 그렇게 살아갈 것이다. 현대인들은 '만남과 헤어짐은 하나' 라고 하는 회자정리(會者定離)의 정을 그들의 추억 속에 간직하기 위해 주로 사진촬영을 하는 것 같다. 반면에 옛 문인들은 그러한 깊은 정을 그림과 시로 기록하여 후세에 남겼다. 만남의 기쁨을 묘사한 것이 계회도(契會圖)이고, 헤어짐의 아쉬움을 담은 것이 전별시(餞別詩)라고 말할 수 있다. 사진이든 계회도이든 그리고 전별시이든 만남과 헤어짐의 애틋한 사연을 담고자 하는 사람들의 마음은 한결같다 하겠다. 그래서 그 공통된 마음은 예나 지금이나 시공을 초월하는 원초적인 감정의 표현이 아닐까 싶다.

만남과 헤어짐의 감정을 양악기의 소리로 각각 표현할 수도 있지 않을까 문득 생각해본다. '날카로운 첫키스'의 운명적 만남을 현악기로 어떻게 감정 표현을 할 수 있을까. 그 것은 다름 아닌 고음을 넘나드는 바이올린의 날카롭고 긴장되면서도 달콤한 선율과 같다 할 것이다. 그렇다면 떠날 때 아쉬운 마지막 입맞춤의 영원한 헤어짐은 첼로의 굵은 현을 긁는 활을 통해 나오는 바람소리와 같지 않을까.

바이올린의 비브라토 떨림과도 같은 만남은 사람들에게 매우 중요한 의미를 부여하는 것 같다. 누군가와 만난다는 그것 자체가 듣기만 하여도 긴장되는 순간이기 때문이다. 특히 이성 간의 첫 만남이라면 두 말할 필요도 없다. 심장이 콩닥 콩닥 뛰면서 그 떨리는 만남을 밤을 지새우며 애타게 기다리지 않겠는가. 물론 생각하기조차 싫은 쓰라린 만남의 기억도 당연히 있을 것이다. 그러나 많은 사람들의 추억 속에는 이성과의 만남을 통한 사랑의 소중한 기억을 남기고 있을 것이다. 아름다운 청춘을 온 몸과 전심으로 노래하고 불태운 적도 있을 것이다. 시작도 끝도 없을 정도로 지칠 줄 모르는 열정과 애정을 토로하며 좋은 만남의 추억도 경험하였을 것이다.

첼로의 바람소리와도 같은 헤어짐에는 아련히 떠오르는 옛 추억과의 긴 시간적 헤어짐이 있다. 사십대 이상의 성인이면 누구나 생각날 것 같다. 추운 한겨울 밤 어렸을 때 할머니 집에서 옛날이야기를 들으면서 화롯가에 앉아 감자와 고구마를 구워 먹곤하였던 지나간 추억과 낭만과의 시간적 이별을 기억하고 있을 것이다. 그리고 헤어짐에는 공간과의 이별인 거리적 헤어짐도 있다. 사랑하는 가족과 혹은 친한 친구와 멀리 외국에서 떨어져 살았던 지극히 먼 거리적 슬픈 이별을 또한 한두 번쯤 기억하고 있을 것이다. 그러나 무엇보다도 헤어짐의 으뜸으로 꼽을 수 있는 것은 이성 간의 정적인 이별인 것 같다. 이런 경우엔 헤어짐의 옳고 그름을 떠나 두 사람이 입을 영혼과 육체의 상처는 결코 쉽게 아물지 않는다.

이와 같이 헤어짐에는 인생의 고뇌와 눈물이 뒤따르게 마련이다. 누구인들 헤어짐을 반기며 좋아하겠는가. 적지 않은 세월을 부대끼며 함께 살아온 부부가 있다고 가정해보자. 그런데 어느 날 남자는 별안간 여자로부터 헤어지자는 결별 선언을 듣게 된다. 여자는 남자를 이중인격자라고 힐난하면서 일방적으로 매도하고 궁지에 빠뜨린다. '이건 정말 아닌데' 하며 남자는 끓어오르는 분노에 연일 치를 떤다. 하지만 악화된 부부관계를 전환시키기엔 도저히 역부족이어서 결국 둘은 헤어지는 수순을 밟는다. 그런데 여기서 이러한 뼈아픈 상황을 긴 안목에서 생각해 볼 필요가 있지 않나 싶다. 이별 후 시간이 지나면 헤어질 때 사방에 흩뿌렸던 통한의 눈물이 이제는 조용한 관조의 미소로 거듭날 수 있는 마음의 여유가 있어야 하지 않을까 싶다. 언제까지 과거에 얽매일 수는 없는 법이다. 헤어짐이 차선일 수밖에 없었다면 사람들은 고통스러운 이별을 통해 모진 인생에 더욱 성숙해지지 않을까. 더 나아가 거친 삶을 지혜롭게 견딜 수 있는 내성도 키울 수 있지 않을까. 그래서 만남과 헤어짐을 모든 것의 끝인 부정이 아니라 새로 시작하는 긍정의 힘으로 승화시켜봄이 어떨까 싶다. 물론 이것은 쉬운 일은 아니다. 그렇다고 해서 어려운 작업도 결코 아니다. 중요한 것은 자신의 역경을 극복하고

자 하는 확고한 의지 확립과 발상의 능동적 전환이 아닐까 생각
해본다.

['산림' 2007년 2월호]

진실한 혀와 거짓 혀

"세상을 속이려면 세상 사람들과 같은 얼굴을 하셔야 합니다. 눈이나 손이나 혓바닥에도 환영의 빛을 띠워 겉으로는 무심한 꽃처럼 보이게 하고 그 그늘에 숨어 뱀이 되십시오."

영국의 문호 세익스피어의 4대 비극 중의 하나인 『맥베드』에서 멕베드 부인의 말을 빌어 세익스피어는 권력찬탈의 음모를 일갈하고 있다. 환영을 가장한 거짓 혀를 통해 얻게 될 무상의 권력을 탐하는 인간을 꽃그늘에 숨은 뱀으로 질타하는 작가의 예리한 심리묘사는 가히 압권이다.

예나 지금이나 혀는 대체로 부정적인 이미지가 강하다. 사람이 모인 곳이면 수군수군 거리며 남을 험담하기 십상이다. 보이지 않는 곳에서 남을 신랄히 비방하고 위해(危害)의 음모를 꾸미는 것은 독사보다 악독한 범죄가 아닐까. 독사는 접근하는 자만을 물어서 위해 한다. 그러나 수군수군 하는 사람은 수만리 밖에 있는 사람들까지도 위해 할 수 있으니 말이다.

"혀 아래 도끼 들었다"라는 옛말이 있다. 인체의 작은 지체에 불과한 혀를 통해 나오는 말을 잘못 뱉으면 큰 벌을 받게될 수도 있으니 말을 언제나 조심해야 한다는 뜻이다. 사람은 누구나 실수하기 마련이다. 하지만 비꼬는 듯한 패려(悖戾)한 혀를 통해 나오는 거침없는 말은 남의 마음에 씻을 수 없는 상처를 준다.

말(言)은 결코 죽는 법이 없다. 살아서 사람과 함께 머물기 때문이다. 살아가면서 사람들은 얼마나 무수한 말을 할까. 그러나 슬기롭고 지혜로운 말의 주인이 되기보다는 편견과 위선, 그리고 가증스러움과 오해의 말들을 내뿜는 독설가가 되기 쉽다.

오래 전 이야기이지만 온 나라를 떠들썩하게 하였던 이른바 '옷로비' 사건 국회 청문회에서 당시 고위 공직자 부인들이 거짓말(위증) 때문에 유죄를 선고받았던 일을 누구나 기억할 것이다. 또한 총선과 대선 과정에서 국회의원 입후보자들과 대통령 입후보자들의 수많은 공약(公約)의 말들은 어떤가. 결국 공약(空約)으로 끝나고말 무책임하고 경솔한 말들을 그럴듯하게 위선으로 포장한 채 세상에 마구 쏟아내지 않던가.

역설적이긴 하지만 혀는 고통을 주기도하면서 학대의 대상이 되기도 한다. 두 해 전에 LA 타임스는 알파벳 'R'과 'L' 발음이 어려워 어린아이의 혀를 절단하는 수술이 성행하는 한국 사회를 꼬집는 기사를 보도했다. 조기 영어교육 열풍을 틈타 영어발음을 향상시킨다며 어린이의 의사와는 상관없이 강제로 혀를 학대하는 수술을 하는 기막힌 현실이 개탄스럽다. 학대받는 혀의 기괴한 모습을 상상해보면 누구나 쓴웃음이 나올 것이다. 고통받는 혀도 문제이지만 이로 인해 야기되는 5세 미만 아이들의 불필요한 스트레스가 또한 걱정이다.

이와 같이 혀의 부정적인 면이 많이 있음에도 불구하고 혀는 긍정적인 측면도 있다. "말 한 마디에 천냥 빚을 갚는다"라는 속담처럼 진실한 입술은 양약과도 같다. 사람이 이 세상에 태어나 셀 수 없이 뿌려 놓은 말의 씨들이 아름다운 열매를 맺는다면 이보다 더 좋은 행복은 없을 것이다. 성서의 세례요한을 보자. 그

의 진실한 혀에서 우러나오는 말들은 그의 사역에 풍성한 열매
가 맺혔음을 기억한다.

조선 왕조시대를 보자. 임금과 국정의 잘못을 지적하며 간언
(諫言)한 언관(言官)들의 직언은 이 시대를 살아가는 우리에게 시
사하는 바가 크다. 사헌부와 사간원에 배속된 언관들은 왕의 말
한 마디가 곧 법인 절대권력의 시대에 목숨을 걸고 정의의 혀로
써 왕에게도 쓴 소리를 아끼지 않았다. 언관의 수장인 사헌부의
대사헌으로서 조선 왕조의 대표적 도덕적 파수꾼인 조광조의 옳
은 입술을 생각해보아라. 바른 소리는커녕 아부, 비방, 악심, 부
화뇌동 등등이 만연되어 있는 우리 사회의 모습이 부끄럽기만
하다.

가족, 직장, 사회, 국가에서 혀를 잘 다스리는 사람은 마음을
다스릴 수 있으니 행복할 것이다. 눈과 귀 그리고 몸과 마음을
열면 행복의 문으로 초대받아 앞으로 바싹 다가가지 않겠는가.
당신은 진실한 혀와 거짓 혀 중에서 어떤 것을 선택하겠는가.

['흙 사랑 물 사랑' 2004년 8월호]

디지털 유목민 시대를 생각하며

　미래문명은 디지털 유목민 시대이다. 인류는 정착인의 삶을 마감한 지가 오래다. 그 대신 끊임없이 이동하는 유목민으로 진화 중이다. 지금 세계는 수퍼 네트워크로 무장 이동하고 있다. 국경 인종 종교 직업 주거를 초월하여 세계 방방곡곡의 미지의 시민과 쌍방향 교류 소통 중이다. 우리 한민족 유목민은 전 세계 150여 개국 650만 명에 달한다. 지구촌 화교 유목민은 130여 개국 6000만 명에 이른다고 한다. 과거 국가간 영토화 과정의 결과인 고정적 경계의 권력 해체가 이미 진행되고 있다. 반면 세계는 지금 유동적 경계인 권력의 탈영토화로 급속히 변신을 거듭하고 있다. 이러한 디지털 유목민시대에 우리가 생각해보고 대비해야 할 진정한 생존 무기는 무엇일까.

　첫째, 혁명적인 유비쿼터스 사고로 무장하자. 라틴어로 '언제 어디서나 있는'을 의미하는 유비쿼터스 시대의 도래가 초읽기에 들어갔다. 시간 장소에 구애됨이 없이 어느 정보통신 기기를 이용해서 자유롭게 네트워크에 접속하는 환경이 곧 우리의 삶을 지배하리라 전망된다. 인류역사는 농업혁명 산업혁명 정보혁명을 거치면서 도시적 물리공간과 전자공간이 절묘하게 통합된 유비쿼터스 혁명시대를 목전에 두고 있다. 즉 사람과 컴퓨터와 사물이 통합되어 조직과 사회의 구조를 혁명적으로 변화시킬 것이다. 이러한 때 디지털 유목민적 변화의 흐름을 주도하고 이에 걸맞은 혁신적인 인식의 전환을 항상 준비하고 곧바로 실행에 옮겨야 한다. 21세기는 유비쿼터스적 새로운 사고와 철학을 가진 인재를 절실히 요구하고 있다.

둘째, 배우자 사랑하듯 모국어를 사랑하자. 국어는 민족의 정신과 혼이다. 글자가 없으면 국가도 없다. 지구상에서 고유글자를 가진 민족은 50여개에 불과하다. 프랑스는 매년 3월 중순 일주일 동안 '프랑스어 사랑' 주간을 설정하여 불어에 대한 사랑과 긍지를 국민들에게 심어준다고 한다. 영국인은 올바른 표준영어 사용에 자부심을 느낀다고 한다. 그런데 우리말은 어떤가. 인터넷 통신 언어로 인한 한글 오염 및 파괴는 일일이 열거할 수 없을 정도로 만신창이가 되었다. 올바르고 철저한 국어교육 시행으로 자국 문화의 정체성을 확립해야 한다. 이렇게 할 때 디지털 유목민 시대가 추구하는 세계화 과정에 동참하면서 우리 고유문화를 새롭게 창조할 수 있다.

셋째, 연인에게 대하듯 영어와 한자에도 깊은 관심을 갖자. 현재 영어 사용 인구는 전 세계 인구의 25%(약 16억 명)로 추정된다. 세계 웹사이트와 이메일 사용 언어의 90%가 영어다. 또한 세계 컴퓨터에 저장된 정보의 80%가 영어다. 한편 인구 15억여 명의 중국 일본 말레이시아 싱가포르 등 한자 사용 문화권과 향후 다양한 교류 협력은 갈수록 절실해지고 있다. 더구나 한 중 일 세 나라간의 엄청난 경제교역과 꾸준한 문화교류 등 사회간접자본의 상당한 기능을 한자와 한자어가 가지고 있다. 이런 점에서 디지털 유목민 시대를 주도하기 위해 영어와 한자를 극복하지 않고서는 그 대열을 이끌어 갈 수 없다.

넷째, 어떠한 일을 하든 확고한 자신감을 가지자. 1940년대 미국 메이저리그 뉴욕 양키스 프로야구팀의 조 디마지오는 전설적인 외야수였다. 통산 타율 3할 2푼 5리에다 1941년엔 56 연속경기 안타 세계기록을 세운 최고의 주루 플레이어였다. 그는 자신의 자서전에서 이렇게 적고 있다. "훌륭한 타자가 되는 첫 번째 필요조건은 자신감이다. 자신감 없이는 어떠한 선수도 타자가 될 수는 없다. 만약 당신의 마음속에 투수의 공을 때려낼 수 없다거나 투수가 당신의 몸에 공을 맞힐지도 모른다는 두려움이 있다면 아예 야구를 포기하는 편이 좋을 것이다." 급물살을 탄 디지털 유목민 시대에 확고한 자신감이야말로 미래의 삶을 개척하는 첩경이다.

이제 새 역사 창조는 디지털 유목민 삶에 대한 새로운 인식 혁명으로부터 나온다. 도도히 흐르는 시대적 변화를 거부하고 고치 안에 안주할 것인가. 아니면 변화를 수용하여 비상할 나비가 될 것인가. 주사위는 이미 던져졌다.

['흙 사랑 물 사랑' 2004년 10월호]

새 술은 새 부대에

　바야흐로 소망의 새 해가 밝았다. 돌이켜 보면 지난 한 해는 여기저기서 실의와 좌절 그리고 절망의 목소리가 우리의 삶을 지배하고 있지 않았나 싶다. 모두가 힘들었다. 그리고 어려웠다. 이런 와중에 희망찬 아침 해가 돋았으니 올 한 해는 모두 힘을 내보자. 그리고 우리 민족의 저력을 일으켜보자. 새 해 벽두에 나는 개인적 체험을 통해 다음의 문제들을 진지하게 생각해보고자 한다. 새 술을 새 부대에 담기위한 의식의 공유라고나 할까.

　첫째, 양보의 문제이다. 어찌하다 보니 영국에 다년간 체류할 기회가 있었던 나는 영국인들이 운전할 때에 양보운전이 체질화되어 있음을 보았다. 그들의 이러한 선진 교통문화 의식이 오늘날 영국인들의 살아 숨쉬는 밑바탕인 것 같다. 예를 들어, 영국에는 '라운드 어바웃'(roundabout)이라는 매우 독특한 교차로 시스템이 있는데, 그 중앙에는 원형 구조물이 설치되어 있다. 자동차가 좌측통행을 하는 영국에서는 교차로에 진입한 차량들이 바로 우측에서 먼저 진입한 차에 우선권을 양보한다. 우측 차가 먼저 간 다음에 시계 방향으로 돌면서 자신이 가야할 길을 찾아 빠져 나간다. 따라서 운전자는 좌측에서 진입하여 이미 기다리고 있는 차를 의식하거나 볼 필요 없이 오직 우측에서 진입하는 차량만 신경 쓰면 된다. 어찌 보면, 철저한 양보 운전이 준수되지 않으면 사고 다발 위험이 매우 큰 교차로 체계이다. 그러나 영국에 머무는 동안 사고 현장 및 사고 소식을 목격하지도 그리고 들어 본 기억이 없으니 영국인들의 양보 운전 습관은 여전히 '난폭 운전' 또는 '곡예 운전'이라는 오명을 뒤집어쓰고 있는 우리 한국인 운전자들에게 타산지석이 될 듯싶다.

둘째, 이질성과 다양성 문제이다. 익히 알려진 바와 같이, 미국의 별칭인 '도가니'는 혼합 민족의 이질성 및 다양성을 적극 수용하고 포용하는 상징적 단어이다. 이는 타인의 타성을 배척하지 않고 오히려 그것을 능동적으로 받아들여 개인과 사회 발전에 기여한다. 이질성을 배제하고 동질성만을 고수하다 퇴행의 과정을 거친 미국의 윌리엄 앤 메리 대학의 그 전형적인 예를 들어보면 우리에게 시사하는 바가 크다. 영국의 식민지 시절인 1600년대 미국에는 윌리엄 앤 메리 대학과 하버드 대학 등 두 개의 대학만이 존재하였다. 당시 수재들의 학문의 전당이었던 전자는 제자를 도제식으로 교수에 임명함으로써 학문의 동질성 원칙만을 굳게 지켰다. 반면에 후자는 모교가 아닌 타 대학에서 일정한 기간 동안 뛰어난 업적을 쌓아야만 교수로 임용하는 학문의 이질성 원칙을 사수했다. 지금 윌리엄 앤 메리 대학은 초일류대학에서 한 걸음 뒤처진 주립대학이 되었고 하버드 대학은 오늘날 세계적 권위와 명성을 자랑하는 유수의 사립대학이 되었다. 위의 사례에서와 마찬가지로, 이질문화를 체질화시키기는커녕 그것을 거부하는 '동종교배'의 상징적 폐해를 우리는 구한말 조선의 쇄국정책에서 분명히 보았다. 이러한 순혈주의 만능주의 풍토가 현대 우리 사회 구석구석에도 여전히 독버섯처럼 자리 잡고 있지는 않은지 곰곰이 반성해 볼 일이다.

셋째, 대학생들의 학업 문제이다. 약 18년 전, 미국의 어느 한 대학 강의실 수업이었다. 영문학 수업 시작 5분 전, 학생들은 철저한 수업 준비가 완료되어 있었고 자못 긴장감마저 돌았다. 드디어 영미소설을 강의하는 나이 50대 중반의 한 교수가 입실하자 강의실은 쥐 죽은 듯 침묵만이 흘렀다. 학생들의 시선은 교수의 일거수일투족에 고정되었고 교수의 강의는 시간이 흐를수록 서서히 열변을 토해내기 시작했다. 그만의 독특한 손짓과 몸짓을 토대로 온 몸과 마음과 열정을 오로지 강의에만 헌신하는 교수의 모습은 오히려 성스러운 외경심마저 들게 하였다. 강의실에서 학생들이 떠들거나 잡담을 나눈다는 것은 상상할 수가 없었다. 열띤 자유토론과 질의 응답시간이 이어졌고 그렇게 그날의 수업은 끝이 났다. 학문에 대한 교수의 뜨거운 열의와 학생들의 진지한 수업 태도와 적극적인 수업 참여를 직접 목도하면서 그때 내 마음 속엔 엄청난 문화충격과 나 자신에 대한 부끄러움으로 위기감이 맴돌았다. 그 후 유유히 시간은 꽤 흘렀다. 다소 정도의 차이는 있지만 우리 대학생들의 비학구적인 모습을 직접 현장에서 혹은 언론 보도를 통해 간접적으로 접하게 된다. 작금의 무기력한 고등교육 현실의 공통점은 학생들이 기초실력과 인성교육이 제대로 갖추어져 있지 않다는 사실에 있다. 학문에 대한 뜨거운 열정과 애정이 아쉽다고나 할까.

지금까지 우리 한국인들의 체질개선을 위해 짚고 넘어 가야 할 몇 가지 문제들을 생각해 보았다. 2005년 새 해를 맞이하면서 우리에겐 새로운 시대적 변화에 이전 보다 더욱 더 적극적이고 능동적으로 대처해야할 필요성이 절실히 다가온다. 편향된 좌정관천(坐井觀天)의 시각으로만 보아온 결과, 역사 속으로 사라져 영원히 잊혀진 국가와 인물의 경우를 나는 면면히 흐르는 세계 역사를 통해 보아왔다. 지금 이 시간에도 도도하게 흐르는 역사의 숨결을 느끼고 함께 호흡하면서 우리 모두는 앞으로 창의적 사고와 도전 정신 그리고 통시적 의식의 변화를 스스로에게 요구하여야 한다. 특히 개인, 직장, 사회, 국가의 생사의 갈림길에 서 있는 우리는 문제의 대안을 의식 개혁에서 착목(着目) 할 필요가 있다. 그 중에서 양보의식의 구현, 이질성과 다양성 의식의 포용, 학생의 향학의지 발현 등을 통해 올 한 해의 '술'을 새 의식의 '부대'에 담아 온 몸으로 기쁘게 맞이하고 다함께 축배를 들 준비를 해보면 어떨까.

['흙 사랑 물 사랑' 2005년 1월호]

변화를 기회로!

강단에 서서 대학생들을 가르쳐온 지도 어느덧 십 삼 년이 흘렀다. 흐르는 강물과도 같은 세월을 막을 수야 없겠지만 어디론가 저만치 훌쩍 떠나 가버린 속절없는 시간의 흔적을 떠올려보니 지나온 날들의 덧없음을 느낀다.

강산이 한 번 바뀌는 동안 나는 우리 사회의 수많은 변화와 위기를 보아왔다. 그 중에서도 몇 년 전부터 대학사회에 불어닥친 생존경쟁의 열풍은 상상을 초월할 정도로 가히 뜨겁기만 하다. 무한경쟁 시대에서 한정된 입학자원, 살아남기 위해 몸부림치는 수많은 대학, 구조조정의 사회적 압력, 취업난의 심화, 그리고 앞 세대와는 달리 요즘 젊은 세대들의 면학의지 결여 등이 뒤얽혀 우리 대학사회의 변화의 소용돌이는 끝이 보이지 않는 듯싶다.

그야말로 변화하지 않으면 변화당하는 시대에 정녕 우리는 살고 있는 것이 아닌가 하는 생각이 든다. 누구든지 현실에 안주하려고 하는 것이 인지상정일 것이다. 변화를 원치 않는 사람에게는 변화가 위기로 그리고 적으로 비쳐질 수도 있기 때문이다. 그럼에도 불구하고 젊은이들은 어느 곳에서 무슨 일을 하든 변화를 두려워해서는 안된다고 여겨진다.

요즘 대학생들이 도서관에서 대출해 읽는 도서의 종류는 대부분 '심심풀이 땅콩'처럼 대중소설, 무협지, 팬터지 같은 가벼운 읽을거리가 다수를 이룬다는 통계를 어디선가 보고 화들짝 놀란 적이 있었다. 대학도서관이 '마을 도서 대여점'화 되어 가는 기형적 독서실태를 어떻게 설명할 수 있을는지 모르겠다. 이는 우리 모두의 부끄러운 자화상이 아닐까 싶다.

진정 이들은 인생에 대해 폭넓은 교양과 지식과 인성을 쌓으려고 하는 굳은 의지와 믿음이 있는 걸까. 그 반대가 사실인지도 모르겠다. 오직 취직에 필요한 영어공부와 고시공부에만 시간을 허비하지는 않는지 곰곰 생각해볼 일이다. 과연 이들이 21세기를 선도할 대학생들의 본연의 모습을 보여주고 있는 건지 사뭇 걱정이 앞선다.

얼마 전 버크 헷지(Burke Hedges)의 책을 읽고 감명을 받았던 구절이 생각난다. "늘 열린 마음으로 변화를 대하라. 변화를 환영할 것이며 그리고 수용하라." 불안한 시국에서는 누구나 안전지대에 칸막이하고 들어앉고 싶어하지 않겠는가. 변화를 단호히 거부하고 아늑하고 따뜻한 누에고치 안에 안주할 것인가 아니면 변화를 적극적으로 수용하여 날개짓하며 비상할 수 있는 나비가 될 것인가 하는 선택이 누군가에게 주어졌을 때 그는 어떤 결정을 내려야할까. 여하튼 우리의 삶은 변화의 연속이 아닐까 싶다. 불가에서는 이를 업보와 윤회 사상으로 표현하지 않던가. 전생의 숙명적 업보를 선업(善業)에 의한 미래의 혁명적 윤회로 승화시킬 수만 있다면 얼마나 좋을까 생각해본다. 문제의 핵심은 자신의 개혁적 변화의지가 있는지 스스로에게 물어보는 것이 좋을 듯싶다. 변화는 동전의 양면과 같기 때문에 사람이 변화를 어떻게 받아들이냐에 따라 위기가 될 수도 있고 기회가 될 수도 있지 않을까.

지금은 모두가 위기인 것 같다. 이럴 때일수록 변화의 시대에 변화의 흐름에 잘 적응하고 위기를 기회로 반전시켜야하지 않을까 싶다. 사실, 위기(危機)라는 말속엔 긍정의 의미이든이든 부정의 의미이든 '기회'가 있다는 뜻을 내포하고 있지 않은가. 지금은 어차피 어느 집단이든지 도태되지 않고 살아남기 위해서는 경쟁체제를 받아들이고 도전하지 않으면 안되는 세상이다. 마치 동해안에서 잡은 싱싱한 생선을 산 채로 서울의 수산시장으로 수송하기 위해서 메기를 이동식 수족관에 집어 넣어야하듯이 말이다. 오랜 시간 걸리는 여행길에 생선끼리만 있다보면 지쳐 죽는다고 한다. 때문에 메기에게 잡아먹히지 않기 위해서 도망다님으로씨 그것이 생존경쟁의 필요한 운동으로 작용하여 무사히 산 채로 서울에 도착하듯이 말이다.

지금 나는 변화의 계절 10월의 선선한 가을바람을 온 몸과 온 마음으로 느낀다. 더 나아가 변화의 바다를 가르는 거대한 파도의 물결을 직시하고 있다. 앞으로도 '변함없이 한결같은 것은 변화뿐임'을 알고 변화를 기회로 삼는 방법과 그 변화를 사랑하는 법을 더 겸손히 배워야할 것 같다. 나는 이러한 노력이 변화무쌍한 이 시대에 유일한 '살아남기' 전략임을 잘 알고 있다. 약자는 변화의 기회를 기다리고 강자는 변화의 기회를 스스로 만드는 법이라고 말하지 않던가.

내가 대학에 몸담게 된 것도 벌이 꿀을 찾아들 듯 세상에서 제일가는 안전지대를 찾다보니 선택한 것은 아닌지 이번 기회에 다시 한 번 나 자신을 되돌아본다. 그리고 헷지의 말뜻을 가슴속에 새기며 새롭게 다짐해본다. 나의 '변화의 별'을 포착해 좇으며 기회의 불씨를 찾아내는 '변화 감별사'가 되어 이 험난한 세상을 슬기롭게 헤쳐 나아갈 것을…….

['새마을금고' 2002년 10월호]

성실의 모자

지금 나는 생활에 지친 마음과 몸을 추스르기 위해 산을 오르고 있다. 초겨울의 정취를 느끼고 싶은 절실한 생각 때문이다. 늦가을에서 겨울 초입으로 들어서는 길목에서 계절의 바뀜을 체감해보는 것도 좋을 듯싶어서이다.

땀을 뻘뻘 흘리며 겨우 산 중턱에 이르자 거룩한 대자연 앞에 나는 자꾸만 작아지는 왜소한 내 모습을 발견한다. 아, 웅대한 고산준령(高山峻嶺)에 파묻혀 난쟁이가 되어버린 나! 동해안 해변가를 호젓이 거닐며 백사장의 한 줌의 모래알만도 못한 미미한 존재인 나를 보았던 적이 지난겨울이었다. 그런데 광대한 우주의 한 먼지만도 못한 나를 오늘 다시 확인한다.

보보등고(步步登高)라고 말하던가! 높은 산에 오르려면 한 걸음 또 한 걸음 쉬지 않고 꾸준히 올라가야 한다. 로마는 결코 하루 아침에 세워진 것이 아니지 않던가. 어렵사리 산정에 이르렀을 때 오래 전에 읽었던 그리스 민담 이야기가 문득 나의 뇌리를 스치고 지나간다.

"가을비가 내리자 앵무새 부부는 큰 은행나무 밑의 둥지로 들어갔다. 그런데 둥지가 하도 오래되어 빗물은 새고 바람은 스며들고…… 둘은 밤새 추위에 떨었다. 아내는 걱정이 되었다. '여보! 이제 겨울도 다가올텐데 올해도 이 집에서 겨울을 나야 하나요?' '한해만 더 참읍시다. 가을은 해도 짧고…… 그 대신 내년 봄에는 꼭 새집을 지으리이다' 남편은 아내의 등을 다독거려 주었다. 겨울이 지나고 봄이 왔다. 허나 남편은 빈둥빈둥 놀기만 하였다. '여보, 집 안 지을 거예요. 지난가을에 약속했잖아요?' '않짓긴? 가을엔 어김없이 지으리이다' 하며 말끝을 올리기까지 하였다. 어느새 낙엽 지는 늦가을이 되었다. 남편은 아내가 말도 꺼내기 전에 '여보! 작년에도 이 집에서 아무 탈없이 잘 지냈는데 올해라고 못 지낼 것 있겠소?' 하는 것이었다. 그해 겨울은 유난히도 추웠다. 집은 다 부서지고 눈은 펄펄 날리고 앵무새 부부는 그만……."

이 이야기를 통해 나는 내 기억의 회랑에 확실히 자리하고 있는 '성실한 삶'의 교훈을 되새겨 본다. 진실하고 거짓이 없는 '성실'의 길은 멀리 떨어져 존재하지 않는다. 바로 '나'와 '너' 그리고 '우리'와 가까운 일상 속에서 찾아야 하는 것은 아닐는지. 추위와 싸우는 앵무새 부부의 싸움은 흡사 전쟁이 아닌가.

그러나 이보다 더 처절한 싸움은 '내'가 '나'하고 벌이는 싸움이 아닐까 싶다. 마치 캄캄한 밤에 사나운 바람 불 때 만경창파 망망한 바다에 외로이 떠있는 한 척의 배가 앞으로 헤치고 나아가야 하듯이 말이다. 그래서 "인간 최대의 승리는 내가 나와 싸워 이기는 것"이라고 플라톤이 말하지 않았던가.

흔히 뿌리깊은 나무는 거센 비바람에 흔들리지 않으며, 반석 위에 굳건히 세운 집은 절대 붕괴되지 않으며, 샘이 깊은 물은 결코 마르지 않는 법이라고 말한다. 그렇다. 내가 보기에도 유행과 선동에 흔들리지 않고 성실한 자세로 삶을 살아가는 사람들은 늘 변함이 없는 것 같다. 투철한 신념과 대담한 용기가 있으며 남의 눈치 보지 않고 사물을 똑바르게 보고 올바르게 판단한다.

어려운 때일수록 모두가 지금부터 내일을 준비하는 성실의 모자를 써보면 어떨까 싶다. 준비하고 쓰임을 받는 자들은 무릎이 있고 눈물이 있으며 땀이 있다. 그래서 그들의 삶은 진실로 아름다운 법이 아닐까. 단순히 꿈만 꾸면서 입술로만 이상과 비전을 말하지는 않는지 곰곰 생각해 볼일이다.

기회는 분명히 준비하는 자에게만 오는 법이다. 입에서 나온 말, 시위를 떠난 화살, 지나간 인생, 그리고 놓쳐 버린 기회 등 네 가지는 한 번 떠나가면 다시 되돌아오지 않는다. 조금 있으면 어둡고 추운 겨울이 곧 다가올 것이다. 앵무새 부부의 예가 시사하는 것처럼 이번엔 부지런히 열심히 그리고 성실히 겨울을 준비해야 하지 않을까 싶다.

오늘따라 산 정상에서 펄럭이는 태극기를 보며 가슴 벅찬 감격을 느낀다. 산 밑을 내려다보니 속살까지 가득 붉게 물들었던 단풍의 향연도 벌써 막을 내리고 있다. 그러나 산에 올라올 때의 스산한 마음은 지금 하산을 하면서 이루 말할 수 없는 희열이 샘솟는 즐거운 마음으로 변하고 있음을 온몸으로 느낀다. 산을 내려오는 발걸음이 한결 가벼워진다. 잠시 쉬어갈 겸해서 나는 주변 정자에 앉아 생각에 잠긴다.

사실, 눈만 뜨면 새로운 부정과 의혹이 터져 나와 살맛을 잃었던 지난 날 이었다. 정당한 노력과 성실한 노동엔 안중에도 없는 채 오직 일확천금의 한탕주의가 사람의 삶을 지배하기도 하였다. 아니, 지금 이 순간도 질퍽한 과거의 연속선상에 있는지도 모른다. 부끄러움을 느낀다. 어제의 나의 불성실과 자기기만과 무사안일의 빈 껍질을 훌훌 벗어 던져야겠다고 다짐해본다.

무엇보다도 진실하고 거짓이 없으며 남을 대할 때나 나 자신에 대해서나 정성을 다하는 성실의 길을 걷는 것이야말로 사람이 걸어가야 할 영원한 길임을 되짚어본다. 천박한 동물적 삶을 살아가는 퇴영적 인간이 될 것인가. 아니면 마음속 깊은 곳에서 우러나오는 참된 용기와 넓은 아량의 성실한 삶을 살아가는 진취적 인간이 될 것인가. 결국 나의 현명한 결정에 달려있는 것이 아닐까 싶다.

정직과 성실로 재무장하여 보다 풍요로운 내년을 기약해본다. '지성'이 사람의 빛이라면 '성실'이야말로 사람의 향기임을 깨달으면서 말이다.

['n파워' 2004년 12월호]

마이너스 인생과 플러스 삶

사람들은 화려한 삶을 꿈꾸며 살아가기 마련이다. 나도 예외는 아니다. 나는 종종 그림 같은 전원주택을 짓고 평화롭게 사는 일, 멋진 스포츠카를 타고 고속도로를 질주하며 절정의 쾌감을 맛보는 일, 사랑하는 연인과 전 세계를 여행하며 다른 문화의 다양성을 체험하는 일 등등의 상상의 날개를 펼쳐 보곤 한다. 그러나 멋진 이상의 뒤안길에는 실의와 좌절 그리고 적자 인생의 차가운 현실이 나를 옥죄어 다가온다.

최근 나는 은행에서 마이너스 통장을 개설했다. 평소에 관심과 눈길조차 주지 않았던 통장이었는데 뜻하지 않게 목돈이 갑자기 필요한 터였다. 사실, '마이너스'라는 용어가 부여하는 상징이 썩 마음에 내키지는 않았다. 그러나 융자 받을만한 다른 방도가 마땅치 않아 결국 통장을 새롭게 만들 수밖에 없었다.

그런데 아뿔싸! 구형 현금인출기에서 내뿜는 날카로운 기계음은 나의 마음을 불안하게 하였다. 돈을 마련했다는 안도감에 앞서 나는 통장에 적힌 대출금 바로 옆에 선명히 찍힌 '‑' 부호를 보는 순간 이내 자기연민에 빠져버렸다. 그 때 "아, 나에게도 마이너스 인생이 다가왔구나!" 하며 탄식 섞인 신음소리를 내뱉었다. 이렇게 적자 인생 대열에 어쩔 수 없이 동참하게 되니 비통한 현실에 대한 착잡한 마음을 감출 수가 없었다. 그렇잖아도 지금 살고 있는 조그마한 아파트 담보대출이 있었던 차였다. 또한 아이들 교육비 마련을 위해 직장을 통해 대출 받은 대여금이 꽤나 부담스러웠던 때이기도 하였다. 그 놈(?)의 마이너스 부호가 사람의 마음을 갈팡질팡 흔들어 놓은 것이었다.

얼마 전, 국내 개인 신용불량자가 작년 12월말 현재 270만 명에 육박하고 가구 당 평균 부채 금액이 3000만원에 가깝다는 보도가 있었음을 기억한다. 전체 가계 빚이 425조에 가깝다고 하니 '부채 공화국'이라는 말이 무색할 정도로 엄청난 빚을 안 지고 사는 사람들이 거의 없는 것 같다. 이미 가계 빚에 빨간 불이 켜지면서 가계소득보다 더 많아진 상태이고 보니 우리 국민들은 '수퍼 마이너스' 인생을 살아가고 있는 셈이지 않은가.

하긴 디지털 시대인 요즘 '모두가 빚 모두가 가짜'인 삶을 사는 사람들을 일컫는 한국판 신조어 '모모스'라는 말이 유행하는 모양이다. 겉치장이라도 그럴듯하게 보이기 위해 큰 빚을 내어 명품만을 사는 사람들. 또 가짜 유명상품을 달고 다녀야만 마음의 평화(?)와 위안거리를 찾는 사람들. 게다가 산적한 빚더미에 쌓여 근근이 생계를 연명하는 보통 서민들. 특히 신용카드 빚을 돌려 막다가 결국 갚지 못해 소중한 목숨을 끊은 어느 가장의 이야기에 이르러서는 정말로 남의 일 같지 않게 느껴진다.

맞벌이 부부는 그래도 사정이 좀 나은 편이지만 혼자 버는 경우에는 엄청난 가계 스트레스가 가슴을 짓누른다. 그러니 이들에게는 행복이란 말이 사치로 들릴 지도 모르겠다. 물론 경제적으로 가난한 사람들도 나름대로 인생의 참 행복을 느끼며 사는 경우도 있을 것이다.

욕심을 버리면 되기 때문이다. 그런데 마음속 깊은 곳에서 끓어오르는 욕망을 정화하는 것이 어찌 말처럼 쉬운 일이겠는가. 성인성자도 아닌 선남선녀들이 속세를 완전히 초연할 수있겠는가. 말년에 마이너스 인생을 보내면서 연탄 한 장조차 아쉬운 독거 노인들을 보라. 쓸쓸히 외롭게 살아가는 그들에게는 추운 겨울을 따뜻하게 지낼 수 있는 연탄만이 그들의 행복을 그나마 지켜주지 않겠는가.

보편적으로 인간의 삶은 플러스 인생보다는 마이너스 삶의 연속이 아닐까 싶다. 바다 한복판에 큰 광풍이 부는 가운데 폭풍 격랑 속의 인생이라고나 할까. 예기치 않게 찾아오는 질고, 평지풍파, 중상모략과 배반, 상처, 절망, 죽음 등 인생의 행복을 갉아먹는 마이너스 삶의 조각들! 작게는 육신과 영혼 사이에 이글이글 타오르는 감정의 갈등과 풍랑. 크게는 일제 36년 치하에서 삶의 근본이 송두리째 뿌리 뽑힌 채 시커먼 암흑의 마이너스 삶을 지탱해야 했던 민족적 수난. 그리고 동족상잔의 비극이었던 6.25 한국전쟁.

미국 프로야구에는 양대 리그가 있다. 마이너리그는 1군인 메이저리그에 진출할 선수들을 양성하는 2군 팀끼리 만들어진 리그이다. 마이너리거들은 프로야구 무대의 생존경쟁에서 낙오된 마이너스 인생을 사는 사람들로 자신들을 평가한다. 이들은 야구현장에서 온갖 설움과 고통과 박대를 감수해야 한다. 누구에게나 상승과 하강의 인생주기가 있기 마련이지만 현재 메이저리그 대스타인 박 찬호 선수도 한 때는 마이너리거로서 상당한 아픔을 겪은 것으로 기억한다. 미국 프로야구 마이너리그에서 활약하고 있는 대부분의 우리나라 젊은 유망주들은 훗날 메이저리거로서의 꿈을 키우며 지금 이 순간에도 피눈물 나는 구슬땀을 흘리고 있지 않은가. 언어장벽과 고향에 대한 향수, 그리고 인종 편견의 역경을 딛고 꿈의 무대인 메이저리그 진출을 간절히 바라는 마이너리거들의 절치부심. 부채 모양의 마운드에서 이들은 꿈의 구연 월드 시리즈에 한번만이라도 설 그 날을 손꼽아 기다리며 오늘의 아픔과 고통을 인내하는 것이다.

소년소녀 가장, 민생고에 시달리는 가계 빈곤자, 갈 곳 없는 노숙자, 조직에서 '왕따' 당한 소외그룹 등 주류에 편입되지 못한 채 허공을 맴도는 비주류들. 적자 인생을 살아가는 이들에게 과연 다시 일어설 수 있는 희망은 정녕 없는가. 외부의 헌신적인 도움과 관심과 이해도 필요하지만 무엇보다도 당사자들 본인의 재기 의지가 절실히 필요하지 않을까 싶다. 고진감래의 깊은 함축을 되새겨봐야 할 듯싶다.

우리는 일생동안 수많은 시련과 고통을 경험하는 가운데 낙관적인 플러스 사고를 하느냐 또는 비관적인 마이너스 사고를 하느냐에 따라 광야 같은 인생을 흑자로 만들 수도 있고 적자로 만들 수도 있지 않을까. 사소한 고난에도 쉽게 포기하는 사람은 마이너스 사고를 하기때문이 아닐까 싶다. 이런 사람은 삶을 적자투성이로 살게 된다. 그러나 긍정적인 마음과 내일의 기대와 희망의 씨앗을 매사에 뜨거운 가슴에 품고 앞으로 정진하는 사람은 흑자로 인생을 살게 된다. 결국 삶의 행복의 문으로 초대되는 문은 바로 '나' 의 생각과 태도 여하에 전적으로 달려 있는 것이 아닐까.

['토지' 2003년 3월호]

지하철 인생론

　지하철로 출퇴근한 지가 올해로 벌써 13년째이다. 그것도 현재 몸담고 있는 한 직장에서만 그러하다. 학생들을 가르치는 선생으로서 그들을 거의 매일 만나다 보니 열에 아홉은 "선생님, 아직도 지하철 타고 다니세요?"라는 다소 대답하기에 난처한 질문을 받곤 한다. 대학생들 생각에는, 헌 책가방을 들고 끙끙거리며 교정 언덕(일명 '골고다' 언덕)을 오가는 자기들 선생의 독야청청(獨也靑靑)이 청승맞게 보여졌던 모양이다. 또 한편으로는 나의 사회적 지위를 고려해 보았을 때 자가용 출퇴근이 아닌 대중교통을 이용하는 것이 도무지 이해가 가지 않았던 것 같다.

　이렇듯 그리 짧다고는 볼 수 없는 세월을 한결같이 지하철을 타고 나의 근무처를 오가다 보니 지하철 안에서 보아온 갖가지 풍경의 천태만상이 주마등처럼 지나간다. 때로는 승객이 가장 붐빈다는 1호선 경인전철(일명 '지옥철')을 타보았으며, 요즘은 이에 못지않게 출·퇴근자로 발 디딜 틈 없이 혼잡한 4호선 지하철을 이용한다. 지하철을 타면서 보고 느낀 오늘의 우리 소시민들의 다양한 삶의 편린과 모습 중에서 개선되어야 할 다섯 가지 사항만 이제 한꺼풀씩 벗겨 보고 또 벗겨보기로 하겠다.

　제일 먼저 생각나는 점은, 양심의 실종을 들 수 있겠다. 여러 번 경험한 바이지만, 최근의 일이었던 것으로 기억된다. 마침 출퇴근 시간 때가 아닌지라 지하철 안의 승객은 그리 많지 않은 때였다. 어느 한 역에 열차가 정차한다는 안내방송이 흘러나왔다. 그때 내가 서있던 바로 앞자리에서 어느 승객이 하차하려고 자리를 일어섰고, 따라서 당연히 나는 그 자리에 앉으려고 하였다. 그때 내 눈앞에 '뭔가'가 '획' 포물선을 그리면서 비어있는 자리에 '툭' 하고 떨어지는 것이 아니던가. 다름 아닌 허름한 핸드백이었다. 핸드백이 날아온 방향으로 시선을 돌리려는 바로 그 순간, 나로부터 오른쪽으로 네 번째 정도 떨어져 서있던 50대 초반가량의 어떤 아주머니가 한 손을 불쑥 내밀며 "거기, 내 자리예요, 앉지 마세요!"라고 퉁명스럽게 말하면서 잽싸게 빈자리를 향해 서있는 사람들을 밀어 제치며 걸어왔다. 그야말로 눈 깜짝할 사이에 일어난 비양심적 행위를 드러낸 어처구니없는 광경이었다. 지금 생각해 보면 도덕과 양심의 부재를 보는 것 같아 안타까운 마음 그지없다.

두 번째로 생각나는 점은, 예나 지금이나 지하철 안에는 늘 잡상인들이 우굴거리는 것 같다. 그래도 요즘은 공익근무 요원을 배치하여 그들의 상행위를 단속하고 있지만 어느 정도 단속의 실효를 거두고 있는지는 알 수가 없다. 오히려 집중단속이 강화되면 될수록 그것에 대한 잡상인들의 대처요령만 날로 교묘해져 가는 것 같다. 그러나 무엇보다도 잡상인들의 상행위로 인한 시민의 피해는 어물쩍 넘어갈 일이 아닌 것 같다. 그 심각한 폐해란, 혼자 조용히 책을 읽는 사람에게 막대한 소음공해를 줄뿐만 아니라 불특정 다수 시민들에게 깊은 사색과 심지어 달콤한 수면의 시간을 모두 빼앗는다는 점이다. 꼴 보기 싫은 상대방이 나타나면 눈을 감으면 그만이지만 시끄러운 소리가 들려올 때는 귀마개로 귀를 틀어막을 수도 없고 그저 달리는 지하철 안에서 꼼짝달싹 할 수 없이 난감해할 뿐이다. 물론 잡상인들의 생계유지로서의 상행위를 이해 못하는 것은 아니지만 지하철과 같은 공공장소에서는 그들의 행위가 엄격히 금지되어야할 것으로 생각한다.

세 번째로 떠오르는 점은, 초·중등 학생들의 모습을 지하철 안에서 자주 볼 수 있는 방학 때에 그들이 행하는 턱걸이 광경이다. 승객의 안전을 위하여 사용되어야하는 손잡이를 마치 자신들의 운동기구로 생각하고 많은 사람들이 보는 앞에서 그리고 친구들의 열렬한 응원을 받아 가면서 그들은 누가 턱걸이를 더 많이 할 수 있는 지 끙끙거리며 시합을 한다. 물론 좌석에 앉아 그 모습을 지켜보던 그 어느 누구도 그들의 무례함을 탓하거나 제지하는 사람들은 거의 없다. 더구나 보고도 못 본 체하는 열차에 동승한 그들 부모의 무관심과 시민의식 실종이야말로 우리가 항상 경계하고 개선하여야 할 점인 것 같다.

네 번째로 생각해볼 수 있는 점은, 아마 많은 사람들이 공감할 부분일 것으로 생각되지만 지하철 안에서 신문을 보고 읽는 태도이다. 요즘은 출·퇴근 시간 가릴 것 없이 어느 때라도 승객으로 붐비는 곳이 지하철 안이다. 자리에 앉아 있는 사람이나 서서 가는 사람 중에는 신문을 읽는 승객들이 상당수 있다. 그런데 문제의 핵심은 양옆에 앉아있는 사람이나 혹은 옆에 서있는 사람의 입장은 거들떠보지도 않고 신문을 양손으로 쫙 펴서 읽는 사람이 많음을 본다. 그렇게 할 경우 옆 사람의 시야를 가리게 되거나 예민한 눈에 신문이 닿아 불쾌한 경우를 누구나 한 두 번은 경험하였을 것이다. 그렇게 해도 미안하다는 말 한마디 없는 것이 다반사이다. 오히려 서서 신문을 읽는 사람의 표정을 유심히 살펴보면 앉아있는 사람에 대한 불만의 표정이 역력해 보인다. 넌 앉아서 가고 난 서서 가는데 웬 시비냐 하는 심술난 태도 말이다. 일본에서 잠깐이라도 여행하거나 살다온 사람들의 경험담을 들어보면 지하철 안에서 위의 경우와 똑같은 상황이라면 옆사람에게 조금이라도 불편을 주지 않기 위해 양어깨를 최대한 좁혀서 꼭 읽어야할 기사가 나와있는 신문 면만을 접어서 읽음으로써 타인에게 피해를 주지 않는다고 한다. 상대방의 입장을 나의 처지와 동등하게 헤아릴 줄 아는 배려가 우리에게 필요하지 않나 싶다.

마지막으로 생각나는 점은, 지하철 안에서 보기에 가장 민망스러우면서도 가장 고쳐야 할 사항이 다름 아닌 핸드폰 사용 예절이 아닌가 싶다. 약 3년 전, 무선이동 통신기기 사용이 대중화되기 시작할 때에는 그 병폐가 극심하였던 것으로 기억한다. 그러나 현재에 와서 가장 심각하게 고려되어야 할 점은 타인에 대한 깊은 배려가 아닌가 싶다. 즉 핸드폰을 사용하여 통화할 때에는 가급적 주위에 있는 사람들을 의식해서 작은 목소리로 말을 해야 하지 않을까 싶다. 마치 자기 집 안방이나 거실에서 편안하게 통화하듯 큰 목소리를 토해내며, 자신의 좌우 옆에 앉아있는 사람의 따가운 시선을 전혀 아랑곳하지 않은 채 오랫동안 통화를 하는 모습을 보면 꼴불견 그 자체로 생각되어진다. 되도록이면 용건만 간단히 통화함으로써 주변 사람에 대해 늘 배려를 하는 선진화된 시민의식을 제고해 보아야 하겠다.

기쁨과 즐거움을 안고 가는 자와 슬픔과 노여움을 받고 가는 자를 한자리에 태워 가지고 새벽부터 밤늦게 까지 어둠을 뚫고 달리는 인생열차! 지하철 안은 바로 우리의 다양한 인생의 반영이자 우리 서민의 지난한 삶의 애환의 전령사 역할을 하는 곳이 아닌가 싶다.

'소요학파' 시절의 소크라테스가 아테네 거리에서 대중과 더불어 인생을 논하였듯이, 대부분의 보통시민들은 지하철 안에서 삶과 죽음 등 일상의 보편적인 화제를 꺼내며 아기자기 이야기 꽃을 피운다. 이처럼 다양한 삶의 철학이 나름대로 깊이 있게 오고 가며 밤이 깊도록 '토론' 되는 지하철 안에서 눈살을 찌푸리는 부끄러운 행동은 절대 삼가야 되지 않을까 생각해본다.

['국회보' 2002년 5월호]

107

청부(淸富)의 삶

갈수록 세상이 혼탁한 것 같아 걱정이다. 여기저기서 끝없는 치열한 주장만이 어지럽게 춤추는 것 같다. 정치권은 늘 그랬듯이 흙탕물 튀기듯 시끄럽고 세상인심도 예전 같지는 않은가 보다. 서민들의 생활은 어떤가. 또다시 허리띠를 졸라 매야할 지경이다. 먹고살고 자녀 교육시키는 것이 왜 이리 힘든지 대부분 사람들의 주름살은 더욱 깊어만 간다.

지금 살고 있는 조그마한 내 집은 약 4년 전 겨우 장만한 행복한 공간이다. 사랑하는 아내와 두 아이들의 삶의 아늑한 보금자리이기도 하다. 때로는 현재보다 더 나은 주거환경으로 이사하고 싶은 마음이 불끈 불끈 솟아나기도 하지만 이내 마음을 되돌리고 만다. 당장 집을 옮길 가능성과 여유가 전혀 보이지 않기 때문이리라.

나라고 왜 더 큰 집에서 편안하게 살고 싶은 마음이 없을까. 그러나 무주택자의 집 없는 설움과 안타까움을 생각해보면서 나 자신을 위로해보곤 한다. 그나마 '맑은 가난' 정신이 지금까지 내 인생의 풍향계 역할을 해주고 있어서 끓어오르는 헛된 욕망을 어느 정도 잘 다스려 오고 있는 것 같다.

잘 알려진 대로 옛날 우리 선비들은 청빈(淸貧)을 생활신조로 삼아 살아오지 않았는가. 비록 어렵고 가난하였지만 마음과 정신만은 깨끗하게 하여 적당히(?) 생기는 돈을 초연히 여겼다. 부정부패를 스스로 멀리하고자 하였던 고고한 우리네 선비들이었다. 물론 탐관오리들의 가렴주구가 없는 것은 아니었다. 그럼에도 불구하고 대체로 절제된 믿음으로서의 청빈 사상은 옛 시대의 도덕적 지침으로 선비들의 삶의 중심에 서 있지 않았나 싶다.

그런데 이러한 청빈 사상이 요즘 사람들에게는 어떠한 의미로 다가오는지 자못 궁금할 때가 있다. 나는 몇 년 전 텔레비전에서 중계 방송한 국무총리 서리 국회 인준을 위한 인사 청문회를 관심 있게 지켜보았던 일을 문득 떠올려보곤 한다. 인사 청문회 생방송이 처음 있는 일이어서 그런지 많은 사람들의 눈과 귀가 쏠리기도 하였다. 국내 유수 대학의 여성 총장 출신인 사람. 국내 언론사 사장 출신의 사람. 모두 국회로부터 보기 좋게 퇴짜를 받았다. 그 이유가 무엇일까.

결국 마음이 깨끗하지 못하기 때문이 아닐까. 이 세상에서 털어서 먼지 하나 안 나는 완벽한 사람은 없다. 그러나 월급쟁이 총장으로서 그리고 경제신문사 사장으로서 그렇게 막대한 재산을 증식한 이면에는 마음속에 '어두운 그림자'가 도사리고 있지 않았을까 하는 의구심이 든다. 국회에서 인준 동의안이 부결된 것은 두 사람이 청빈하지 않았기 때문이라기보다는 올바르게 돈을 벌지 않았던 것이 더 큰 이유가 되지 않았을까 싶다.

이제는 청빈의 개념도 '청부'(淸富)의 개념으로 바꿔보는 인식의 대전환을 해야 하지 않을까 싶다. 과거처럼 청빈의 미덕만 강조하기보다는 청부의 유용성을 일깨우는 개념으로서 말이다. 우리나라와 같이 시장경제에 뿌리를 둔 자본주의를 추구하는 나라에서 부(富)의 창출과 축적은 나무랄 일도 그리고 비판받을 일도 아니지 않던가. 문제는 '깨끗한 돈'을 어떻게 버는가가 매우 중요한 열쇠가 되지 않겠는가.

지금까지 그리 길지 않은 삶을 살아오면서 금과옥조처럼 여기고 있는 인생의 지표가 내게 하나 있다. 동서고금을 물을 것도 없이 열심히 노력한 자만이 그 땀방울이 눈썹에 맺힌다는 지극히 상식적인 진실 말이다. 정직의 모자를 쓰고 근면의 허리띠를 졸라매고 성실의 신발 끈을 동여 맨 자에게는 풍성한 과실이 저절로 따라오지 않던가. 이는 기독교 및 불교의 경제 윤리의 청부 사상과도 맥을 같이 하는 것 같다.

청부 정신과 마음가짐만 확실히 서 있다면 어떠한 유혹이라도 능히 이겨내지 못할 일도 없는 법이 아닐까. 그러나 아직도 우리 사회에서는 검은 뒷거래로 일확천금을 노리는 한탕주의, 시꺼먼 허욕에 가득 찬 물욕주의 등 소위 '흑부(黑富)'라는 어두운 부의 그림자가 우리의 삶과 정신을 지배하는 것 같아 마음 한 구석이 늘 무겁기만 하다.

언젠가 강원도 소재 내국인 전용 어느 카지노에서 약 한 달 동안 수 백 억의 어마어마한 판돈을 굴린 한 귀빈 고객이 있었다고 보도된 바 있었다. 그야말로 흑부의 화신을 보는 것 같아 씁쓸한 마음 가눌 길이 없었던 기억이 새롭다. 나는 이 사람이 도대체 한국인인지 또는 외국인인지 알 수도 없거니와 알 필요도 없다고 본다. 다만 이 사람은 어디서 어떻게 그렇게 엄청난 거금을 벌어들여 물 쓰듯 도박에 마구 쏟아 부었단 말인가. 부에 매몰된 부자의 허망함을 보는 것 같아 안쓰럽기만 하다.

지금 나는 무더운 한여름의 하늘을 바라본다. 오늘따라 맑고 깨끗한 창공처럼 지금은 깨끗한 부의 시대를 준비할 때가 아닌가 싶다. '나'와 '너' 그리고 '우리'의 삶 속에 깊이 뿌리내려야 할 청부 사상이라고나 할까. 똑바로 바르게 벌어 부자가 되라는 뜻을 가진 청부의 정신으로 나도 마음을 더럽히지 아니하고 단단히 무장할 작정이다. 부지런하게 한 푼 두 푼 아껴 불린 깨끗한 재물이 언젠가는 눈 덩이처럼 불어나서 옳게 써볼 날이 오기를 감히 희망해본다.

그러나 무엇보다 가장 중요한 것은 청부 정신으로 살아가면서 동시에 따뜻한 가슴이 살아 숨 쉬고 자신의 분수를 알고 만족할 줄 아는 간소한 삶을 살아가는 일이 아닐까 싶다. '밖'이 아닌 '안'으로 충만해보자. 곧 다가올 가을을 기다리면서 물질적 풍요보다 더 값지고 더 소중한 청부 정신을 되새겨보면 어떨까.

['심평' 2005년 9월호]

인생 오락(五樂)론

　요즘 들어 더욱 절실히 느끼는 것이 하나 있다. 속세의 삶은 마냥 장밋빛만을 띠는 것은 아닌 것 같다는 생각이다. 오히려 험난하고 거센 파고의 연속일지도 모른다는 사념이 마음을 짓누른다. 그런데 그렇게 어렵고 힘들게 쟁취한 희열의 순간도 잠시 스쳐 지나갈 뿐이니 그게 바로 인생인 것 같다. 세상에서 영속의 영원한 생명을 누릴 수 있다고 하는 것은 다만 허상에 지나지 않을 뿐이다. 유한한 인간의 어쩔 수 없는 한계라고나 할까. 영광의 기쁨 뒤엔 숱한 잠 못 이루는 고통이 스며 있기 마련이다. 그래서 삶은 즐거움 보다는 괴로움과 동일시 되는 경우가 많은 것 같다. 그렇다면 어두운 인생을 과연 신바람 나는 삶으로 변화시킬 수 있는 뾰족한 방법을 찾아 보아야 하지 않을까. 어차피 이 세상에 태어나서 한 번 살아가야 할 소중한 인생이라면 지금의 삶을 즐겨야 하지 않을까. 현재에 충실하면서 '인생오락'에 마음껏 도취해봄이 어떨까.

　맨 처음 생각해볼 수 있는 점은 무엇보다도 사랑이 아닐까 싶다. 꼭 종교적인 이타적 사랑의 실천을 말하려 함이 아니다. 나를 철저히 사랑해보자. 자신을 진정으로 사랑할 수 있는 자만이 타인에게 따뜻한 애정의 눈길을 줄 수 있다. 나를 사랑할 수 없는데 부모, 배우자, 자녀, 형제 등 연인들을 내 몸 같이 대할 수 있겠는가. 헌신적인 가족 사랑 없이 이웃, 직장, 사회, 국가에 대한 아낌없는 사랑을 표할 수는 없을 것이다. 사랑! 사랑! 사랑! 그 무엇과도 감히 바꿀 수 없는 고귀한 사랑! 나와 남을 똑같이 사랑하면 사랑할수록 사랑의 엔돌핀 호르몬이 온몸에 흐른다. 얼굴엔 화색이 감돌고 삶은 갈수록 즐거워진다. 오늘 당장 사랑의 전도사가 되어 사랑을 하나씩 천천히 실천해보자.

두 번째로 생각해보고 싶은 점은 고독이다. 나를 열렬히 사랑하는 것 못지 않게 중요한 것은 고독을 철저히 즐기는 것이다. 그렇다고 감상적인 센티멘탈리즘에 빠져보자는 것은 아니다. 나 홀로 철학적 사색의 깊이를 넓힐 시간적 여유를 가져보자는 것이다. 그래서 고독과의 만남을 통해 사고의 폭을 확대해보자. 그대는 절대고독을 느껴 보았는가. 영혼의 깊은 곳에서 우러나오는 말없는 우렁찬 함성을 온몸으로 외쳐보았는가. 고독의 울부짖음이라고나 할까. 고독은 살아 숨쉬는 사람만이 누릴 수 있는 절대자유이자 즐거움이다. 언제 어디서건 고독이 엄습해올 때 절대 우울해지지 말자. 고독은 마치 눈물로 단단한 바위를 뚫는 과정처럼 힘든 노력의 결과이다. 경우에 따라선 몸과 마음이 지칠 수도 있다. 그러나 그럴수록 자신의 발전과 성취를 위한 고독을 더욱 즐겨야 한다. 그럴 수 있는 사람은 인생을 제대로 향유하고 있는 것이다.

그 다음으로 생각해보는 점은 자존이다. 사람은 그 자체가 자존 덩어리이다. 달면 삼키고 쓰면 뱉는 감탄고토(甘吞苦吐)의 괴이한 존재가 아니다. 자신만의 확고한 주장도 없이 부화뇌동하거나 땅바닥에 엎드려 눈알만 굴리는 복지안동의 태도는 결코 올바른 자세가 아니다.

인간은 자존을 먹고 산다고 해도 과장이 아닐 것이다. 그러기에 인간은 자존을 스스로 지키고 철저히 즐길 줄도 알아야 한다. 개와 고양이가 다른 점은 충성과 자존이다. 사람이 개에게 이리로 오라고 손짓을 하면 대부분의 개는 딸랑 따라온다. 아무 생각 없이 주인에게 무조건 순종하는 개라고나 할까. 그러나 자존 있는 고양이는 적어도 개처럼 그렇게 순순히 따라오지는 않는다. 사람은 고양이의 마음인 묘심(描心)을 가져야 한다. 그리고 그것을 행복하게 즐길 줄 알아야 한다. 물론 지나친 자존을 고집하는 것은 금물이다. 그러나 자존 없는 사람은 팥 없는 빵과 같이 밋밋하기 마련이다. 따라서 자존을 온 몸으로 아름답게 즐기는 것은 삶의 능동성의 재미를 더해줄 수도 있는 것이다.

또 그 다음으로 떠오르는 점은 열정이다. 뜨거운 열정을 품은 자는 절대로 뒤로 물러서지 않는다. 뚜렷한 목표의식이 있기에 오히려 앞을 향해 과감히 도전한다. 어떠한 장벽이 가로 놓여 있다 해도 굴복하는 법이 없다. 열정을 가슴 속 깊이 품은 자, 행운이 있을지어다! 인생의 놀라운 기쁨과 가슴 벅찬 즐거움이 있을지어다! 열정 앞에 모든 슬픔과 고통이 봄 눈 녹듯 사라지지 않을까. 열정을 갖고 도전한 결과가 실패로 끝날 수도 있다. 그렇다고 해서 이내 좌절해서는 안 된다. 헤어날 수 없는 깊은 실의에 빠져서도 안 된다. 실패를 좋은 산경험으로 삼으면 된다. 그래서 오뚝이처럼 다시 벌떡 일어서면 된다. 오늘의 캄캄한 현실을 딛고 만반의 준비를 하면 그만이다. 야구경기에서 주자가 2루를 훔치려면 1루에서 항상 발을 떼고 긴장하고 있어야 하듯이 말이다. 열정의 즐거움으로 무장한 그대는 벌써 절반은 성공한 셈이 아닐까 싶다.

마지막으로 생각해보는 점은 변화이다. 알다시피 요즘은 모든 점에서 세상이 빠르게 변화하고 있다. 자고 일어나면 뭐가 뭔지 정신이 혼란스러울 정도이다. 사정이 이러할 때 굳건한 성(城)을 계속 쌓기만 하는 자는 망하기 마련이다. 오히려 과감히 변화하는 자만이 살아남아 흥하는 법이다. 깨질 것 같지 않은 성벽의 누에고치 속에 안주할 것인가, 아니면 야생화나 야생동물처럼 어떠한 비바람에도 아랑곳하지 않고 꿋꿋하게 견디며 그 변화무쌍한 환경을 과감히 수용할 것인가. 아니 더 나아가 그 변화를 주도하며 그 변화의 환희를 마음껏 즐길 것인가. 개인이든 집단이든 변화를 결코 두려워해서는 안 된다. 나는 변화하지 않으면서 남보고만 변화하라고 강요할 수는 없지 않은가. 내가 스스로 변화를 선도해 나아갈 때 나도 발전하며 남까지도 변화시킬 수 있다. 이렇게 하면 변화를 통한 기쁨은 두 배가 될 것이며 이러한 변화의 삶 또한 즐겁지 않을까 싶다. 변화를 쌍수를 들어 열렬히 환영하자. 변화를 통해 미래에 다가올 과실의 즐거움을 마음껏 상상해보면 어떨까.

인생은 어떻게 마음 먹느냐에 따라 확연히 달라진다. 단말마의 고통의 힘겨운 삶도 흥분된 기쁨과 즐거움의 인생으로 바꿀 수 있다. 삶의 다섯 가지 즐거움을 다시 한 번 곰곰이 생각해보자. 오늘 이 순간부터 삶의 즐거움을 하나 하나 천천히 실천해봄이 어떨까. 그대의 앞날에 따스한 햇살이 퍼져 나아갈 것이다. 훈훈하고 싱그러운 한 줄기 바람이 그대의 곤한 마음을 말끔히 씻어 내지 않겠는가.

['새길' 2004년 여름호]

가정이 편안해야 직장도 잘 된다

사람이 살아가는데 필요한 격언, 처세 및 도덕윤리에 관한 예지와 자기수양의 방도를 수록한 명심보감에 '가화만사성(家和萬事成)'이란 말이 나온다. 가정이 화목하면 모든 일이 이루어진다는 뜻이다. 그런데 지금까지 금과옥조처럼 여겨지던 가화만사성의 뜻이 또 다른 형태로 새롭게 옷을 갈아입고 있다. 가정이 편안해야 회사도 잘 된다는 의미의 가화만사(社)성으로 변신 중이다. 이미 일부 기업에서는 이를 근무현장에 접목하고 있다는 소식도 들려온다.

그러면 근로자의 가정생활과 기업의 생산성은 정말 밀접한 상관관계가 있는 것일까. 그렇다. 바야흐로 웰빙 문화의 확산과 정착이 진행 중이다. 이러한 때에 가정의 중요성이 날로 커지고 있음은 누구도 부인하지 못한다. 따라서 시대적 흐름에 대한 기업의 인식도 그에 발맞추어 바뀌어야 하지 않을까 싶다. 가정이 편안해야 일도 잘한다는 생각의 전환이 시급하지 않을까 생각해본다.

익히 알다시피 평생직장의 개념이 무너진 지도 벌써 오래 전일이다. 기업도 근로자로 하여금 과거처럼 직장에 충성만을 강요할 수는 없는 법이다. 시대가 빠르게 변화하고 있다.

유목민적 특성이 날로 중시되고 있는 때이다. 이럴수록 직원들이 내 집처럼 편한 마음으로 화기애애하게 업무에 전념할 수 있도록 하는 것이 바로 가화만사(社)성 기업경영이 아닐까 싶다.

여기서 잠시 생각해본다. 가정이 화목하지 않은 직원이 근무의욕과 생산성이 떨어질 개연성이 있는 이유는 무엇일까.

첫 번째로 생각해보고 싶은 점은 가족 구성원 간에 불화가 잦고 원성이 자자하면 직장안의 업무 집중력이 현저히 떨어질 수있다는 점이다. 사네 죽네 하며 가정에 바람 잘 날이 없다면 어떻게 일을 제대로 처리할 수 있을까. 특히 요즘엔 직장 내 업무강도가 갈수록 높아지고 있다. 이는 심각한 육체적 정신적 스트레스로 연결되어 몸과 마음을 상하게 되어 제어할 수 없게 된다. 가정이 편안하지 못하고 제 정신이 아니니 당연히 일할 맛이 떨어지고 기업의 생산성 저하로 이어지지 않을까 싶다.

두 번째로 떠오르는 점은 현대인은 '휴(休)테크'의 필요성을 갈수록 느끼고 있다는 사실이다. 특히 주5일 근무제 전면 시행에따라 가족과 함께 지내는 시간이 점점 많아지고 있다.

그만큼 바쁜 일상에서 벗어나 적절히 쉴 여유가 생겼다. 가족간 재충전의 기회를 맛보는 것은 꿀처럼 달콤하며 가족의 소중함을 절감할 계기가 된다. 만약 충분히 쉬지 못한 채 근무하게된다면 어떻게 될까. 곤비(困憊)한 상태에서 회사에 대한 애사심이 생길까. 자긍심을 느낄 수가 있을까.

지금까지 행복은 많이 모으는 것이라는 착각 속에 우리가 살아온 것 아닐까. 하긴 하루하루 먹고 살기에도 빠듯한 어려운 시절이 있었고 지금도 상황은 크게 변한 것 같지는 않은 듯 하니 행복의 척도를 재산 축적에 두고 있는 지도 모르겠다. 하지만 행복은 조금씩 나누어야 하는 것이 아닐까. 나누면 행복해지기 때문이다. 나누어 준 자만이 참행복을 느낄 수 있으리라. 그래서 나눔을 통한 가정의 화목과 행복이 전제될 때야말로 회사의 발전도 도모할 수 있으리라.

회사에서는 전시 영화 스포츠 이벤트 등 다양한 프로그램 운영을 통해 사원들에게 사기를 진작시켜 주어야 한다. 회사는 가족과 동떨어진 존재가 아니다. 함께 일할 수 있는 소중한 파트너임을 사원들에게 일깨워줘야 한다. 이렇게 하면 회사에 대한 소속감과 애정을 바탕으로 사원들은 신바람 나는 직장문화를 스스로 창출할 것이다. 더 나아가 열정과 헌신으로 회사에 봉사하지 않겠는가. 결국 가정이 건강하고 편안하고 행복해야 회사도 더욱 건강한 기업으로 거듭날 수 있는 법이 아닐까. 가정이 깨지면 회사도 미래의 날개를 달 수 없다.

['행복이 있는 풍경' 2005년 9월호]

'일하는 손'에 대한 예찬

얼마 전, 토요일 오후에 모처럼 가족과 함께 예술의 전당 음악 당에서 열리는 어느 실내악 오케스트라 정기 연주회를 관람할 기회가 있었다. 음악 애호가이기 때문에 그 곳에 갔다기 보다는 아이들이 취미로 음악을 하고 있었던 참이었고 나 또한 문화생활에 대한 목마른 욕구가 적잖이 내부에서 꿈틀거리고 있던 때였다. 게다가 외국에서 다년간 최종 학위과정을 이수하고 돌아온 이후 대학에서 강의와 연구 그리고 학생 지도에 몰두하다 보니 이런 저런 핑계로 그 좋은 음악회 한번 가기도 그리 쉽지 않은 터였다.

드디어 공연시간이 되자 무대 중앙에서 지휘봉을 잡은 머리카락이 희끗한 초로의 지휘자를 중심으로 각 단원들은 열심히 자신들의 손을 사용하여 악기를 연주하기 시작하였다. 각양각색인 악기 간의 절묘한 조화, 그리고 흠 잡을 데 없는 협화음을 연출하는 그들의 손은 마치 신의 손과 같이 느껴졌다. 중·고등학교 음악 시간에 그나마 단편적으로 들었던 모차르트의 음악이 때로는 장엄하게 때로는 부드럽게 흐르는 가운데 아름다운 선율에 도취된 나는 자신도 모르게 고개를 끄덕이며 객석을 가득 메운 청중들과 함께 어우러져 '하나'가 되어갔다. 특히 협연자로 나온 어느 솔로 바이올리니스트의 모차르트 협주곡 연주는 신기에 가까우리 만치 현란한 손동작을 사용하여 그 날 연주회의 단연 압권을 이루었다.

악기를 통해 음악을 자유자재로 훌륭히 연출하는 연주자의 손! 타고난 동물적 재능과 고도의 예술적 기교를 절제되고 압축된 소리로 표현하는 음악인의 손! 숨죽인 청중들 입에서 탄성을 자아내게 하는 신비스러운 예술인의 손! 그것은 자신의 손에 대한 믿음이 확고하였기에 그토록 아름다운 음악을 재생시킬 수 있었던 '예술의 손' 그 자체인 것만 같았다.

귀가 길 지하철 안에서 여전히 나의 귓전에 잔잔히 들려오는 환상적인 음악 소리를 생각하면서 갑자기 나는 이 세상에서 가장 아름다운 것은 무엇일까? 라고 자문해 보았다. 어머니의 미소일까? 온갖 세파에도 불구하고 쭈글쭈글한 주름 속에 환히 피어나는 파안대소의 그 아름다운 모습일까? 아니면 어린 아이의 손등일까? 고사리 같은 작은 손등에서 묻어나는 천진난만한 앳된 어린아이의 무구한 모습일까? 그것이 아니면 들에 핀 장미꽃일까? 오염되지 않은 대자연을 벗 삼아 들녘에 아름답게 피어있는 빨간 장미꽃일까? 그것도 아니면 이탈리아 최대의 거장 예술가인 미켈란젤로의 '천지창조' 벽화 그림일까? 바티칸의 시스티나 예배당 천장 벽화로 그린 '천지창조'(아담의 창조)에서 신의 손가락이 아담의 손을 가리키면서 생명의 탄생을 축하하는 그 모습일까?

나는 이 네 가지의 아름다움을 상상해 보면서 홀연히 나의 뇌리를 스쳐 지나가는 것이 하나 있었다. 이 세상에서 가장 아름다운 것은 다름 아닌 땀 흘려 '일하는 손' 이 아닌가 싶었다. '일하는 손' 은 순전히 노력한 만큼 거둬들이는 아름다운 손이지 않은가! 저 목수의 손을 보자! 거친 나무를 대패로 잘 다듬어 자기 역할이 분명한 물건으로 새롭게 탄생시키지 않는가? 저 농부의 손을 보자! 희망의 봄에 뿌린 씨앗을 통해 결실의 가을에 수확의 기쁨을 거둬들이는 농부의 손을 말이다. 저 아내의 아름다운 손을 보자! 가족의 식사 준비를 위해 혼신의 정성을 기울이는 헌신적인 모습을 말이다. 저 어려운 환경에 처해 있는 사람들을 돕는 봉사의 손을 보자! 남이 알아주지 않는 음지에서 묵묵히 봉사의 손길을 펼쳐 돕는 손을 말이다. 그리고 저 음악인의 손을 보자! 일사분란하게 한 치의 오차도 없이 완벽하게 악기를 다루는 연주자의 손끝에서 나오는 심금을 울려주는 음악을 말이다. 창조를 생성하고 발전을 도모하는 '일하는 손'은 이래서 더욱 아름답다. 우리가 고귀한 생명을 유지하고 자유롭게 사유하며 희망의 성취를 기약하고 기쁨을 향유하는 것의 배후에는 '일하는 손'이 있음을 알아야 할 것 같다.

하긴 땀을 흘리지 않고 '일하는 손'이 있기는 하다. 민첩한 손동작을 사용하여 범죄를 저지르는 소매치기의 '악마의 손'이 그것이다. 또한 '지하 시장'에서 막강한 자금을 동원하여 일반 증시에 상당한 영향력을 행사할 수 있는 사채업자의 소위 '큰 손'도 있다. '손이 부지런한 자는 축복을 받는다'고 사람들은 말을 하지만 문제는 인간에게 유용하고 보편적인 목적에 손을 사용해야 하는 것이다. 그렇지 않을 경우, 그 손은 '축복의 손'이 아니라 '저주의 손'이 되는 법이다. 손가락은 두 사람을 하나로 엮을 수도 있지만 접으면 폭력 사용이 가능한 주먹으로 변할 수도 있는 것이다.

이런 저런 생각을 하면서 집에 거의 다다를 무렵에 나는 갑자기 18 세기 독일 철학자 칸트가 손을 '눈에 보이는 뇌의 일부' 라고 갈파하였던 말을 언젠가 읽었던 책에서 어슴푸레히 기억해냈다. 의학적으로 말하면, 두 손의 움직임을 결정하는 뇌의 부위는 전두엽과 머리 한 가운데 있는 두정엽 사이를 갈라놓은 중앙 고랑인 중심구 바로 앞에 있다고 한다. 이곳이 고장나면 손을 통해 정신 및 창작 활동을 할 수 없게 된다. 바꾸어 말하면, 양 손은 뇌의 명령에 따라 각종 창조물을 일구어 내는 '마법의 손' 인 것이다. 칸트의 말은, 이른 아침에 직장 여성들이 빠른 속도로 재빨리 화장을 하며, 비서가 1 분에 100 단어 이상을 빠르게 오타 없이 타자 치며, 바이올리니스트가 협주곡을 질식할 정도의 속도로 활을 켜며, 선생님이 학생들로 하여금 인격 도야 및 지식 정보 획득을 위하여 분필로 열심히 판서하며, 농아를 위하여 청명한 가을의 시를 낭송하는 사람의 수화 등등의 예에서 보듯이 '일하는 손' 에 대한 믿음을 강조한 말이 아닌가 싶었다.

이제 어느덧 하늘은 제법 어두컴컴해져 가고 있었다. 목적지인 아파트 입구가 보이고 경비실 아저씨가 마당을 빗자루로 열심히 청소하고 있는 모습이 시야에 들어왔다. 가까이 가서 본 그의 투박한 '일하는 손' 이 그날따라 너무나 아름답게 보였다. 왜냐 하면, 땀 흘려 일하는 그의 거친 '일하는 손' 은 음악인이 격정적으로 혼신의 힘을 다해 오묘한 악기 소리를 내는 '일하는 손' 과 근본적으로 다를 바가 없기 때문이었다.

['지구문학' 2001년 가을호]

탈과 맨얼굴

탈은 곧 가면이다. 의식적이든 무의식적이든 인간은 탈을 쓰게 마련이다. 약점과 불완전함을 애써 감추려는 인간의 헛된 욕망의 발로 때문인지도 모른다. 사람이 탈을 쓰면서까지 얻고자 하는 최종 목적지는 어디일까.

일단 잡기만 하면 그 달콤함에서 헤어나지 못하는 권력의 탈! 권력의 따뜻한 누에고치 속 안주를 상상해보자. 이런 환경에선 획기적인 변화를 기대하기 힘든 법이다. 권력의 보좌에 앉게 되면 무소불위의 권력의 향기에 취한다. 만취하게 되면 방향감각을 상실하게 된다. 그래서 얼음장 같은 차디찬 도전이 사라지기 쉽다.

속마음과는 달리 거짓으로 꾸미는 가식의 탈! 진실과 허위를 분간하기란 여간 어려운 것이 아닌 요즘이다. 참이 거짓이 되기도 하고 그 반대가 사실이 되기도 한다. 이렇게 도저히 이해할 수 없는 상황이 수시로 발생한다. 이에 사람들은 때로는 쓴웃음을 짓거나 한숨을 내쉬기도 한다. 가식의 탈은 사람의 순수한 영혼을 짓누른다.

겉만 번지르르 하고 영양가 없는 허세의 탈! D. H. 로렌스의 소설『아들과 연인들』에는 광부인 모렐 부부의 장남 윌리엄이 등장한다. 아들의 출세를 통해 신분상승을 꿈꾸는 모렐부인의 헌신적 애정과 노력의 결과로 런던의 변호사 사무실에 당당히 취직한 윌리엄. 무도회에서 우연히 만난 '집시' 여인과의 잘못된 만남은 그를 멋만 부릴 줄 아는 허장성세의 탈을 쓴 인간으로 전락시키고 파국으로 치닫게 한다.

남을 그럴 듯하게 속이는 기만의 탈! 제법 개연성 있는 듯한 화술로 타인을 기망(欺罔)하여 곧이듣게 하는 기만. 이것이야말로 병든 사회의 주범이 아닐까. 어찌 보면 우리 모두는 작은 일이든 큰일이든 기만의 가면을 뒤집어쓰고 주변을 어슬렁 배회하고 있는지도 모른다. 인생사 자체가 속고 속이는 과정이라고 치부하기엔 우리 사회가 정상궤도에서 너무 일탈되어 가고 있는 것 같다.

사람의 도리를 지키지 못하고 행동이 흉악한 인면수심(人面獸心)의 탈! 은혜를 입었으되 배은망덕하고 주색에 마음을 빼앗겨 행실이 온당하지 못한 가면을 쓴 우리 현대인들이 아니던가. 최근 심심찮게 언론 보도를 통해 들려오는 아동 성폭력 및 학대는 무엇을 말하는가. 인간의 얼굴을 하였으나 짐승의 탈을 쓴 후안무치의 극치가 아닐까 싶다.

맨얼굴! 그것은 탈과는 달리 사람의 인격이다. 한 사람의 특색이 나타나는 명확한 기호이다. 다시말해 사람은 얼굴로 평가를 받고 평가를 하기도 한다. 자신의 정신인 '얼'이 담겨있는 '굴'이 바로 얼굴이 아닌가. H. 발자크는 "사람의 얼굴은 하나의 풍경이다. 한 권의 책이다. 용모는 결코 거짓말을 하지 않는다"라고 갈파했다.

신(神)의 걸작 중의 '명품'인 얼굴! 우리는 귀. 눈. 입. 코를 중심으로 한 얼굴의 생김새를 이목구비(耳目口鼻)라고 말한다. 귀는 존중을, 눈은 마음을, 입은 몸을, 코는 의지를 드러낸다. 또한 턱은 성취하고자 하는 계획이나 생각을 나타낸다. 누군가가 이목구비가 맨얼굴 그대로 수려하다면 그 사람은 대체로 긍정적 평가의 대상이 될 수 있다.

그러나 오호통재(嗚呼痛哉)라! 언제부터인가 우리사회에는 맨얼굴을 뜯어고쳐 인위적으로 미화시키는 소위 '성형미인' 열풍이 불고 있다. 칼을 들이대 코를 오똑 세운다고 사람의 의지가 더욱 돋보이는가. 턱을 깎아낸다고 해서 이루고자 하는 생각이 크게 변하는가. 입을 고친다고 해서 더욱 육감적으로 보일는지는 더더욱 의문이다. 자칫 타고난 맨얼굴을 잘못 건드렸다간 얼빠진 사람으로 추락할 수도 있지 않을까 싶다. 나라의 얼, 겨레의 얼, 그리고 사람의 얼은 결코 가증스런 변장에 의해 그 특성이 뒤바뀌어 지지 않는다. 자신만이 소중히 간직하고 고유한 얼은 대대손손 물려받은 것이다. 그 것은 또한 앞으로 후손에게 물려줄 넋이자 혼백이 아니던가.

이제 계절의 여왕 5월이다. 무거운 짐 털어내듯 내가 먼저 탈을 과감히 벗어 던져봄이 어떨까. 그래서 진실한 맨얼굴을 내보이자. 오랫동안 사용했던 가면을 한꺼번에 벗는 것이 쉽지는 않을 것이다. 그렇다고 아주 어려운 일도 아니다. 상대방의 맨얼굴을 보면서 인간적 교제와 친밀감을 더해보도록 노력해보자. 덕지덕지 붙은 화장발의 인공미가 아닌 맨얼굴의 천연미로 돌아가자.

파~아~란 계절 지금은 맨얼굴에 송송히 맺힌 땀방울의 소중함을 기억할 때이다. 껍데기에 불과한 탈은 저리 가라! 자연산(?) 맨얼굴을 환영하라!

['산림' 2006년 5월호]

다섯 거인들을 물맷돌로

지금 우리 사회는 극심한 몸살을 앓고 있다. 무너뜨리기엔 너무나 감당하기 힘든 거인들이 앞에 우뚝 버티고 서 있다. 그러면 철옹성을 구축하고 있는 장벽의 철퇴 대상인 골리앗들의 문제점은 무엇일까. 그 해결 방안은 또한 무엇인지 탐색해보는 것은 의미 있는 일이다.

첫째, '둘로 쪼개기' 골리앗이다. 소위 양극화 거인이다. 정치적으론 남북이 아직도 분단되어 있다. 좌우가 선명히 갈라 서있으며 동서가 여전히 둘로 쪼개져 있다. 경제적으론 원청기업인 대기업과 하청기업인 중소기업 간 양극화가 종속관계로 이분화되어 있다. 가진 자와 못 가진 자 간에 날카롭게 세운 대립각이 하늘을 찌를 듯하다. 즉 부익부 빈익빈 현상과 강남과 강북의 국토 불균형이 심각한 상태이다. 사회문화적으론 어떠한 조직이든 내 편과 네 편이 끊임없이 편을 갈라 으르고 달래곤 한다. 1960년대의 저급한 군사문화적 편 가르기가 판을 치고 있는 셈이다.

둘째, '내 이익 챙기기' 골리앗이다. 집단 이기주의의 결과로서 산업 노사관계는 바람 잘 날이 없다. 이해관계가 얽힌 사안에 대해선 벼랑 끝 전술을 자행한다. 오죽하면 떼쓰면 다 된다는 '떼~한민국'이라는 유행어가 난무하고 있지 않은가. 권력자가 바뀔 때마다 땅에 엎드려 눈동자를 요리저리 굴리며 눈치 보기에 급급한 경우도 부지기수이다. 이른바 '복지안동'은 개인 이기주의의 전형이다. 달콤한 권력의 편에 서서 기생하고 식충 노릇이나 하는 작태는 묵과할 수 없는 파렴치한 행위이다. 이는 소탐대실하는 소인배나 간교한 정상배와 다를 바 없다.

셋째, '생태계 까부수기' 골리앗이다. 현재 전국 각지는 각종 개발로 더러운 환경오염을 낳고 있다. 과학기술의 발달과 경제성장으로 이전 보다 더욱 더 물질적 풍요를 향유하고 있는 우리 사회이다. 그러나 산업개발의 미명 하에 저질러지는 자연생태시스템 파괴를 지켜보고만 있을 것인가. 그린벨트 훼손은 또한 얼마나 심각한지 두 말 할 필요가 없다. 올해 2010년 겨울 지구를 강타한 폭설로 인한 막대한 인명과 재산 피해는 자연훼손에 대한 인과응보이다. 전 세계적 현상인 산성비, 온실효과, 오존층 파괴, 지구 온난화, 엘니뇨 현상에 의한 폭우나 홍수의 기상이변 등의 부작용은 생각만 해도 끔찍하다. 자연 파괴는 이상 기후 변화를 초래하며 가뭄과 극점의 해빙으로 엄청난 재앙을 초래할 것이다.

넷째, '목숨 가볍게 보기' 골리앗이다. 우리 사회는 갈수록 자살률이 증가하는 추세라고 한다. 소득 증가에 따른 대인 기피와 '혼자 있기'를 슬기롭게 극복하지 못한 결과로 해석할 수 있다. 이 같은 인명 경시 현상은 어지롭게 춤추는 인터넷 게임의 가학적 폭력성과 무관치 않다. 더구나 툭 하면 아파트나 한강 투신의 극한적 방법을 택하는 자기 파멸 행위는 무슨 수를 강구하더라도 막아야 한다. 자살을 반대로 읽으면 '살자'이다. 주어진 고귀한 생명을 존중하고 선용해야 한다.

다섯째, '흥청망청 즐기기' 골리앗이다. 예부터 가무를 즐겨했던 우리 한민족의 '흥'과 현재의 '흥청망청'은 별개의 문화 현상이다. 전국 대학가 전후좌우 사방에는 도심의 유흥가를 뺨칠 정도로 휘황찬란하다. 이 같은 향락 문화의 대거 범람은 대도시를 중심으로 이미 위험수위를 넘어선지 오래이다. 퇴폐적 향락문화의 '대홍수' 유입을 이대로 방치할 것인가. 성폭행, 인신매매, 성의 상품화, 공개적인 성행위 등 우리 주변은 벌써 노골적 관능문화에 깊숙이 노출되어 있다. 특히 얼마 전 영국 BBC가 발행하는 대중과학잡지 포커스 2월호에 따르면 한국이 정욕(情慾)의 나라 세계 1위라고 발표하였으니 왠지 마음이 씁쓸하기만 하다.

이제 골리앗들을 쓰러뜨릴 물맷돌이 필요한 때이다. 천기의 표적뿐만 아니라 시대의 표적을 분별할 줄 아는 혜안이 절실히 요구된다. 그래야 시세를 인지할 수 있고 역사를 이끌 수 있다. 늘 잠깨어 있어야 하는 것도 또한 필요하다. '동창이 밝았느냐 노고지리 우지진다'로 시작하는 옛시조는 권농가이면서도 만반의 준비 태세 확립을 역설하고 있다. 제아무리 빠른 주자라고 하더라도 1루에서 발을 떼고 있지 않다가 2루로 달리면 중도에 횡사하기 마련이다.

지금은 자신의 맷돌을 끊임없이 절차탁마해야 한다. 도덕과 양심의 재무장이 필요하다. 바람에 나는 겨와 같은 미미한 존재임을 깨달아야 한다. 과거와 현재를 재성찰해 볼 시점이다. 그리고 미래를 준비해야 한다. 희망찬 미래는 오늘을 철저히 반성하고 장래를 당당히 준비하는 자의 몫이다.

[2010년 2월]

3

넝마주이 대학선생은 행복하다

넝마주이와 대학선생

수 년 전, 내가 서른 아홉 이었던 겨울, 나는 유럽 스코틀랜드의 소도시 에버딘에 있었다. 약 10년 가까이 몸담고 있었던 학교를 잠시 휴직하고 부족한 학문을 더욱 연마하기 위헤서였다. 한국에서는 때마침 불어닥친 국제통화기금(IMF) 구제금융 한파로 인해 모든 국민의 마음이 꽁꽁 얼어붙어서 모두가 쓰라린 고통의 삶을 감내해야만 했던 어려운 시절이었다.

이러한 외환 위기로 인해 경제적으로 결정적인 타격을 받은 사람들 중의 한 부류는 해외 유학생들이었다. 일부 부유층 유학생들을 제외하고는 대부분의 학생들이 고국의 부모나 장학기관들이 보내주는 학비와 생활비에 전적으로 의존할 수밖에 없었다. 그런데 그만 급격한 환율상승 때문에 송금마저 끊기는 최악의 사태가 벌어졌던 것이다. 설상가상으로 에버딘 대학교 대학원에 재학 중이었던 나는 영문학 박사 학위논문 제출을 불과 육 개월 남짓 남겨놓을 정도로 막바지에 시간과 돈에 쫓기게 되었다.

경제위기는 나에겐 너무나 힘겹고 잔인한 상대였다. 이역만리 에버딘에 온 이후 진작부터 대학구내에서 새벽 청소 일을 해온 아내와 생활고에 대하여 진지하게 상의를 할 수밖에 없었다. 하기는 자비로 공부하겠다고 서울 갈현동의 조그마한 빌라 전세자금을 몽땅 털어 가지고 유학 온 나였다. 이제는 더 이상 어떻게 해볼 도리가 없었던 나로서는 사활을 건 배수진을 칠 수밖에 없는 심각한 상황이었다. 그렇다고 중고 가재도구를 벼룩시장에 내놓아봐야 생계유지에 얼마나 큰 도움이 되었겠는가. 더군다나 마흔 가까이 된 내가 부모에게 손을 다시 벌린다는 것은 도저히 자존심이 허락하지 못하였다. 아무런 현실적 대안이 없다 보니 오직 캄캄한 암흑 만이었다

더 이상 뒤로 물러날 수 없었던 나는 아내의 완강한 반대를 무릅쓴 끝에 어렵사리 초대형 슈퍼마켓 일자리를 얻게 되니 그야말로 눈물이 핑 돌 지경이었다. 막상 나에게 주어진 일은 새벽 다섯 시부터 아홉 시까지 옥외 주차장 및 그 주변 청소였다. 때는 코끝과 귀밑이 엄청나게 시리고 아린 한겨울이었다. 얼핏 보기에 약 천 대 이상의 차량을 동시에 수용할 수 있는 엄청난 크기의 주차공간을 보기만 하여도 반갑지 않은 동장군만큼이나 아찔할 정도로 현기증이 났다.

"아! 이렇게 손끝이 얼어붙을 정도로 추운 날에 바깥에서 일을 해야 하다니! 실내에서만 청소할 수 있다면 얼마나 좋을까!"

이런 부질없는 생각이 스치고 지나갔다.

정식 근무 첫날은 새벽바람이 칼날처럼 매섭게 부는 토요일이었다. 나에게 임시 직장 상사인 청소 감독관이 내어 준 청소도구는 긴 장갑과 쓰레기 수거용 집게, 여러 장의 대형 비닐봉지와 쇼핑카트(손수레), 그리고 마른걸레와 물걸레였다. 만일을 위하여 방한용 마스크와 털모자는 내가 별도로 준비하였다.

얼마간 시간이 흐르면서 힘든 청소 일도 차츰 익숙해 갔다. 그런데 대체 이게 웬일인가! 두꺼운 모자를 눌러 쓰고, 내 손엔 맞지도 않는 헐렁한 장갑을 끼고, 허리를 구부린 채 주차장 곳곳에

널려진 휴지를 집게로 찍어 까만 색상의 비닐 봉지에 담아 그것을 손수레에 실어 오물 소각장으로 향하는 나의 모습을 행여 남이 본다면 어떻게 비쳐질까 하고 생각해 보았다. 그것은 다름 아닌 1960-70년대에 우리 나라의 어느 동네에서나 볼 수 있었던 구부정한 허리를 한 채 휴지조각을 줍던 넝마주이의 모습 바로 그것 자체이지 않은가! 긴 함석 집게를 사용하여 추렁(넝마주이들이 어깨에 걸치는 커다란 대나무 바구니)에다가 땅에 버려진 빈 병과 신문지 그리고 헌 옷가지 등 고물을 주워 모으면서 연명하였던 그 넝마주이가 영락없는 현재의 나임을 새삼 발견하고는 화들짝 놀라도 보았다.

아, 이 무슨 슬픈 운명의 장난인가! 아무리 호구지책으로 일을 한다고 하나 현재의 흉칙한 몰골을 보고 나는 그만 자지러질 수밖에 없었다. 살을 저미는 듯한 한기에 몸을 파르르 떨 수밖에 없는 현실을 직시하면서도 순간 순간 청소 일을 그만둘까도 생각해보았지만 여러 번 마음을 고쳐먹은 후에야 비로소 진정된 마음으로 일을 계속할 수 있었다. 나는 생각해 보았다. 어쨌든 넝마를 주우면서 입에 풀칠하고 있다는 점에서 그 옛날 넝마주이와 지금의 나는 거의 다름이 없다 싶었다. 그러면서 오히려 동병상련의 정을 느끼고 있다는 착각이 들 정도였다.

"아! 젊어서 고생은 사서도 한다는데 이 정도의 고통과 엄동(嚴冬) 그리고 체면쯤이야 뭐가 대수로운가!"

그러나 마음 한 구석에선 조금은 겸연쩍지만 그래도 한국의 대학 선생이었던 내가 넝마주이로 변할 수밖에 없었던 가혹한 현실을 저주하고 있었고 또 다른 마음 한 구석에서는 강태공처럼 때를 기다려 성취의 기쁨을 누리는 참음의 예지를 가질 필요가 있음을 그나마 위안으로 삼고 있었다.

네 시간 동안의 일을 힘겹게 마치고 눈에 넣어도 아프지 않을 두 아이들이 기다리는 집으로 가려 할 때 냉한 속을 뚫고 가는 언 얼굴처럼 나는 극심한 한기를 느꼈다. 게다가 얼음같이 차디찬 눈 속에서 얼어붙은 내 발걸음은 차마 내딛기가 힘들 정도로 꽁꽁 굳어져 있었다.

"아! 넝마주이 인생이라도 좋다! 시련은 한 순간이니 언젠가는 '쨍' 하고 해뜰 날 돌아오겠지!"

이런 희망을 안고 귀가 길의 나는 온갖 뼈저린 고생의 협곡을 수없이 경과하고 나면 샘물같은 희열의 순간이 온다는 확신을 머리 속에서 그려보았다. '고진감래'란 말을 되새겨 보았다고나 할까.

귀국 후 복직한 나는 이제 본연의 직업인 선생으로서 소명의식을 갖고 학생들을 가르치고 있다. 보들레르가 넝마주이를 시인과 같다고 어느 시에서 읊었듯이, 영국에서의 유사 넝마주이 체험이 있고 보니 이제는 구질구질한 종이조각이 아닌 삶의 지혜와 지식과 교양의 넝마를 주어 모으는 넝마주이로 변신되어 있구나 싶은 생각이 문득 문득 들 때도 있다. 그러나 고생했던 유학시절을 생각해 보며 비록 지금도 넝마를 줍고 있지만 그런 넝마들을 재료로 하여 멋진 색종이나 멋진 조각 이불을 만들어 보려고 마음먹으면서 찾아올 내일의 행복을 오늘 다독거리고 있다.

['창조문학' 2001 여름호]

거울아 거울아 내 머리 돌리도!

난 거울이 없으면 못산다.

독자들이여! 오해하지 말라. 내가 거울 예찬론을 거론하려고 하는 것이 아니니 말이다. 그렇다고 내가 미남이어서 뭇시선을 의식하여 매일 거울을 보고 단정하게 보이도록 함도 아니다. 더군다나 추남은 더더욱 아니어서 못생긴 얼굴을 위장하기 위해 덕지덕지 덧칠 화장을 하는 것도 아니다.

20여 년 전, 내 별명은 '예수'였다. 어찌어찌 하다보니 출석하던 교회 청년부 회장직을 맡고 있었는데 언제부터인 지는 몰라도 회원들이 흥감스럽게도 나를 예수라고 부르기 시작하였다. 신앙이 돈독하지도, 남과 이웃을 위해 헌신적으로 봉사하지도, 갖은 유혹을 뿌리치지도, 기도를 잘 하지도, 그리고 믿음·소망·사랑을 실천하고 있는 신실한 신자이지도 않았다. 그들이 나를 예수라 부른 진짜 이유는 정작 다른데 있었다. 나의 헤어스타일이 예수의 치렁치렁한 장발의 모습과 너무 흡사하였기 때문이었다.

지금도 가끔 추억의 앨범 속에 있는 빛 바랜 사진을 살며시 꺼내어 옛 기억을 회상하며 자세히 들여다보면 아닌게 아니라 영락없이 예수와 닮기는 닮은 것같이 느껴진다.

1970년대 말부터 80년 초까지 머리를 길게 기르고 머리에 강한 '엑센트'를 주고 다니는 것이 시대적 유행이었기 때문이기도 하였지만 그때만 해도 나는 머리를 바람에 휘날리며 보무도 당당히 거리를 활보하며 다닐 정도로 정말 장발이었다.

그후 나이 사십대 중반을 바라보는 지금에 거울에 비쳐진 내 머리 모습은 이십대의 보기 좋은 모습과는 전혀 딴판이니 격세지감을 느낀다고나 할까. 20여 년 세월 동안에 국내에서 대학을 마치랴, 대학원 석·박사 학위과정을 미국과 영국에서 각각 이수하랴, 머리를 많이 쓰는 힘든 일을 하기는 하였다. 집안 내력을 보면 대머리가 있는 것도 아닌데 머리숱이 다소 적은 현실을 도저히 믿을 수가 없다. 그러나 엄연한 사실을 받아들이고 싶지 않다고 완강한 거부를 하려고 해도 이제 와서 무슨 뾰족한 수가 있는가. 더 이상 머리 빠지지 않도록 조심하는 수밖에. 그 동안 탈모예방 및 육모에 좋다고 하는 다양한 발모약을 발라보기도 하였고 각종 엑기스를 먹어도 보았다. 이에 들어간 비용도 만만치 않았다. 그러나 모두 별반 효과가 없었으니 돈만 날린 셈이었다.

가끔 대학동기 동창생 모임에 나가본다. 다들 그 때 그 모습 그 머리 그대로임을 발견한다. 충격이 이루 말할 수 없을 정도로 나에게 다가온다. 하긴 최종학위를 끝내고 대학에 몸담아 강의와 연구 그리고 학생지도에 신경 쓰게 되었고, 학과 구조조정이다 뭐다 해서 여간 스트레스 받은 적이 한두 번이 아니니 머리 빠지는 현상은 어찌 보면 당연한 지도 모르겠다.

몇 달 전부터, 탈모 억제 및 양모에 좋다는 민간 벌침요법에 마지막으로 도전하고 있다. 생벌에 직접 쏘여 침을 놓는 직침이 아니라 양봉벌침을 급속 냉동시켜 밀랍 속에 보관하여 이를 팩에 넣어 누구나 집에서 자가시침을 할 수 있는 방법을 우연히 알게 되었다.

문제는 탈모 방지 및 발모에 효능이 있다는 머리 혈에 침을 놓는 것이었다. 머리의 상성과 백회 부분이 그 적절한 혈인데 나 혼자서는 도저히 시침할 수가 없는 위치였다. 그래서 아내의 도움을 빌릴 수밖에 없었다. 그녀가 평범한 전업주부에서 이제는 어느덧 돌팔이(?)침쟁이로 변한 모습을 보니 저절로 웃음이 흘러나왔다. 매일 아침 일 분간 숨죽이며 정신을 집중하고 벌침을 맞을 때마다 나는 손거울을 들고 내 머리 모습을 늘 애처롭게 이리저리 비추어 본다. 혹시 지난 밤사이 머리카락이 조금이라도 나지는 않았는지 확인하기 위해서 이다. 그리고 아내에게 근심스러운 듯이 이렇게 물어본다.

"여보, 난 언제쯤 TV에서 가끔 보았던 임꺽정처럼 **빽빽한** 머리 숲을 보게될까?"

아내의 답변은 언제 들어보아도 너무나 듣기에 좋은 말이었다.

"정수리 부분이 까칠까칠하고 조금씩 올라오고 있어요. 내년 이맘때쯤이면 머리를 완전히 뒤덮을 것 같아요. 산림흑화(?) 사업이 잘 진행되고 있는 것 같아요."

아내의 너무나 너무나도 희망적인 말에 내 마음은 마치 고무풍선처럼 하늘을 날아갈 듯 하였다. 그러나 이내 나는 좀더 많은 시간을 기다려야 한다고 마음을 고쳐먹기로 하였다. 어찌 머리카락이 그렇게 빨리 날 수 있을까! 강태공이 나이 칠십 세월을 낚시질만 하면서 인고의 세월을 기다렸듯이 나도 그렇게 기다려야 하지 않을까 라고 늘 다짐하고 있었던 터였다. 현대생활이 주린 사자(獅子)와 같이 시간을 집어 삼킨다해도 머리카락이 나기만 한다면 심지어 몇 년까지도 기다려야한다고 항상 나 자신을 겸허하게 타일렀다.

출근하기 전, 오늘 아침도 나는 의자에 앉아 식탁에 양팔을 의지한 채 아내에게 머리를 전폭적으로 내맡기면서 손거울에게 조용히 속삭여본다.

"거울아 거울아 내 머리 제발 돌리도!"

머리카락 한 올이라도 붙잡고 싶은 애타는 심정은 비단 나뿐만 아니라 머리숱이 적은 전세계인들의 한결같은 마음이라고 여겨진다. 언젠가는 기적의 발모제가 시판되어 머리카락 때문에 고생하고 있는 사람들에게 복음의 씨앗을 선사하리라 기대해본다. 자고 일어나면 날마다 이마가 넓어지는 사람들에게 하늘이 내린 축복 중에서 이보다 더 좋은 선물은 이 세상에 없지 않을까 싶다.

['산림' 2002년 9월호]

돈! 돈! 돈!

나는 눈과 귀가 멀고 가슴이 답답하다.

독자들이여! 오해하지 말라. 태생적으로 내가 앞을 못 보거나 귀와 심장에 심각한 질환이 있다고 말하려고 하는 것이 아니니 말이다. 미리 말해 두지만, 앞으로 이 글에서 쓰이는 '나'란 우리 모든 인간을 지칭하는 말이다. 이제 돈이 인생의 전부인 것처럼 대단히 착각하며 살아가는 가련한 나에 관한 이야기를 생각해볼까 한다.

돈은 좋지도 나쁘지도 않으며 그렇다고 모든 것을 해결해주는 '만물박사'도 아닌 성싶다. 돈이 좋게 되고 나쁘게 되고는 돈을 소유한 나에게 전적으로 의존한다고 하겠다. 쓸 만큼의 돈을 가지고 있다면 얼마나 좋겠냐마는 과연 그러한 사람들이 얼마나 있을지는 의문이다.

요즘은 날이 갈수록 돈을 사모하여 그것에 미혹된 결과로 악을 행하는 경우가 너무나 많은 것 같다. 모든 불행과 악의 모체는 돈 때문에 연유하는 것도 부인할 수가 없는 엄연한 사실이지 않나 싶다.

보험금을 노려 자식의 손가락과 자신의 발을 고의로 절단하는가 하면, 신용카드 빚 때문에 아들이 아버지를 살해하고, 부모 재산 상속 문제로 형제 간에 살인극이 연출되는 등 그야말로 끔

찍하기 이를 데 없는 이러한 범죄는 모든 수단과 방법을 동원해서라도 돈을 자기의 수중에 넣고자 하는 결코 채워지지 않는 물신주의의 시대적 반영이라고 하겠다.

우리에게는 돈이 없어도 근심이고 많아도 걱정인 듯싶다. '천석꾼엔 천가지 걱정, 만석꾼엔 만가지 걱정' 이라는 우리 속담도 있듯이, 사람은 누구에게나 각자의 걱정이 있게 마련이다. 물론 가난한 사람들이야 말할 것도 없겠으나 얼핏 보기에 부자인 사람에게는 아무런 근심이 없을 것 같아 보이겠지만 알고 보면 자신의 여유 있는 돈을 어떻게 증식할 것인가에 대한 남모를 고민과 걱정이 있을 수 있는 일이니 모든 사람에게는 각각 나름의 말못할 어려움과 근심이 있다 하겠다.

그래서 돈은 나로 하여금 걱정의 노예로 만들지 않을까 생각해 본다. 돈의 소유 정도가 행복의 척도는 더더구나 아님은 분명해 지는 듯싶다. 돈을 쌓는 것은 어떤 의미에서 걱정을 쌓는 것과 같다 하겠다. 그러다가 자칫 잘못하면, 돈은 모든 것을 잃게 할 수도 있다. 세익스피어가 햄릿을 통해 전하는 다음의 말은 시사 하는 바가 많아 공감을 불러 일으킨다: '돈을 빌리지도 빌려 주 지도 말지어다, 금전의 대여는 종종 돈 자체와 친구를 둘 다 잃 기 쉬운 이유 때문이니라'. 돈으로는 모든 것을 소유할 수 없으 며 심지어 돈 때문에 소중한 친구를 영원히 잃기도 함을 우리는 주변에서 많이 보고 있지 않은가.

나는 매일 매일을 동그라미 모양의 '은화' 만을 쫓아다니며 쉴 틈도 없이 때와 장소를 가리지 않고 동분서주하여 살아가고 있 다. 아니 평생 동안 그것을 쫓아 다녀야 할 운명을 타고 난 지도 모른다. 모두가 돈, 돈, 돈 타령을 하는 가운데, 어느 날 갑자기

‘왕대박’이 터지길 바라면서 벤처 기업에 ‘묻지마 투자’를 하는 나의 눈과 귀는 정녕 멀었다 하겠으며 나의 닫힌 가슴은 정말로 답답해 보인다. 정당한 노력과 땀의 대가로서의 돈은 매우 값진 것이지만 일확천금을 노리는 요행수의 결과인 불로소득으로서의 돈은 악의 뿌리임을 나는 생각해 본다.

마르지 않는 물욕의 한 예를 들어보자. 그리스 신화에서 디오니소스(로마 이름은 박쿠스)신이 프리기아의 마이다스 왕의 소원(‘만지는 것마다 황금이 되게 해달라’)을 들어 주었을 때 마이다스는 너무 기뻐 하인들에게 잔치를 베풀도록 명령하였다. 그러나 잔치에 나온 빵과 포도주 등 그의 손이 닿는 것마다 모두가 황금으로 변하여 왕은 아무 것도 먹을 수가 없는 처지가 되었다. 뒤늦게 후회한 마이다스는 배고픔을 참지 못하고 디오니소스 신에게 애원하여 자신의 소원을 결국 취소시킬 수 밖에 없었다. 그렇다! 욕심은 금물이다. 가룟 유다가 은화 30 냥에 예수를 팔아먹은 것은 어찌 보면 돈에 눈먼 내가 저지른 행위일 수도 있다. 욕심이 잉태하여 죄를 낳고 이는 사망의 골짜기로 떨어진다고 성경은 경고하지 않던가! 돈에 대한 욕망 즉 부귀 욕망은 바닷물과도 같아서 욕심을 더하면 더할수록 안분자족(安分自足)할 줄 모르는 갈증을 더하여 돈에 더욱 탐닉하게 되는 법인 것 같다.

하기는 요즘 같은 물질문명이 고도로 발달한 현대 사회에서는 ‘가진 자’들이 흥청망청 물쓰듯 돈을 쓰기에는 ‘안성맞춤’의 편리한 세상인 듯싶다. 엄청난 돈을 통해 자신을 대내외에 확실히 과시할 수 있을 뿐만 아니라 신분 상승이라는 대리 만족을 느낄 수도 있을 것이다. 언론에 가끔 보도되는 일부 재벌 2세들의 빗나간 탈선행위도 따지고 보면 아까운 줄 모르고 펑펑 쓰는 ‘눈먼 돈'과 연계되어 있을 것이다.

돈! 돈! 돈! 돈에 잠시 이목이 멀어서 흉흉한 심경이었던 나! 이제 당장은 경제적 여유가 없다 해도 한번쯤 눈과 귀 그리고 가슴을 활짝 열어 보면 어떨까. 지금은 돈에 대한 과도한 욕망의 사슬을 과감히 끊고자 하는 내적 결단이 절실히 필요한 때가 아닐까. 인간의 지나친 욕심에 대하여 경종을 울려주는 말인 '계영배 (戒盈盃: 잔이 차는 것을 경계하라)'의 참뜻을 우리 모두 마음 속 깊이 되새겨 보았으면 한다.

['서울문학' 2001년 가을호]

첫 인연

오늘은 그녀를 처음 만나는 날이다. 2003년 11월 6일, 쌀쌀한 기온이 감도는 전형적인 늦가을 아침이다. 여인을 만난다는 기대와 설레임이 나의 심장을 콩닥콩닥 뛰게 만든다. 아닌게아니라 집을 나서는 내 마음은 떨림과 긴장감이 팽팽히 뒤섞여 어찌할 바를 모른다. 마치 짝을 찾지 못해 맞선 보러 가는 노총각의 심정이라고나 할까.

얼마 전 내 집 거실 시계가 밤 11시 30분을 가리키고 있었다. 학교에서 야간강의를 마치고 귀가하면 대략 이때쯤 된다. 급한 일이 아니고서는 지하철로 출퇴근해왔던 나였다. 학교로부터 집이 멀리 떨어져 있는 편이어서 집에 돌아오는 시간이 항상 늦기 마련이었다. 자정쯤 되었을까. 우연히 내 시선은 어느 텔레비전 채널에 고정되었다. 미국의 유수 기업인들을 초청해 그들의 성공담을 듣는 'CEO Exchange'라는 대담 프로그램이었다. CNN의 상임 정치 분석가인 제프 그린필드가 사회자였다. 초대 손님은 미국의 오랜 창립 역사를 가진 어느 종합 보험금융회사 회장이었다. 육십 대 초반으로 보이는 반백의 사람이었는데 대담 시간이 지날수록 그의 성공 이야기가 내 가슴속에 깊이 와 닿기 시작했다. 그의 메시지는 때로는 내 폐부를 찌르기도 하고 때로는 나의 어리석은 영혼을 단번에 흔들어 놓아 일깨우기도 하였다. 그 이후 나는 문제의 회장에게 사신을 한 통 발송했다. 대부분 공감한다는 내용의 열혈팬(?)의 감사 편지였다. 그런데 얼마 지나지 않아 전혀 뜻하지 않은 회신이 왔다. 한국 지사부사장으로부터 반가운 연락이었다.

오늘 만나러 가는 사람이 바로 다름아닌 부사장 그녀이다. 사람들은 세상에 태어나서 우연이든 필연이든 각계각층의 많은 이들을 만나는 법이다. 그런데 지금 나는 얼굴도 모르는 한 여인을 만나러 가는 것이다. 전화 통화를 통해서 어렴풋이나마 느꼈던 상냥하고 친절하고 차분한 듯한 목소리의 주인공을 만나러 가는 것이다. 나는 지하철 좌석에 앉아 정말로 우연일 뿐인 이 만남의 의미는 무엇일까 라고 곰곰 생각해보며 행선지로 내 몸을 맡겼다.

한 시간 반 정도가 흘렀을까. 어느덧 그녀가 근무하는 회사로 나는 서서히 발걸음을 재촉하고 있었다. 약속시간까지 이제 얼마 남지 않았다. 만나면 무슨 말을 먼저 해야 할까? 여성으로서는 매우 드물게 외국인 기업의 임원 반열에 오른 그녀의 성공 이야기를 들어볼까? 아니면 내가 가르치는 학생들에게 전해줄 유익한 조언을 청해볼까? 요즘 '청년실업'이 자꾸만 늘어나고 있다는데 신입사원 채용 면접 시에 가장 최우선적으로 고려하는 요소는 무엇인지도 함께 물어볼까? 그녀와 나눌 대화 내용들이 내 머리 속을 빙빙 맴돌고 있었다.

나는 비서의 안내를 받아 그녀 사무실로 들어갔다. 한 여인의 모습이 내 시야 안에 금새들어왔다.

"부사장님, 안녕하십니까? 처음 뵙겠습니다"

"고 교수님, 안녕하세요? 정말 반갑습니다"

그녀의 응대는 따뜻함 그 자체였다. 그녀 얼굴엔 행복한 미소가 잔잔히 흐르고 있었다. 단아한 자태는 흐트러짐이 없었다. 게다가 중년의 아름다움이 꿈틀거리며 살아있는 영혼에서 우러나 살며시 베어 나오는 듯 싶었다. 오전 근무 시간이어서 그런지 대화 중에 여기저기서 전화벨 소리가 울려댔다. 그녀가 예기치 않은 긴급한 용무로 잠시 사무실 자리를 비우게 되었다. 나는 주위를 얼른 둘러 보았다. '윤리 경영' 이라고 영어로 쓰여 있는 회사 사시(社是) 인듯한 표어가 눈에 쏙 들어왔다. 소위 '투명경영' 을 강조하는 회사임이 틀림 없었다. 십 분정도 지났을까. 그녀는 대단히 미안하다는 듯이 숨을 몰아치며 헐레벌떡 사무실로 되돌아 왔다.

우리의 첫 인연과 첫 만남은 이렇게 시작되었다. 서로 솔직하고 즐거운 대화를 나누었다. 그녀는 때로는 차분하면서도 때로는 열정적으로 내 질문에 충실히 대답을 해주었다. 그러는 사이에 나도 모르게 이미 나는 '사회자' 가 되어버렸고 반대로 그녀는 초청된 '토론자' 의 역할을 떠맡게 되었다. 막힘 없는 언변, 정열적인 애사심, 직원에 대한 헌신적인 애정, 기업이윤의 사회 환원, '임직원은 하나다' 라는 수평적 평등정신, 일류학교 출신 보다는 가능성 있는 인재를 뽑는 장기적 안목, 다가올 미래에 대한 원대한 비전이 그녀의 확신에 찬 말에 오롯이 녹아 그녀 말을 유심히 듣고 있던 나의 심장을 세차게 때리기 시작했다. 나는 보았다. 때로는 갈대와도 같이 고개를 숙일 줄 아는 겸양을 지닌 그녀를. 나는 느꼈다. 우수 인재를 적재적소에 배치하여 업무의 효성을 극대화하는 냉철한 용병술의 리더십의 귀재가 바로 그녀임을. 나는 생생히 배웠다. 직원을 내 몸 같이 사랑하고 그들의 작은 애로사항 하나하나에도 귀를 기울이는 이른바 '감성경영' 의 화신이 다름아닌 그녀라는 사실을.

벌써 '질의응답' 시간이 예정된 삼 십 분을 훌쩍 넘겨 버렸다. 못내 아쉬움을 뒤로한 채 훗날의 멋진 재회를 기약하며 나는 사무실 문을 나서야만 했다. 조금만 있으면 학생들이 내 수업을 학수고대(?)하며 기다리고 있기 때문이었다. 엘리베이터 입구까지 손수 나와 작별인사를 건넨 그녀가 환히 밝게 웃는 미소가 나의 뇌리를 두고두고 떠나지 않았다.

지금 나는 회사 정문을 나서며 그녀와의 첫 인연의 고리를 생각해본다. 옷 깃을 한 번만 스치기만 해도 오백생(五百生)의 인연으로 맺어진다고 하지 않던가. 짧은 만남이었지만 그녀와 대화를 나누고 첫 인연을 맺고 보니 전생(前生)에 서로 인연이 있었기에 금생(今生)에 다시 만난다는 불가(佛家)의 인연설이 문득 떠오른다. 어찌 됐든 사회생활을 하면서 인격과 인격이 서로 만나 좋은 선연(善緣)을 이룬다면 얼마나 좋겠는가. 참다운 만남을 통해 진실한 감동과 감화를 주고 받을 수 있다면 이 또한 즐겁지 않겠는가. 좋은 만남은 긍정적이고 생산적이고 창조적인 만남의 인연으로 엮어져야 하지 않을까 싶다.

인생의 행복은 비록 작은 인연에서 시작하더라도 소중히 여기고 잘 가꾸어 나간다면 사람들 곁에 언제든지 찾아오지 않을까. 이런 생각을 하며 나는 그녀와의 첫 번째 인연과 첫 번째 만남을 마음 속에 소중히 간직하고 지하철 역사로 바삐 발걸음을 재촉한다.

['새길' 2003년 겨울호]

대중목욕탕이 좋아

오늘 날씨가 웬지 음습하다. 그렇잖아도 며칠 전부터 몸이 으시시 춥고 떨렸던 차였다. 그런데 기온마저 냉기가 주변을 감도니 마음이 황량하기 그지없다. 어쨌든 몸과 마음이 예전 같지는 않다. 청춘남녀의 생기발랄함이 새삼 그리워진다. 그럼에도 불구하고 목욕탕 가는 발걸음은 제법 가벼운 느낌마저 든다.

오늘은 목욕탕 가는 날. 아무리 바빠도 이 주일에 한 번은 꼭 가기로 정한 날이다. 제아무리 지친 육체라도 따뜻한 욕탕 안에 몸을 내맡기면 언제 그랬느냐는 듯이 피곤이 싹 가신다.

그렇게 하면 기분이 상쾌해지고 흐트러졌던 정신이 맑아지고 감미로운 탄성이 절로 나오기 마련이다. "아~ 시원~하다!" 탕 속에서 지그시 눈을 감아본다. 그리곤 무념무상의 세계에 푹 빠져든다. 안온함이 전신에 퍼진다. 마치 태아가 모체 양수 안에서 포근함을 느끼듯이 말이다.

남자가 수증기 서린 온수 욕탕 안에서 편안함을 느끼는 것은 어찌 보면 태아시절 경험했던 자궁회귀 본능에 기인함을 생각해 보니 자못 감회가 새로워지는 것 같다.

온탕과 열탕을 번갈아 가며 오가기를 몇 번. 요즘 건강에 좋다고 알려지면서 유행하고 있는 반신욕도 해보곤한다. 땀을 쭉 빼기 위해 사우나실 긴 의자에 앉아 창문밖을 통해 욕탕 안을 무심히 바라본다. 넓은 실내공간 벽에 걸린 교회 십자가 모형이 불현듯 시야에 들어온다. 목욕탕 안에 웬 십자가가 있을까 곰곰 생각해본다. "진리가 너희를 자유케하리라"는 문구가 희미하게 보인다. 교회의 상징 십자가를 멀리서 바라보니 숙연한 감마저 든다. 한 오 분 정도 시간이 흘렀을까. 땀방울이 뽀송뽀송 온 몸에 맺힌다. 맥이 풀리면서 또다시 눈을 감아본다. 그리곤 잠시 사념에 잠겨 꿈을 꾼다.

목욕탕과 교회의 공통점은 무엇일까. 그것은 때를 씻는 장소라는 공통 분모를 가진다. 대부분의 경우 때 있는 사람이 목욕탕에 가는 법이다. 마찬가지로 마음의 때(죄)를 지은 사람이 교회를 가지 잘 차려 입은 '신사숙녀 여러분들'만이 교회를 가는 것은 아니다. 교회는 사교의 공간이 아니기 때문이다. 목욕탕에선 육체의 더러운 때를 벗겨내고 몸을 깨끗이 한다. 교회에선 영혼의 불결한 죄를 깨끗이 씻어내고자 한다. 바꾸어 말하면 마음의 '목욕재계'라고나 할까. 그런데 인간은 심신의 때가 많을수록 대체로 감추고 싶어한다. 쌓여가기만 하는 때를 말끔히 씻을 생각은 자꾸만 미룬다. 오히려 두꺼운 외투로 덮어두려고만 하는 경향이 있는 것 같다. 사실 때가 많으면 마음 문까지도 닫혀 버린다. 자꾸만 가리려 하기 때문이다. 일시적인 미봉책은 보다 근원적인 문제 해결에 전혀 도움이 되지 않는다.

목욕탕은 누구에게나 문이 열려 있어 출입이 자유롭다. 얼마든지 마음만 먹으면 들어가서 때를 씻을 수 있다. 그리고 때를 씻은 다음엔 말로 표현할 수 없는 자신만의 상쾌함을 만끽할 수 있다. 마치 병원에서 주사를 맞으면 질병이 다 치유된 것처럼 느끼듯이 말이다. 그런데 요즘 교회는 왠지 겉과 외식에 치중하는 경향이 있지 않나 싶다. 하나님은 사람의 중심을 본다고 말하지 않던가. 그래서 중심을 지향하는 교회 문은 사회적 지위 고하를 막론하고 누구에게나 활짝 열려 있어야 하지 않을까 싶다. 아니 24시간 상시 개방하면 어떨까 싶기도 하다. 대통령이든 걸인이든 누구든지 출입이 자유로운 교회가 되야하지 않을까. 그래서 교회는 죄지은 사람이면 누구든지 간에 깊이 뉘우치는 '지성소'의 공간이 되야 한다고 본다.

목욕탕은 이용객들의 필요와 요구에 정성을 다해 귀를 기울인다. 욕객들이 목욕탕의 노후시설과 불친절을 몸소 걱정해야 한다면 목욕탕 주인은 업소 문을 영원히 닫아야 한다. 손님들이 다시는 그 목욕탕을 이용하지 않을 것이기 때문이다. 그래서 목욕탕 주인은 고객들의 불평불만에 귀를 쫑긋 세우며 살아남기 위해서 필사적인 노력을 다한다. 게다가 최첨단 시설을 갖춘 '찜질방'이라도 인근에 들어선다면 주변 목욕탕들은 더욱 생존의 위협을 느끼지 않겠는가.

그렇다면 교회는 어떤가. 평신도들이 일부 교회와 목사를 심각하게 걱정해야 하는 지금의 상황은 매우 우려할만 하다. 빛과 소금의 역할을 감당하지 못한 채 어찌 이 지경까지 되었을까 궁금해진다. 혹시 교회는 자기의 굳건한 성역 쌓기만을 고집한 것은 아닐까. 평신도의 목소리를 제대로 경청하고 존중했을까. 과거 중세 교회가 성도들의 눈과 귀를 가리고 혜안을 흐리게하여 교회의 부패를 초래했던 사실을 떠올려 본다.

그래서 결국은 루터의 종교개혁으로 이어졌음을 알고 있지 않은가. 옆구리에 있는 예수를 내 심장으로 끌어올 수 있도록 교회는 그 본연의 역할과 사명을 다해야 하지 않을까. 그렇게 하지 않으면 교인은 교회를 떠난다. 교회에 사람이 없으면 문을 폐쇄시킬 수밖에 없지 않은가. 지금 한국 교회는 옛날과 같은 대폭발적인 안과 밖의 양적 팽창이 멈춘 상태인 것 같다. 현재 교회 성장은 저녁 여섯 시 아니 일곱 시 방향으로 시침이 흘러가고 있음을 모두가 기억할 필요가 있다고 본다.

얼떨결에 불안한 꿈에서 깨어 눈을 떠보니 온몸엔 땀이 비 오듯 쏟아지고 있었다. 마치 한바탕 소나기 세례를 맞은듯 싶었다. 온몸엔 땀과 눈물이 뒤범벅이 되어 줄줄 흐르고 있었다.

후덥지근한 실내 열기 때문인지 약간 숨이 막힐 지경이었다. 얼른 사우나실 문을 박차고 나올 수밖에 없었다. 나머지 볼 일을 다 끝내고 나니 한 시간쯤 지났는가 보다. 목욕탕 문을 나서니 육체와 마음의 오래된 때를 씻어서인지 기분이 창공으로 날아갈 듯 가뿐했다. 날개만 있다면 하늘을 훨훨 날아 비상의 자유를 마음껏 누릴텐데. 이제 난 마치 새 사람으로 다시 태어난 듯싶었다. 새 생명의 경이로움과 환희의 탄생이라고나 할까. 아니 그럼 난 여태까지 헌(?) 사람이었다는 말인가.

여하튼 오늘 나는 이 세상에 다시 태어난 기분이었다. 모든 것이 새롭다고 느꼈다. 보잘것 없는 풀 한 포기, 빛 바랜 작은 잎새 하나, 길가에 아무렇게나 어지럽게 널려있는 돌멩이, 담장 아래에 비치는 옅은 햇볕을 쬐며 고독을 즐기며 웅크리고 있는 자존심 있는 고양이, 주인을 따라 딸랑딸랑 따라 다니는 충성스런 강아지, 전기줄에 앉아 있는 이름모를 새…….

나는 집으로 한결 가벼워진 발걸음을 재촉하였다. 휘파람을 마구 불며 즐거운 마음으로 모든 것이 신기한 듯…….

['새길' 2004년 봄호]

해외입양인 가족과 함께한 추억

2004년 6월 23일과 7월 7일. 나는 이날을 평생 잊지 못할 것 같다. 이때는 오래 전 국내에서 버림받은 아이들이 국외 입양되어 많은 세월이 흐른 후 처음으로 모국을 방문하던 시기였다. 내가 몸담고 있는 학교에서 한국의 전통문화를 체험한 바로 그 현장에 그들과 함께 있었고 남다른 감회와 잊을 수 없는 추억을 간직한 날들이었기 때문에 이날은 나에게 의미있는 체험을 안겨주었다. 세 시간에 걸친 고국 문화체험 프로그램에서 난 영어를 전공했다는 고약한 죄목(?)으로 힘든 통역을 담당해야만 했다.

30여명에 달하는 남녀 입양인들이 참가한 23일. 이날은 장마 전선 영향으로 잔뜩 찌푸린 날씨였다. 그럼에도 불구하고 그들의 눈가와 입가엔 해맑은 미소가 유난히 돋보였고 연실 함박웃음이 피어나왔다. 사실, 기억도 나지 않는 아주 어렸을 때 본의 아니게 우리나라를 떠난 후 거의 20여년 만에 모국을 방문하는 입양인들이 다소 긴장과 주눅이 들지 않을까 내심 걱정했던 차였다. 그 우려는 기우에 불과하였다. 그들은 때론 신기한 듯 호기심어린 시선으로 또 한편으론 자유분방한 태도로 각종 프로그램에 적극적으로 참가하였다.

한복 입어보기, 평절과 큰절하기, 다도(茶道)예절 익히기, 전시실 견학하기 등 네 가지 행사 중에서 입양인들에게 가장 큰 관심을 끈 것은 전통 혼례한복 입어보기였다. 한복 전공 선생님이 입양인들 중에서 신랑과 신부 한복에 적합한 모델을 지목하여 무대 앞으로 불러냈다. 뽑힌 두 명의 모델이 약간 수줍은 듯 등장하자 모두들 '와~' 하면서 뜨거운 박수갈채를 보냈다. 선택된자의 행운과 축복이라고나 할까. 그런데 모델을 앞에 세워 두고한복의 유래를 알려준 후 속치마부터 처음 설명할 때였다. 첫날밤을 맞이할 때 신부가 입는 가장 얇은 속옷을 직접 보여주면서설명이 끝날 바로 그때였다. 실제 크기의 매우 작은 속옷을 보자마자 모두 포복절도할 정도로 배꼽을 잡으며 웃음보가 터져 나오기 시작했다. 지금의 팬티에 해당하는 속옷이었다. 정말이지남자인 내가 봐도 속옷은 매우 특이한 형태를 취하고 있었고 장내는 웃음바다로 넘실거렸다.

이렇게 한바탕 웃음폭풍이 휘몰아친 후 마지막으로 족두리를쓰기까지 입어보기 과정을 마쳤다. 모델 신부의 모습은 하늘의천사와도 같이 너무나 아름다워 보였다. 아, 한복은 이래서 우리나라 사람에게 정말로 어울리는 예쁜 의상이구나! 모두들 '원더풀' 감탄사를 연발하며 흡족해하는 것 같았다. 신랑 한복 입어보는 과정은 매우 간단하였다. 그래서 설명시간도 그리 오래 걸리지 않았다. 모두 각자 한복을 입어보는 시간을 얼마동안 가졌다.나는 남자 입양인들을 다른 교실로 안내하여 한복 도우미의 협조로 그들이 한복을 입을 때마다 곁에서 열심히 설명을 해주었다. 형형색색 한복을 차려입은 누군가가 말했다. "한복은 내가지금까지 본 것 중에서 세계에서 가장 아름다운 전통의상 입니다."

예정된 네 가지 프로그램을 무사히 다 끝내고 나니 만감이 교차해왔다. 사실 짧은 영어로 과연 모든 순서를 잘 진행할 수 있는지에 대한 내면적인 회의감이 들었었다. 그러나 진검승부를 해보자는 평소의 소신과 철학이 있었기에 만사 제쳐놓고 선뜻 어려운 통역을 맡게 되었다. 다른 한편으론 대부분 미혼모 아이로 태어나 국내입양 되지 못한 채 해외로 입양될 수밖에 없었던 국내 현실을 생각해보니 가슴이 미어져 왔다. 그러나 또 한편으로는 이들로 하여금 모국의 전통문화를 체험하는데 조그만 기여를 할 수 있다는데 커다란 보람을 느꼈다. 외국에서 피부 색깔이 다르고 온갖 어려움과 역경을 딛고 성년이 되어 태어난 나라를 다시 찾은 그들의 마음에 진심으로 다가가고자 내가 최선을 다했다고 생각해보니 역시 피는 물보다 진하다는 생각이 떠올랐다.

7월 7일 이날은 모두 50여명에 가까운 입양인 및 그 가족팀이 학교를 방문했다. 장마 비가 내리는 가운데 행사장 입구에서부터 안내를 맡은 나는 또다시 긴장할 수밖에 없었다. 2주일 전 1차 팀과 행사 내용은 그대로였지만 이번엔 가족을 동반한 팀이어서 무척 신경이 쓰였기 때문이다. 아니나 다를까. 이번엔 많이 달랐다. 그들은 시종일관 진지하게 경청하였다. 그리고 전통혼례 한복 입어보기 등 모든 프로그램 중간 중간에 질문공세를 퍼부었다. 특히 양부모들이 앞장서서 한국의 전통문화에 대한 이해와 심취 그리고 적극적인 실습참여와 질문세례는 때론 설명능력이 부족한 나를 곤혹스럽게 하곤 했다.

이러한 진지함 이면엔 실소를 금치 못하는 장면도 있었다. 특히 큰절하기 프로그램은 배꼽이 튀어나올 정도로 한바탕 웃음이 연출되었다. 몸집이 거구인 한 백인 남성과 여성이 전통 혼례 한복을 입은 채 맞절을 할 때였다. 신부는 예절 담당 선생의 도움을 받아 그런대로 시늉을 따라했다. 문제는 신랑이었다. 두 손을 모아 양 무릎을 구부리고 머리를 땅에 닿을 정도로 고개를 숙인 것도 우스꽝스럽거니와 이 상태에서 엉덩이를 공중으로 올린 채 허리는 쭉 길게 펴서 맞절하는 기이한 자세의 모습을 상상만 해도 절로 웃음이 튀어 나오지 않았겠는가. 그래서 도저히 이것은 아니다 싶어 내가 직접 모델이 되어 시연을 해보였다. 이제 나는 단순 통역자가 아니었다. 어느새 예절 강사로 변신해 있었다고나 할까.

이렇게 주어진 시간은 흘러가고 예정 프로그램을 끝마쳤다. 내겐 잠깐의 휴식시간도 없었지만 그네들을 이제 떠나보내면서 난 궁싯거리며 생각하기 시작했다. 한국인인 나는 평상시에 전통문화에 그리 커다란 관심과 조예가 깊지 않았었다. 그러나 이번 일을 계기로 우리 문화의 소중함을 일깨우는 각성의 시간이 되었음을 절감했다. 더 나아가 해외 입양인들과 그 가족들에게 우리 전통문화의 우수성을 공유하고 깊은 공감대를 나눌 수 있는 시간이 되었으니 난 일종의 문화 외교사절의 일원이었음을 자랑스럽게 느꼈다.

한국에서 체류하며 전국의 사회복지시설 및 관광명소를 둘러본지 2주일 후 입양인 가족팀은 고별파티에 고맙게도 나를 초대하였다. 7월 16일이었다. 호텔 뷔페식과 간단한 여흥 시간을 가진 후 마지막 순서로 한국 방문소감을 말하는 시간이 돌아왔다. 양부모 중의 한 여성이 연단에 나와 한국 문화체험을 담담히 밝히기 시작하자 장내는 일순간 숙연해졌고 그 여성의 눈가엔 어느새 이슬방울이 맺혀 있었다. "행사 주최 측에 깊은 감사를 드립니다. 한국을 2주일간 방문하면서 나는 많은 것을 배울 기회를 가졌습니다. 그 중에서 고아원 방문은 평생 잊을 수가 없습니다. 고아원을 떠날 때 고아들의 초롱초롱한 눈망울을 잊을 수가 없습니다. 특히 어느 여자 대학교에서 배운 한국의 전통문화 체험 중에서 전통 혼례 한복을 입고 큰절을 배우고 실습해온 것도 무척 인상에 남습니다. 난 자녀들에게 그들이 출생한 모국 한국에 언젠가는 한 번 데려가 보고 싶었습니다. 본인의 뿌리가 어딘지 꼭 알려주고 싶었기 때문입니다."

그녀의 진심어린 말이 내 심장을 사정없이 마구 때렸다. 이역만리 조그만 나라에서 버려진 아이를 입양하여 훌륭하게 자녀를 키워 그 아이가 태어난 나라에서 자신의 근본과 정체성을 알려주고 싶었다는 양모(養母)의 말. 지천명(知天命) 나이쯤 되어 보이는 이름모를 한 미국인 여성의 진솔한 말에 나도 모르게 가슴에 복받쳐 오르는 뜨거운 감동이 나의 온몸을 휘감았다. 나는 아무래도 평생 이 감격의 날을 잊을래야 잊을 수가 없을 것 같다. 연전에 백혈병으로 죽을 고비를 넘긴 재미 입양인 성덕 바우만을 보살핀 양부모의 헌신. 두 다리 없는 애덤 킹(한국명 오인호)을 지극정성으로 키우고 8명의 장애아를 입양해 키운 양부모의 사랑. 이 모두가 '사랑은 피보다 진하다'는 것을 몸소 실천한 양부모들임을 문득 생각해보니 패역한 이 세상이 결코 어둡지만은 않은 것 같다.

['새길' 2004년 가을호]

아버지·1

아버지!

당신 아들 왔습니다. 오늘은 좀 어떠십니까. 말씀 좀 해보세요. 왜 이렇게 하루 종일 눈만 감고 누워 계십니까. 잠만 주무시지 말고 제 얼굴 좀 똑바로 보십시오. 코 속에 호스를 연결하여 미음을 넣어 식사하신 지도 거의 석 달이 되어갑니다. 오늘 아침엔 담당 의사 선생님을 면담했습니다. 뇌종양 수술 후에도 종양 부위가 계속 자라고 있답니다. 최악의 악성 종양이라 이젠 더 이상 칼을 대지 못한다고 합니다. 같은 병으로 고통 속에 신음하고 있는 다른 환자들은 세 번까지도 수술을 받을 수 있다고 하더니만 아버지는 단 한 번 수술로 끝이라니 이 무슨 청천벽력같은 말입니까. 현실이 믿기지 않습니다. 설상가상으로 항암제 투여 치료는 할 수가 없습니다. 일흔 여섯 살의 고령이시어서 치료에 따른 고통을 도저히 견딜 수가 없다고 합니다. 먹는 항암 치료제 효과도 미미하다고 합니다. 일말의 희망을 걸었던 방사선 치료도 차도가 전혀 없는 듯싶습니다.

아버지!

병상에서 투병하실지라도 결코 외로워하지 마십시오. 아버지 곁엔 쾌유를 기원하는 사랑하는 식구들이 지켜보고 있지 않습니까. 제가 든든히 지켜 드릴 테니 아무런 걱정 마십시오. 지금까지 건강하게 저희 가정의 든든한 후원자가 되어 주셨는데 이제는 제가 아버지를 끝까지 후원해드릴 것입니다. 그래서 어떻게 해서든지 병을 고쳐드리겠습니다. 무슨 수를 써서라도 아버지를 예전처럼 건강을 회복시켜 드리겠습니다. 그러나 지금 가장 중요한 것은 아버지의 투병 의지와 일어날 수 있다는 확고한 신념일 것입니다. 아버지, 주위 도움없이도 홀로 앉아만 계셔도 좋으니 어서 속히 일어나십시오.

아버지!

정말 죄송합니다. 지금 생각해보면, 큰아들이랍시고 도움 드린 게 하나도 없어서 제 마음이 늘 불편하고 허전했습니다. 제가 사십 중반을 넘게 살아오면서 그동안 한 번도 사랑과 존경의 뜻을 바깥으로 표현하기엔 너무나 멀리 느껴졌던 아버지! 가장 가까우면서도 가장 멀 수밖에 없었던 아버지! 마음속으론 항상 아버지의 위대한 존재를 느끼면서도 입 밖으론 '아버지! 사랑합니다!' 라는 말조차 꺼내기가 너무나 힘들었던 아버지! 그러나 막상 생사의 기로에 놓인 아버지 모습 앞에서 아버지에 대한 저의 믿음과 사랑을 무릎 꿇고 이제야 전하는 불효자식을 용서 하십시오.

아버지!

15년 전 평택 고모부님이 아버지에 대해 제게 말씀하셨던 것을 생생히 기억합니다. "아버지께서 결혼 후 어머니와 함께 아무 것도 가진 것 없이 인천에 정착하자마자 생계를 꾸려 나가기 위해 처음 시작한 일이 뭔지 아니? 길거리에서 두서너 개 나무 궤짝 위에 과일을 놓고 행상을 하셨지. 게다가 단칸방 세를 얻어 방한가운데에 무명 커튼을 쳐서 할머니와 같이 사셨단다. 아버지는 그렇게 모든 고민과 고통과 어려움을 헤치고 네 명의 자녀들을 다 대학까지 보내시고 훌륭히 키우신 것을 집안의 맏인 너도 알 때가 된 것 같구나."

아버지!

아버지 세대는 그렇게 생활이 어려웠다고 듣고 있습니다. 그때는 밥 세 끼 먹기가 너무나 힘든 시절이었지요. 비록 가난과 궁핍에 찌들대로 찌들었지만 이를 굳세게 이겨 내시어 지금의 우리나라 경제 발전의 밑거름이 되신 아버지 세대를 진심으로 존경합니다. 아무런 쓸모없는 '쉰 세대'라고 요즘 신세대에 의해 종종 격하되기 일쑤이지만 아버지 세대는 진정 오늘의 대한민국을 건설한 견인차였다고 확신합니다.

아버지!

부끄러운 고백 하나 하겠습니다. 제가 중학교 1학년이었을 때였습니다. 조그만 동네 슈퍼마켓을 운영하셨던 아버지는 여느 때와 다름없이 과일을 조금이라도 값싸게 구입하기위해 인천 배다리 청과물 도매시장을 직접 다녀가시던 길이었지요. 마침 제가 하교할 때였습니다. 찻길 건너편에 과일상자를 대형 자전거에 잔뜩 싣고 가시는 모습을 똑똑히 보았습니다. 저는 친구들이랑 같이 있었는데 페달을 힘차게 밟으며 땀을 뻘뻘 흘리시는 아버지의 생생한 모습을 눈앞에서 보고도 전 아버지를 외면할 수밖에 없었습니다. 그 당시 저는 아버지의 그런 힘든 모습을 친구들에게 보여주고 싶지 않았습니다. 아버지! 지금 생각해보면 그때 제가 왜 그렇게 어리석었고 부끄러웠는지 자책감이 듭니다. 생각이 짧았던 제가 마냥 후회스럽고 아버지를 뵐올 면목이 없습니다.

아버지!

의사 선생님에 의하면, 아버지의 생명은 이제 여섯 달 정도밖에 남지 않았습니다. 수술하기 전엔 한 두 달 밖에 못사신다고 했는데 그나마 반년이라도 생명을 연장할 수가 있다고 하니 불행 중 다행입니다. 오른 손과 발이 완전 마비되어 앙상한 모습인 아버지! 그래도 희망을 잃지 않겠습니다. 병상을 지키며 혹시 일어날 지도 모르는 기적을 믿으며 오늘도 양 손과 양 발을 열심히 주물러 드립니다. 30여 년 전 아버지께서 자전거 페달을 힘껏 밟을 때 땀방울이 온 몸을 적셨듯이 저 역시 침대에 올라 양 발가락부터 양 어깨까지 비지땀을 흘리며 마사지 해드리고 있습니다. 어서 속히 눈도 활짝 뜨시고 잠도 그만 주무시고 말씀도 좀 하셔서 부자 간 의사소통을 할 수 있는 날이 빨리 오도록 기원하겠습니다. 아버지를 안타깝게 바라보는 저도 답답하지만 가끔씩 멍하니 저를 힐끗 쳐다보시는 아버지는 얼마나 더 답답하시겠습니까. 이젠 답답함을 떨쳐 버리고 빨리 일어나십시오.

아버지!

기저귀를 차고 누워 계시니 엉덩이와 사타구니 주변에 빨간 반점이 셀 수 없이 생겼더군요. 대소변을 받고 기저귀를 갈아드리면서 이런 생각을 해보았습니다. 제가 생후 헝겊 기저귀 찬 갓난 아기였을 때 아버지는 어머니와 함께 첫째인 저에게 장차 큰 희망과 소망을 품으셨을 텐데 이제는 기저귀 찬 아버지에게서 저는 새로운 생명 재탄생의 꿈과 희망을 품고자 합니다. 아버지! 저의 간절한 소망을 듣고 계시지요? 하루 속히 쾌차하십시오. '뜻이 있는 곳에 길이 있다' 라는 격언도 있지 않습니까. 절대 포기하지 마십시오. 소중한 생명을 포기해서는 안됩니다. 힘내십시오. 그래서 조만간 우리 가족의 '영웅'이 되어 포근한 보금자리로 꼭 돌아오십시오. 겨울 속에서 봄이 일어나듯이, 역경과 고통 속에서 희망과 승리가 태어남을 저는 아버지에게서 그리고 아버지를 통해서 확실히 믿습니다. 아버지! 아버지 발에 신발 한 켤레가 신겨질 날이 속히 오기를 학수고대 합니다. 그것은 위대한 희망 입니다. 퇴원할 때 양 발로 편안한 집으로 갈 수 있으니까요. 그래서 어머니와 함께 집 근처 교회에 다시 건강하게 걸어 다니시고 여행도 함께 떠날 수 있으니까요. 아버지! 난생 처음으로 이제 크게 목청껏 외쳐 봅니다.

아버지! 사랑합니다! 그리고 존경합니다!

['새길' 2004년 겨울호]

아버지·2

아버지!

이제는 사진으로 밖엔 뵈올 수가 없게 되었으니 이 얼마나 상심이 큰지 모르겠습니다. 험난한 세상의 바람을 맞으며 사시다가 이별하시고 하늘나라로 가신 아버지. 아버지의 쾌유를 빌고 또 빌면서 기도했었습니다. 그런데 대수술 받으시고 꼬박 일 년 동안 식물 상태로 아무 말씀도 못하셨습니다. 어떠한 유언도 남기실 수가 없었고 어느 날 갑자기 제 곁을 영영 떠나셨습니다. 육신은 돌아올 수 없는 곳으로 저 멀리 가셨지만 당신께서 평소 남기신 유훈은 지금까지 제 가슴에 영원히 남아 있을 것입니다.

언젠가 제게 당신은 이렇게 말씀하셨습니다. 우리 집의 가훈은 상경하애(上敬下愛)이니 부모와 자식 간 그리고 형제자매 간에도 서로 존경하고 아낌없이 사랑하라고 누누이 이야기하셨습니다. 가정이 화목해야 집안과 기업이 잘 되고 더 나아가 사회와 국가가 발전한다고 강조하셨습니다. 상경하애를 실천하면 가화만사성(家和萬事成)이라고 거듭 말씀하셨습니다.

2년 전이었습니다. 저를 갑자기 부르셨습니다. 뭔가 예감이 이상했습니다. 아니나 다를까 그날따라 비장한 어투로 이렇게 첫마디를 꺼내셨습니다. "나는 너희 자식들에게 물려줄 커다란 유산이 있단다." 그 말씀을 듣는 순간 제 눈이 번득거렸고 심장이 마구 뛰었습니다. '혹시 자식 모르게 구입해놓으신 큰 전답이라도…… 그래서 그 유산을 이제 상속하실 모양이구나. 나도 이제 팔자(?) 좀 고칠 수 있겠구나.' 당신은 말씀을 계속 이어 갔습니다. "그 유산이란 하나님으로부터 선물로 받은 신앙의 유산이다. 너희들은 앞으로 믿음생활 잘 해서 신앙의 보물을 차곡차곡 쌓아 나아갔으면 좋겠다. 특히 집안의 맏이 아범은 항상 명심해야 한다."

아버지! 용서하십시오. 지금 생각해보면 그 때 '커다란 유산'이란 말에 미혹되어 제 눈이 순간적으로 멀었던 것 같았습니다. 엉뚱한 착각에 빠져 잠시 정신 나가 갈팡질팡 헤맸던 것 입니다. 무엇인가에 홀린 것 같았습니다. 물욕과 허욕의 바다에 풍덩 빠져서 허둥대는 현대인들의 벌거벗은 모습을 기억합니다. 부끄럽게도 제가 그 흉물의 자화상이 된 것 같아 마음이 쓰리고 아픕니다.

일흔 여섯의 삶! 민족수난과 고통의 일제시대, 동족상잔의 6.25 동란, 우리나라 역사의 비극인 5.16 군사쿠데타, 민주화를 짓밟은 10월 유신 그리고 5.18 광주 민주화운동과 현재의 참여정부에 이르기까지 역사의 소용돌이 현장을 온몸으로 체험하며 살아오신 삶!

생각해보면 당신은 기쁠 때나 슬플 때나 즐거울 때나 화낼 때나 대한민국 보통 아버지의 모습 그대로이셨습니다. 기쁘면 하얀 이를 살짝 드러내시며 흐뭇해 하셨고 슬프면 슬픈 기색을 감추시고 아무 일 없었다는 듯 태연하셨고 즐거우면 함께 박수를 치며 행복해하셨고 화가 나면 화를 삭이며 전혀 내색을 보이지 않으셨습니다. 바로 전형적인 한국인 남자이셨습니다. 아니 이

옷집 아저씨와도 같이 너무도 평범한 아버지이셨습니다.

아버지! 저는 생생히 기억합니다. 명절을 맞이하여 당신께서 추모예배와 차례를 인도하실 때에 또는 가족 찬송을 부를 때에 어김없이 즐겨 부르던 찬송가 305장이 지금 이 순간에 떠오릅니다. 그리고 글 쓰는 지금 당신을 기억하며 조용히 불러봅니다.

"사철에 봄바람 불어 잇고/하나님 아버지 모셨으니/믿음의 반석도 든든하다/우리 집 즐거운 동산이라/고마와라 임마누엘/예수만 섬기는 우리 집/고마와라 임마누엘/복되고 즐거운 하루하루/"

아버지! 저는 독실한 신앙인이 되지는 못해도 이 찬송의 내용을 생각할 때마다 뜨거운 감동을 받곤 합니다. 마음 깊은 곳에서 범사 감사의 감정이 북받쳐 오르기도 합니다. 세상살이가 때로는 힘들고 지치고 고단하여도 사시사철 우리 집에 훈훈한 봄바람 불어오는 소망을 기대하곤 합니다. 그러면 현재의 고통이 눈 녹듯 사라집니다.

자식들이 모처럼 모인 자리에서 당신은 이렇게도 말씀하시곤 하셨습니다. "부모는 인생 최고의 교사입니다. 자녀들을 위해 온갖 희생을 다하시는 부모에게 감사하는 가정이 돼야 하겠습니다. 부모에게 효도하고 순종하는 사람은 온전한 인격을 소유하고 있고 정도(正道)의 삶을 걷기 때문에 축복을 받지 않을까 싶습니다." 이제야 당신께서 말씀하신 이 말의 뜻을 조금 이해할 것 같습니다. 살아 계셨을 때 조금만 더 신경 써서 귀담아 듣고 잘 보살펴 드려야 했었는데 후회막급입니다. 지금 와서 후회한들 무슨 소용이 있겠습니까. 그러나 당신께서 생전에 남기신 훈계를 잘 받들어 성실히 살아가도록 노력하겠습니다.

아버지! 불러보고 또 불러보아도 당신이 그립기만 합니다. 보고 싶습니다. 체격은 왜소하셨지만 정신만은 누구 못지않게 강인하셨던 당신! 초롱초롱한 눈빛은 인생항로의 나침반과 풍향계 같았습니다. 못난 제가 탈선할 조짐이 보이거나 세상 살아가는 지혜가 부족하면 당신의 혜안이 잘못을 바로 잡아 주시고 모자란 부분을 외면하지 않으시고 촘촘히 채워주시곤 하셨던 당신!

아버지! 이제 세상일은 다 잊어버리시고 마음 편한 곳에서 영면하시기 바랍니다. 언젠가 그 아름다운 나라에서 재회의 기쁨을 고대하겠습니다. 아버지! 사랑합니다. 존경합니다.

여러 해 동안 부끄러운 제 글을 읽고 계시는 독자 여러분! 진심으로 감사드립니다. 여러분들의 성원이 있었기에 능력이 부족하지만 지금 감히 이 글을 쓰고 있습니다. 잠깐 제 아버지께서 즐겨 읽으셨던 성경 시편 23편을 소개합니다. 이 성시를 통해 영원하지 못한 세상에서 여러분들의 앞길을 잘 인도해주실 목자를 만날 수 있기를 기대합니다. 성구에 나오는 '나'를 여러분의 성함으로 대입하여 조용히 묵상하며 계속 읽어보시길 바랍니다. 그러면 인생의 큰 위로와 용기를 얻게 되리라 확신합니다.

"여호와는 나의 목자시니 내가 부족함이 없으리로다/그가 나를 푸른 초장에 누이시며 쉴만한 물 가으로 인도하시는도다/내 영혼을 소생시키시고 자기 이름을 위하여 의의 길로 인도하시는도다/내가 사망의 음침한 골짜기로 다닐지라도 해를 두려워하지 않을 것은 주께서 나와 함께 하심이라 주의 지팡이와 막대기가 나를 안위하시나이다/주께서 내 원수의 목전에서 내게 상을 베푸시고 기름으로 내 머리에 바르셨으니 내 잔이 넘치나이다/나

의 평생에 선하심과 인자하심이 정녕 나를 따르리니 내가 여호
와의 집에 영원히 거하리로다"

['새길' 2005년 가을호]

조화(造花) 유감 있어

　교육 현장에서 적지 않은 수의 열혈 팬인 학생들로부터 꽃을 받는 기회가 내겐 종종 있다. 한 학교에서 그것도 남녀공학이 아닌 여학교에서만 가르쳐온 지도 올해로 어느덧 17년째이다. 지난 세월을 곰곰 생각해보니 다양한 종류의 꽃을 고맙게도 선물받아온 것 같다.

　그런데 해가 갈수록 꽃을 받는 횟수가 점점 줄어드는 것 같다. 대학 전임강사로 교직에 발을 들여 놓은 이래로 지금까지 나는 교육자로서 열심히 강의하고 있으며 성실히 학생들을 지도하고 있음을 자부한다. 부임 초창기에는 내가 젊은 미남(?) 훈장이었는지도 몰라도 학생들이 예쁘게 보아주었다. 그래서 일년에도 여러 번 아름다운 향기를 발산하는 꽃을 받았던 기억이 난다. 심지어 어떤 학생은 나를 미혼남으로 생각하여 형형색색의 화려한 꽃을 자주 주면서 자신의 언니를 소개시켜 주겠다고 호들갑을 떤 학생도 있었다.

　아무튼 보기만 해도 가슴 떨리는 '꽃밭'에 파묻혀 보낸 시절을 돌이켜보면 어찌 행복하지 않을 수 있을까. 감회가 무척 새롭기만 하다. 최근에는 나이를 조금 먹은 탓도 있고 '총각 선생님'이라고 보기엔 주름살이 늘어가는 이유도 있을 터이지만 과거 보다는 학생들로부터 꽃을 받는 기회가 상대적으로 감소하는 것 같다. 이제는 얼굴 간판이 아닌 교육과 연구에 나름대로 헌신하고 있다고 생각한다. 그럼에도 불구하고 열정적인 학문 행위와 꽃을 받는 횟수와는 정비례하는 것 같지는 않은 모양이다.

그런데 무엇보다도 주목할 만한 일은 조화를 받을 때의 심정이다. 지금도 '스승의 날'이나 종강을 기념할 때나 혹은 졸업생들이 모교 방문 시에 꽃을 사오는 경우가 있다. 그 때 일부 학생들은 조화를 선물하곤 한다. 사실, 조화는 기원전 3500년경 지중해 동부의 크레타 섬 및 기타 지방에서 번영한 '에게 문화'의 유품 중에서 가장 오래된 것이라고 한다. 이러한 조화가 최근에는 자연의 꽃에서 찾을 수 없는 신비한 색채의 아름다움을 극대화시키는 대상으로 부각되고 있는 것 같다. 다시 말해 사람들은 삶의 기쁨과 활력을 얼마 전부터 각광을 받고 있는 조화 속에서 찾고 있는 듯싶다.

학생의 입장에서 보면, 영원히 시들지 않는 꽃을 자신의 선생님에게 주면서 그 꽃을 오랫동안 보관하여 감상하라는 좋은 의미로 주는 것 같다. 그러나 한편으로는 자신의 이름을 은연중에 은사에게 각인 시키려는 다소 엉뚱한 속셈도 들어있지 않나 싶다. 내 처지에서 보면, 학생이 정성스러운 마음으로 가져온 멋들어진 꽃에 대해 고맙게 생각한다. 그러나 좀더 넓은 의미로 확대 해석해보면, 조화는 생화나 나무처럼 꽃이 지고 잎이 마르고 그래서 죽고 다시 태어나는 생동하는 변화의 모습을 전혀 찾아볼 수 없다. 이는 정말 유감이다.

떨어진 잎사귀는 뿌리로 돌아간다는 이른바 '낙엽귀근'(落葉歸根)이라는 말이 있다. 이 말 속에는 생화와 아름드리 나무의 모습을 통해 자연의 순리대로 인생을 살아가라는 숭고한 뜻이 함축

되어 있다고 본다. 그러나 조화 속에서는 도무지 자연에 순응하는 겸손함과 풋풋한 사람 냄새가 전혀 나지 않는다. 오히려 정서적 삭막감마저 느껴질 때가 많은 것도 부인할 수가 없는 것 같다.

솔직히 말해, 우리는 일상생활에서 남녀불문하고 꽃을 통하여 정적인 심성을 아름답게 연마하곤 한다. 이를 통해 화목(花木)으로부터 현대인의 생활규범인 겸허, 인내, 사랑, 자비 그리고 미(美)를 발견하지 않는가. 그렇게 함으로써 자신을 수양하고 인간으로서 교양을 함양할 수 있기도 한다. '이미 만들어진 꽃' 보다는 '현재 살아 있는 꽃' 이 중요하고 더욱 가치가 있다고 본다. 즉 꽃은 정신적 불모성을 상징하는 황무지 같은 현대생활의 공간을 더욱 아름답게 꾸며준다. 더 나아가 쾌적한 생활환경을 창출하는 아름다움의 창조자로서의 역할도 수행하지 않나 싶다. 우리의 인생살이도 마치 살아 있어서 꿈틀거리며 호흡하는 '살아 있는 꽃' 의 변화하는 모습을 통해 역동적인 삶의 교훈을 얻어야 하지 않을까 싶다.

오늘도 변함없이 지하철로 출근한다. 조그마한 그러나 아늑한 나만의 공간인 연구실로 이내 들어선다. 투명한 햇살이 부서지는 창가를 통해 하늘거리며 자신의 자태를 자랑스럽게 뽐내며 작은 탁자에 놓여있는 꽃들을 행복하게 바라본다. 아레카 야자, 유두화, 행운목, 스파티필름, 수양 벤자민 화분에 생명의 물을 뿌린다. 나는 생화를 보면서 마음속으로 다짐한다. 힘들고 괴로운 세상을 살아가면서 때론 유유자적하는 삶의 여유로움을 꽃 속에서 찾아보리라고. 허욕에 집착하지 않고 소아(小我)에서 탈피해보리라고. 안개와 같은 삶이거늘 아등바등 우겨대지 않으리라고. 그래서 나와 꽃이 혼연일체가 되어 잠시나마 무아의 경지를 체험한다. 마치 나의 연인인 것처럼 꽃은 나에게 삶의 원천이자 활력소가 된다.

생화에는 항상 진실성과 살아 숨 쉬는 생명과 부드럽고 따사로운 향긋함이 있어 모든 사람들로부터 사랑을 온몸으로 받는다. 그러나 조화에는 생명과 향기로움의 창조와 가치가 전혀 없다. 나에게 조화는 정말로 유감이 아닐 수 없는 셈이다.

이제 내가 사랑하는 제자들에게 읍소라도 하고 싶은 처연한 느낌이 왜 불현듯 다가오는걸까.

"그대들이여! 조화는 사절, 생화는 환영!"

['새길' 2006년 여름호]

난생 처음 서본 법정

인생을 살다보면 누구나 한 두 번 쯤 좋든 싫든 법정에 서보는 경험을 하지 않을까 싶다. 원고로서, 피고로서 아니면 부득이 증인으로서 말이다. 물론 법정에 서지 않도록 하는 것이 가장 이상적인 삶이겠으나 힘겨운 세상살이가 그렇게 간단하지만은 않은 것 같다.

때는 1997년 가을이었던 것으로 기억한다. 미처 끝나지 못한 공부를 마무리한답시고 영국 에버딘에서 한창 공부하고 있을 때였다. 유학생활이 늘 그러하듯이 극히 소수의 부유층 학생들을 제외하곤 대부분이 힘든 생활을 하고 있었다. 연 전에 가족과 함께 현지에 와서 내핍생활을 하고 있었던 나는 아내와 상의한 끝에 초등학교에 다니고 있었던 두 아이들을 위해 이층 침대를 구입하기로 굳게 마음먹었다.

극빈자들이 사는 13평 시영 아파트에 월세로 입주하여 있었던 당시의 내 가족은 조금이라도 주거공간을 넓게 활용하려고 안간힘을 쓰고 있었던 참이었다. 그런데 온갖 궁리를 다한 끝에 생각해낸 묘안은 바로 이층 침대 구입을 통해 아이들 방을 조금이라도 넓게 활용해볼 작정이었다. 날을 하루 잡아 가구점을 종일 돌아다녀 보았으나 마음에 쏙 드는 침대는 가격이 어지간히 비싸서 살 엄두도 못내었고 그냥 마음속에서 아쉬움만을 달래야만 하였다.

이렇게 경제적 압박감과 허전한 공허감을 동시에 느끼며 아무런 기대 없이 들어간 가구점에서 본 전시용 새 침대는 비록 중고점에서 팔고 있기는 하지만 가격도 저렴하고 품질도 얼핏 보기에 좋아 보였다. 아내와 나는 금새 군침이 돌았다. "오, 하나님! 제발 이 침대가 팔리지 않은 물건이기를 바랍니다!" 우리에겐 정말 행운이었다. 이목 저목 두루 살펴본 후 이층 나무 침대를 주문하고 재빨리 현금 결제한 후 그날 저녁에 배달해주기로 약속받은 후 우리는 한결 가벼운 마음으로 집으로 돌아왔다.

그런데 이게 웬일인가! 배달된 핀란드산 원목 침대의 나무토막 묶음을 하나 하나 순서대로 조립하려고 서서히 개봉한 나와 아내는 그만 그 자리에서 아연실색하여 자지러지고 말았다. 약 60개 정도로 잘라 놓은 나무토막들은 온통 톱밥으로 뒤범벅 되어 있었고 끈끈한 송진이 군데군데 더덕더덕 붙어 있었으며, 심지어 전체 나무토막들 중 대략 30%에는 구멍이 뻥 나 있어서 누가 보아도 이것은 분명히 불량품 중에서도 최악의 불량품이었다.

"세상에, 이런 쓰레기 같은 물건을 소비자에게 속여 팔아 먹다니……."

아내와 나는 화가 울컥 치밀어 올랐다. 당장 가구점 주인에게 전화를 걸어 환불 혹은 새 물건으로 교체해달라고 강력히 요구하였다. 이에 대한 가구점 주인의 황당무계한 답변은 우리의 정신을 극히 혼란스럽게 하였다.

"아니, 그러면 그렇게 싼 세일 가격으로 좋은 침대를 살 생각을 했었냐? 그 가격에 다른 사람들은 그 물건을 사고도 가만히 있는데 외국인인 주제에 웬 불평이 그리 많으냐?"

침을 '퉤' 하고 내뱉는 듯한 경멸의 말에 우리는 정말 어처구니 없었다. 비양심적 주인에 대한 분노의 불길이 머리 끝까지 치솟아 올랐다. 그후 여러 차례 침대 교체를 거듭 요청하였지만 마음만 상처를 입은 채 일언지하에 거부당하였다.

　이역만리 외국 땅에서 이른바 사기 세일을 당한 아내와 나는 부글부글 끓어오르는 분노를 삭일 길이 없었다. 무언가 특단의 대책을 마련해야 하였다. 현지 소비자 보호원을 찾아가 하소연을 해보았지만 별로 도움이 되지 못하였다. 우리는 갈수록 마음이 위축되어 갔다. 언론에 호소해 보기로 하고 현지 종합 일간 신문사에 찾아가서 사건 취재기자를 어렵게 만나 전후 사정을 이야기 하고 여론을 환기시켜줄 것을 요청하였다. 담당기자로부터 그렇게 하겠노라고 약속을 받았지만 그 이후 그 신문엔 이층 침대 사기판매 사건에 대해 단 한 줄의 기사도 실려 있지 않았다. 이런 식으로 상황이 불리하게 전개되면서 아내와 나는 더욱 의기소침하였다. 그렇다고 그냥 물러서기엔 우리의 몰골과 자존심이 말이 아니었다. 해서, 마지막으로 정의의 최후 보루인 법에 호소하기로 결심을 굳히고 가구점 주인을 사기 판매죄 혐의로 검찰에 고소하였다.

　난생 처음 서 본 법정이었다. 그것도 원고로서 말이다. 내가 아는 영국인 지인은 변호사를 선임하면 내가 굳이 법정에 서지 않아도 된다고 미리 알려 주었다. 그러나 그렇게 할 경우 여러 직·간접 비용 지출을 감안할 때 배보다 배꼽이 더 큰 경우가 되는 것 같아 내가 직접 법정에 서게 된 것이었다. 피고는 가구점 주인이 직접 법정에 나왔다. 아랍계 혈통의 인상이 험상궂게 생긴 영국인임이 분명해 보였다. 어찌나 말의 엑센트가 강한지 정말로 귀담아 듣지 않으면 전혀 못알아 들을 말을 빠르게 하고 있었다. 아마 외국인인 내가 잘 이해하지 못하게할 작정으로 의도적으로 정신없이 빠르게 자기를 변론하고 있었던 것이 아닌가 싶었다.

사실심리가 한창 진행중이었고 나는 결사항전의 자세로 재판에 임하였다. 드디어 판사가 나에게 변론의 기회를 주었을 때 나는 판사에게 사기판매의 부당성과 부도덕성을 소비자 입장에서 차분히 설명한 후에 그에게 요청하기를, 침대 구입 후 사용하지 않은 채 두 달이 지난 지금도 끈끈한 송진이 변함없이 남아있고 큼직막한 구멍이 뚫어져 있는 불량 침대 나무토막과 그 파손 상태를 찍은 사진을 증거물로 제시해도 좋은 지 물어 보았다. 그렇게 해도 좋다는 허락이 떨어졌고 판사는 육안으로 하자 있는 나무토막들을 일일이 살펴보고 사진을 위 아래로 쳐들면서 세심히 살펴 보는 것 같았다. 마침내 판사가 입을 열었다. "파손되었다고 주장하는 이층침대용 나무토막을 내가 자세히 보니 전혀 이상이 없다. 이 정도의 파손은 어느 물건이나 다 있다. 다음 재판은 O월 O일 O시에 속개한다."

"아, 정의의 칼날은 정녕 어디론가 사라지고 말았던가! 내가 너무 순진하게 생각한 것은 아니었는가. 그래도 법의 양심은 살아 숨쉬고 있다는 확신을 의회 민주주의의 산실인 이 영국 땅에서 가져 보았는데. 그러나 이제 모든 것은 끝난 것 같다."

이런 슬픈 생각이 나의 뇌리를 아플 정도로 때리고 지나갔다. 나는 장시간 이번 일을 숙고하고 아내와 깊은 대화를 나눈 끝에 고소를 취하하는 것 외에 다른 뾰족한 방법이 없음을 알아 차렸다. 판사의 편향된 시각이 첫째 이유요, 시간을 질질 끌어 보았자 나에게 불리할 것이라는 예상이 둘째 이유요, 당시 나는 최종 학위 논문 제출기한을 일 년도 채 남기지 못한 절박한 시점이었기에 이 일로 소중한 시간을 허비해서는 안된다는 점이 셋째 이유였다. 그러나 무엇보다도 고소 취하의 결정적 계기는 내가 다니던 영국교회의 어느 한 집사님의 애정어린 고언때문이었다.

"재경, 유전무죄 무전유죄 아시죠? 더욱이 당신은 장기간 동안 홀로 싸워야 하는 외국인입니다."

['산림' 2002년 1월호]

야구와의 질긴 인연

　나는 운동을 꽤나 좋아하는 편이다. 초등학교 시절에는 배구선수로 뛰어 본 경험도 있고, 그 외에도 방과후에는 학교 운동장에서 반 친구들과 항상 팀을 나누어 어둠이 깔릴 때까지 땀을 뻘뻘 흘리며 축구 경기를 하였던 기억이 새롭다.

　그런데 많은 스포츠 종목 중에서도 특히 내가 야구와 첫 인연을 맺게된 것은 중학교에 진학하고 부터였다. 때마침 1970년대는 전 국민의 눈과 귀가 온통 고등학교 야구경기에 쏠려 있었던 때였다. 당시의 명문 고교 야구팀을 기억나는 대로 살펴보면 역전의 명수 군산상고와 광주일고, 대구상고와 경북고, 그리고 경남고, 선린상고와 신일고 그리고 인천고 등이 각 지역의 맹주 역할을 떠맡고 있지 않았나 싶다.

　나는 70년대 초에 가파르게 경사가 진 언덕배기에 위치한 인천 광성 중학교로 추첨 받아 입학하였다. 운 좋게도, 이 학교는 언덕 아래로 인천 야구장이 환히 내려다보일 정도로 전망이 좋은 학교였다. 이러한 입지적 조건이 나로 하여금 야구를 좋아하게 된 결정적인 단초가 될 줄은 꿈에도 몰랐다. 학교의 이러한 위치적 환경은 나로 하여금 굳이 야구장에 입장료를 내고 들어갈 필요가 없게 만들었다. 야구 관람을 공짜로 하게 되었으니 야구와의 숙명적인 인연의 고리는 이렇게 우연히 시작되었던 것 같다.

수업이 끝난 후 나는 어김없이 학교 운동장 축대 위에 앉아서 야구장을 멀리 내려다 보면서, 그리고 인천고와 동산고 선수들의 경기 등을 예의주시 하면서 야구팬으로서 나의 야구 식견을 조금씩 넓혀 나갔다. 이렇게 '보는 야구'에 점차 광적으로 몰입하게 된 배후에는 같은 학급 친구이자 야구광인 손 수완이 있기 때문에 가능하지 않았을까 생각해 본다.

그는 나보다도 훨씬 많은 야구지식을 갖고 있었고, 각 선수에 대한 신상정보까지 정통해 있었다. 전국 고교 야구 선수권 대회 인천 지역 예선경기가 있는 날이면 우리는 늘 함께 붙어 다녔다. 그의 야구에 대한 해박한 지식과 해설은 야구 문외한이었던 나에게 '신대륙' 발견 이상의 감격에 찬 희열과 묘한 흥분을 주기에 충분하였다. 우리는 각각 아나운서와 해설역할을 맡아 둘이서 남몰래 중계실습까지 해보기도 하였다. 3년을 그렇게 야구에 거의 미치다시피한 내가 중학교를 졸업할 때쯤 되니 나 자신도 어엿한 야구 전문가가 되어 있다는 환상에 젖기도 하였다.

고등학교에 진학해서도 야구에 대한 애정은 더욱 깊어만 갔다. 아니, 야구는 나의 삶의 한 부분이었다. 손 수완이와 비록 고등학교는 달랐지만 야구경기가 있는 날이면 서로 약속을 하지 않았음에도 불구하고 1루측 내야석에서 우연히 마주치는 경우도 종종 있었다. 그와 나는 야구에 관한 한 아무도 못 말리는 열혈 야구광으로 어느덧 성장해 있었던 것을 새삼 느끼게 되었다.

이러는 사이에 80년대 5공 정권 초창기 시절에 프로야구가 도입된 것으로 기억한다. 정치사회적으로 혼란기였고 박정희 정권에 이은 또다른 군사정권이 막강한 무소불위의 권력을 행사하였던 시기에 갑자기 출현한 프로야구는 그 탄생의 정치적 배경은 차치하고라도 야구인들과 야구팬들의 절대적인 성원과 호응 그리고 지지 속에 태어나지 않았나 싶다. 프로야구의 출범은 그때까지만 해도 초보적 아마추어 수준을 벗어나지 못한 한국야구의 수준향상을 위한 디딤돌을 마련하였다고 말하는 이가 있는가 하면, 국민의 관심을 프로야구에 돌리게 함으로써 비정통성 정부의 한계를 희석하려는 정치적 포석이라고 주장하는 이도 있었다. 그야말로 말도 많았던 사회적 암흑 시기에 프로야구는 아무튼 첫발을 내디뎠던 것이었다.

인생의 축소판이라 할만한 프로야구 세계는 나에게 상징적 삶의 의미로 다가오지 않았나 생각해 본다. 먼저 진지성을 들 수 있을 것 같다. 프로야구는 선수 자신의 개인 성적과 능력이 연봉과 직결되기 때문에 선수들 하나 하나의 플레이가 아마추어 때보다는 무척 성실하다. 투수가 힘차게 던지는 공 하나 하나에 일희일비하는 타자들의 진지함, 관중들의 환호와 탄성을 자아내는 강타자들의 호쾌한 홈런 타구, 그리고 마운드의 안방 마님 격인 포수들의 진지한 투수 리드와 현란한 사인 주고받기 등 이루 헤아릴 수 없을 정도로 프로야구 세계는 아마추어 야구와는 질적으로 달리 보였던 것이 사실이었다. 간혹 후진적 야구장 폭력이 발생하긴 하지만 대부분의 선수들은 경기에 진지하게 임한다. 양 팀 선수들의 그러한 진지한 공격과 수비 자세야말로 인생의 밀물과 썰물을 수없이 경험하는 일부 경박한 인간들이 타산지석으로 삼아야 하지 않을까 여겨진다.

프로야구가 나에게 보여 준 또다른 의미는 정상을 향한 꿈의 설정이 아닌가 싶다. 각 팀들은 한국 시리즈에 진출하기 위해 시즌 초반부터 사력을 다해 진검 승부를 한다. 몽상가들은 하릴없이 꿈만을 꾸지만, 각 지역을 연고로 한 직업 팀들은 꿈을 꾸되 목표를 설정하고 계획을 세워 행동에 옮김으로써 상대팀과 필사적으로 경기를 한다. 또한 각 선수들은 '1루에서 발을 떼지 않으면 2루까지 도루할 수 없다'는 꿈의 비전을 가지고 경기에 임한다. 그들은 사탕을 무료로 나눠주는 산타 할아버지는 없다는 확신을 가지고 경기에 임하며 스스로 주인이 되어 개인 및 팀의 공동운명을 일구어 나가는 개척자 정신을 갖고 경기에 임한다. 프로야구 선수들에겐 한국 시리즈 제패를 위한 꿈이 있으며 그러한 원대한 꿈의 설정은 나에게도 인생의 꿈을 실현시키는 과정에서 평생 유효하지 않을까 생각해본다.

어느덧 대학 강단에서 학생들을 13년 동안 가르치고 있는 지금의 나는 아직도 프로야구를 무척 사랑하고 있다. 아니, 프로야구가 존재하는 한 영원히 내 마음 깊은 곳에서 야구에 대한 불같은 열정이 계속 샘솟을 것이다. 세월은 저만치 흘러 벌써 사십대 초반이 된 지금도 정규 야구 시즌 중에는 틈나는 대로 야구장을 찾는 나! 좋아하는 팀을 마음껏 응원하고, 좋아하는 선수가 안타를 치거나 득점을 하면 나도 모르게 자리를 박차고 일어나 함성을 지르곤 하는 나! 심지어 야간강의를 하다가도 강의 휴식시간에 연구실에 잠깐 들러 라디오에서 생중계되는 야구 경기 상황을 흥분된 마음으로 경청하곤 하는 나는 아무래도 야구와의 질긴 인연을 끊을래야 끊을 수가 없을 듯싶다.

80년대로 기억하고 있지만, 어느 대중 여가수가 불렀던 "아직도 그대는 내 사랑"이라는 유행 가사처럼 "아직도 야구는 영원한 내 사랑"이라고 한 곡조라도 길게 뽑고 싶은 심정을 누가 알까.

['새길' 2002년 여름호]

영흥도와 네 남학생 그리고 월드컵

그날 따라 서울 하늘엔 어두운 먹구름이 몰려오고 있었다. 금새라도 비가 쏟아질 것 같았다. 나는 '오늘 아무래도 운수대통하긴 틀렸는가 보다' 라는 생각에 은근히 화가 나기 시작했다. 그러면서 그 날 신선한 생선회를 먹으러 잠시 바닷가로 바람을 쐬러 가기로 몇 몇 직장 동료들과 약속했었던 사실을 조금씩 원망하고 있었다. 강의와 연구 그리고 학생지도에 여념이 없었던 나로서는 귀중한 시간을 쪼개어 일부러 짬을 내었던 참이었다. 그래서 오늘 하늘이 청승맞을 정도로 음울한 이 가여운 현실을 받아들일 수가 없었다. 더구나 오늘은 한국이 월드컵 본선에서 예선 2차전 상대인 미국과 중요한 일전을 벌이는 날이지 않던가!

차에 몸을 덜컹 실은 일행 네 명은 행선지인 인천 옹진군 영흥면의 주도(主島)인 영흥도로 달려가고 있었다. 이곳은 노송지대와 국내 최대의 서어나무 군락지 등이 있는 호젓한 해변이 명물로 꼽히고 있다고 알려져 있었다. 작년 11월에 개통한 영흥대교가 저 멀리 희미하게 보이기 시작했다. 그 동안 뱃길로만 갈 수 있었던 영흥도와 선재도를 연결한 연륙교인 영흥대교는 얼핏 보기만 하여도 1km가 훨씬 넘는 왕복 2차로였다. 차창가에 기대어 밖을 내다보니 출발할 때 다소 움츠렸던 마음이 조금씩 트이기 시작했다. 시원한 바닷바람을 맞으며 평화롭고 조용한 시골

고향에 온 즐겁고 들뜬 기분으로 여유롭게 달릴 수 있는 환상의 '드라이브 코스'였다.

양재에서 출발한지 꼭 1시간 10분만에 목적지에 닿았다. 점점 더 험한 인상으로 잔뜩 찌푸린 하늘에서는 걱정했던 대로 비가 한 두 방울씩 내리고 있었다. 그런데 차에서 내리는 순간 파랗게 넘실거리는 파도를 따라 불어오는 상큼한 바닷바람이 나의 온몸을 휘감으며 사정없이 후려쳤다. 잠시 호흡이 멈추는 듯한 착각이 들 정도였다. 칙칙한 도시오염에 찌들린 속세의 마음이 어디론가 휭 하니 저 멀리 날아 가버린 듯한 환각 체험이었다. 아, 이 곳에 오길 잘 했구나! 이래서 사람들은 푸른 바다를 좋아하고 순수한 자연을 사랑하며 불가에서 말하는 소의 '인드라망' 환경공동체를 지향하고자 하는 것은 아닐까 라고 생각도 해보았다.

바다 물때를 알고 온 것도 아니었는데 이날따라 바다는 만조여서 천만 다행이었다. 바다가 바로 5미터 앞에 인접한 전망 좋은 횟집에 자리 잡고 앉았을 시간에는 비가 창문을 세차게 때리고 있었다. 당일 신장개업한 횟집엔 오직 네 명의 '남학생'만이 다소 흥분된 마음으로 앉아 있었다. 다른 손님들은 보이지 않았다. 비가 오는 평일인데다 월드컵 한미전이 열리는 날이어서 모두가 응원준비에 여념이 없었기 때문이었으리라 짐작된다. 네 남학생은 출렁이는 바다의 곡예 앞에 예찬의 목소리를 똑같이 토해내고 있었다.

"그래, 오늘 한 번 신나게 영흥도에서 추억의 맛을 느껴보자. 그리고 영원히 잊혀지지 않는 아름다운 멋을 창조해보자!" 네 명 모두는 이구동성으로 여전히 바다 찬미론을 뿜어내며 각자의 결연한(?) 의지를 다졌다.

드디어 자연산 쥐치, 숭어, 도다리, 놀래미 등 풍성한 회가 한 상 가득 나왔다. 옛날 임금님의 그 어느 수라상 이라도 이보다 더 크고 맛있는 진수성찬은 없었을 성싶었다. 보통사람의 '회 (膾)', 보통사람에 의한 '찬(饌)', 그리고 보통사람을 위한 매운 '탕(湯)'의 맛을 뭐라 말로 표현할 수가 있을까. 바로 지척에서 보이는 넓은 바다를 팔베개 삼고 약주 잔을 기울이며 덕담을 주고받고 그 동안 잠시 접어두었던 공통의 화제를 끄집어내어 이야기꽃을 피우는 이 진실한 모습을 상상해보아라!

몇 번의 순배가 돌고 카니발직 축제 분위기의 농도가 절정에 이르고 있었다. 창밖엔 어느새 장대같은 비가 섬의 비옥한 땅을 요동치게 하며 마구 흔들어 대고 있었다. 네 남학생도 마치 이러한 '오르가즘적' 상황에 동참이라도 하기나 한 듯 자신들이 말하고픈 사연들을 때로는 사람들에게 때로는 허공에다 대고 끊임없이 폭발시키고 있었다. 그리고 분노 및 공포감을 느낄 때 몸 안에서 나온다고 알려진 아드레날린 호르몬을 마냥 분비하고 있는 듯 싶었다. 그래서 이들은 갑자기 위가 거북스럽다고 너스레를 떨고 있는 것이 아니던가. 왜 이 남학생들은 마음속에 쌓인 것이 뭐가 많길래 이다지도 할 말이 그렇게 많을까? 너무나도 거친 삶에 자포자기한 것일까? 인생의 방황과 실의 그리고 좌절을 겪으면서 체념에 이른 것일까? 아니면 욕망에 사로잡혀 족쇄의 그물망에서 아직 헤어나지 못한 채 발버둥치고 있는 것일까? 또 그게 아니면 집안의 가장으로서 아내와 자식들에게 봉사하지 못한 것에 대한 자기회한일까? 이도 저도 아니면 그럼 도대체 무어란 말인가? 아, 바로 이것이 아닐까 하는 생각이 불현듯 뇌리를 스치고 지나갔다. 네 남학생은 극도로 피폐한 현실을 인정하면서 지금 자신들이 즐기고 있는 이 '짧은 축제'를 언젠가는 다가올 또 다른 날의 재생의 임박을 꿈꾸는 너무나도 지극히 인간적인 소박한 소망을 염원하고 있지는 않은 것인가?

러시아 문예 비평가인 바흐친은 축제를 '일상의 정지'라고 말하지 않았던가. 축제가 번쇄(煩瑣)하고 지리멸렬한 일상의 궤도를 잠시 일탈할 수밖에 없는 것이라면 축제는 어차피 비이성적이고 비정상적이고 비일상적인 성격을 띨 수밖에 없지 않은가. 사람들이 축제를 만들어 내고 그것을 수 천년 동안 유지해온 것을 보면 축제와 쾌락은 인간생존의 필수불가결한 조건이라고 말할 수 있지 않겠는가. 월드컵에서 우리 '붉은 악마들'과 7백만 거리응원단이 바로 카니발적 축제의 화신들일 수도 있을 것이라는 생각이 들었다. 그래서 우리 네 남학생도 이 축제에 참여하여 자발적으로 즐기고 있는 것이 아니었던가.

이런 저런 상념과 취기에 젖어있던 나는 문득 텔레비전 수상기 화면에서 한국과 미국의 경기가 벌써 진행되고 있음을 감각적으로 느꼈다. 경기결과는 1대1 무승부. 아쉬운 게임이었지만 한국 팀은 잘 싸웠다. 특히 헤딩 동점골을 터뜨린 안정환 선수의 골 장면에서 우리 네 학생은 한동안 얼싸 안고 '하이 파이브'로 손바닥을 세게 마주쳤다. 체내에선 쾌락과 절정감을 느낄 때 자연적으로 생성된다는 엔돌핀 같은 에너지의 호르몬들이 어느새 만들어지고 있었다.

"그래, 인생은 바로 이런 거야. 밀물이 있으면 썰물이 있듯이 삶은 늘 변화하고 굴곡이 있는 법이거든. 가장 중요한 문제는 과거는 접어두고 살아가고 있는 현재와 다가올 미래를 어떻게 슬기롭게 대처하고 현명하게 개척하는가 일거야."

아직도 비가 줄기차게 내리고 있는 때문인지 주위는 어두컴컴해져 가고 있었다. 네 남학생은 횟집을 나와 다가올 희망의 마음에 마냥 부풀어 삶의 터전인 서울로 차의 방향을 틀었다.

['농업기반' 2002년 9·10월호]

처음이 좋은 것이여!

인생 여정에서 처음이 갖는 의미는 누구에게나 대단히 중요하기 마련이다. 옷의 첫 단추를 잘 끼워야 중간과 나중 단추도 제자리를 찾게 되듯이 사랑에 빠질 때도 대부분의 사람은 첫눈에 반하기 일쑤인 것 같다. 특히 남녀관계에서 정열적인 국민성 여부에 따라 첫눈에 반하는 정도가 다르게 나타난다고 한다. 이탈리아 멕시코 스페인 등 대체로 감성적인 국민들이 상대방의 첫눈에 쉽게 반하는 경험을 한다는 통계를 어디선가 읽은 적도 있다.

눈은 사람의 영혼을 드러내기 때문에 순수한 영혼을 소유한 사람인지 아닌지는 상대방의 첫눈을 보고 어느 정도 가늠해볼 수 있지 않나 싶다. 지금은 고인이 된 미국의 유명한 미모의 여배우 그레이스 켈리도 모나코 레니에 대공의 아름다운 첫눈에 반해 열애에 빠졌다고 고백한 적이 있음을 기억한다.

이제 갓 혼인서약을 한 신혼부부들에게는 첫날밤이 무척 기다려지고 가슴 설레는 마음을 감출 수가 없을 것이다. 사랑의 결실로 결혼식을 올린 신혼부부는 흥분과 기대로 첫날밤을 치른다. 첫날밤을 잘 치루어야 검은 머리 파뿌리 되도록 부부 일심동체로 행복한 생활을 잘 꾸려나갈 수 있을테니 말이다.

첫인상은 또한 어떤가. 갈수록 복잡다단한 세상을 살아가는 사람들은 어쩔 수 없이 타인과 관계를 맺고 살아가지 않으면 안된다. 첫인상이라 하면 보통은 얼굴에 나타난 전반적인 표정을 말한다. 첫인상을 보고 그 사람의 인격까지도 판단할 수도 있으니 인상은 그래서 더 더욱 신경쓰게 되는 것 같다. 오죽하면 얼마 전 국내 유수 모 항공 교육원에서 열린 유료 '1일 예절교실'에 많은 남녀 초 · 중 · 고 대학생들이 참여하여 얼굴 근육을 인위적으로 이완시켜 표정을 부드럽게 만드는 방법을 열심히 배우려고 했을까 싶다.

그러나 얼굴에 대한 첫인상뿐만 아니라 모든 호기심의 원동력이자 지적행위의 근원인 육체에 대한 성적 첫인상도 인간의 정체성을 결정하는데 큰 역할을 하지 않나 싶다. 고갱의 '타히티의 연인들'에게서 발견할 수 있는 첫인상은 남태평양 타히티 여성의 건강한 육체를 통해 생명력 넘치는 원시성을 회복하고 있지 않은가.

첫만남 역시 인생의 커다란 변화를 가져오는 기폭제가 되기도 한다. 삼국지에서 유비와 관우 그리고 장비가 의기투합하여 의형제를 맺었던 도원결의의 첫 만남은 그들 각자에게 새로운 인생의 전기를 부여하지 않았는가. 만약 이들에게 하늘이 부여한 만남이 이루어지지 않았더라면 이들의 파란만장한 삶의 역사가 오늘날까지 인구에 회자되지는 못하였을 것이다.

특히 이성 간의 첫 만남의 천지개벽적 경험은 문학작품에서도 확연히 드러난다. 영국 작가 D.H.로렌스의 장편 『채털리 부인의 연인』을 보자. 귀족출신인 코니가 산지기 멜러즈가 마을 숲속 오두막집 뒤뜰에서 몸을 씻고 있는 장면을 우연히 목격하였을 때 그동안 하반신 불구자인 남편 채털리와의 정신적 생활만을 영위하여 왔던 그녀의 불모성이 일순간에 일깨워진다. 그 첫 만남을 통해 그 이후의 그녀의 삶은 오염되지 않은 자연의 상징인 산지기와 생명력에 토대한 창조적인 삶으로 바뀌어 감을 본다.

말만 들어도 가슴이 두근 반 세근 반 뛰는 첫눈은 어떤가. 1970년대만 하더라도 겨울밤 한들한들 춤추며 첫눈이 내릴 때면 뚜렷한 이유도 없이 말할 수 없는 환희를 느끼며 하늘이 내리어 주신 선물을 받고는 마냥 즐겁고 반갑기만 한 것이 사람들의 한결같은 느낌이었다. 더군다나 첫눈이 함박눈일 경우에는 온 세상이 내 것인 양 기분이 하늘을 날아갈 듯 의기양양하였고, 오욕과 허욕으로 가득찬 암흑의 현세를 첫눈 속에 파묻어 잠시나마 평화의 순간을 경험하기도 하였다. 지금이야 첫눈에 대한 그 느낌이 옛날 같지는 않지만 그래도 옥판선지(玉板宣紙)같이 깨끗한 흰 눈을 처음으로 밟으며 자연의 딸과 아들이 되어 오염된 현대 문명의 낡은 껍데기를 탈각하고싶고, 성스러운 백의(白衣)로 갈아입고 싶은 순수한 욕망은 누구에게나 있지 않나 싶다.

어찌됐든, 처음은 대체로 좋은 것이고 사람의 기억 속에 깊은 인상을 남기는 것 같다. 물론 영화처럼 마지막 장면이 강렬한 인상을 남기는 것도 있고, 또한 '삼고초려'의 두 영웅인 유비와 제갈량이 백제성(白帝城)에서 마지막으로 만나 유비가 생을 마감하며 제갈량에게 자신의 아들 유선을 부탁하는 마지막 극적인 장면이 있기는 하다. 그러나 잘 알려진 바와 같이, 고구려의 시조는 고 주몽이고, 신라와 백제의 시조는 각각 박 혁거세와 온조왕이다. 그러면 이들은 왜 이렇게 사람들의 뇌리에 기억되어 있을까. 그들은 한 왕조를 처음으로 세운 건국자들이기 때문이다. 그런데 역설적으로 말하면, 한 왕조의 마지막 왕은 대체로 기억 속에서 사라진다. 왜냐 하면, 그 왕조의 최후의 왕으로서 패망의 장본인이기 때문인 것 같다. 그런 뜻에서 '처음'의 미학은 아무리 강조해도 지나치지 않을 것 같다.

'시작이 반이다'라는 격언은 그만큼 처음이 매우 값진 의미가 있음을 시사하는 말이다. 날카로운 첫 키스의 추억이 사람의 운명을 결정하지 않던가. 첫사랑의 달콤한 추억도 세월이 흐르면서 알게 모르게 마음속에 자욱이 내려앉은 먼지를 없애주는 지우개 역할을 하지 않던가. 첫 직장은 누구에게든지 자신의 인생의 성패를 측정해볼 수 있는 가늠자 역할을 하리라 생각한다. 여하튼, '처음'이라는 낱말에 편집광적으로 집착해서는 곤란하겠지만 그래도 '처음'이 부여하는 의미는 사람의 인생항로를 '확' 바꿀 수도 있는 기폭제가 될 수도 있지 않을까 싶다.

그래서 '처음'은 인생의 '눈뜸'으로의 출입구가 아닐까 싶으며 새로운 삶에 더욱 활기찬 생명을 불어넣는 따뜻한 봄바람과 같은 것이 돼야 하지 않을까 생각해본다.

['국방저널' 2003년 2월호]

비에 젖은 낙엽

　오늘도 매주 한 번 떠나는 산행 길채비를 하고 있다. 홀로 산을 찾는 것도 제멋이고 풍류이다 싶어 나는 지금까지 고고(孤高)히 산을 오르고 있다. 지금은 여느 때와 다름없이 등산로의 출발 기점인 불암산 초입 약수터에 와 있다.

　오늘은 제법 쌀쌀한 늦가을 아침이다. 어제 밤에 내린 비 때문인지는 몰라도 냉랭한 기운이 대지를 감돌고 있다. 잠깐 눈을 들어 저 멀리 보이는 산꼭대기를 바라본다.

　정상을 향한 꿈을 다져보며 나도 모르게 주먹을 불끈 쥐어본다. 가파른 산을 오르며 등산객들은 무슨 생각을 할까. '정상에서 만납시다'라는 간절한 소망을 안고 사람들은 올라가고 있겠지.

　한 발자국씩 걸음을 재촉하며 어느덧 산중턱에 이르자 나무에서 분비되는 '테르펜' 음이온이 방출되는 것을 나는 감각적으로 느끼기 시작한다. 그리고 정자에 앉아 잠시 휴식을 취하면서 삼림욕을 즐긴다. 바쁘고 매연에 찌든 도시인들에게는 산과 숲이야말로 천국과 다름없지 않을까.

　온몸이 날아갈 듯 가뿐함을 피부로 직접 느끼며 또 다시 정상을 향해 천천히 올라간다. 올라가면 올라갈수록 등산로 옆에 떨어져 있는 나무 잎사귀들이 수북이 쌓인 모습들이 한눈에 들어온다. 그런데 비에 젖어 쌓여 있는 무수한 낙엽들을 보면서 시들어버린 인생의 조락(凋落)을 떠올려 본다. 땅에 떨어져 뒤얽힌 채 끈끈히 붙어서 떨어질 줄 모르는 잎사귀들이 왠지 모르게 처량하고 쓸쓸해 보인다. 생명력이 다하여 이제 세상을 하직하려 하는 환자처럼, 나무에 달랑 매달려 그나마 근근이 생명을 유지하던 잎사귀들이 이제는 더 이상 지탱할 힘이 없어 땅으로 떨어져 고엽(枯葉)이 된 것이 아닌가.

지난 여름날의 푸르른 색깔이 퇴색해버린 낙엽들을 보니 환갑을 훨씬 넘긴 직장 선배로부터 전해들은 한 이야기가 주마등처럼 지나간다. 얼마 전 부부동반의 한 동창 모임에서 오고간 대화였다. 마침 남편 없이 혼자 참석한 부인이 있기에 직장 선배가 정중히 물어 보았다.

"아주머니께서 어찌 혼자 나오셨습니까?"

"아, 예. 이제 남편은 '비에 젖은 낙엽'인 걸요."

참으로 뜻 모를 알쏭달쏭한 대답에 선배는 할 말을 잃고 말았다. 더 이상 대화가 진전될 수가 없었고 더 이상 자세한 이유를 물어볼 수가 없었다고 한다.

남자여, 그대는 '비에 젖은 낙엽'이니라!

비에 흠뻑 젖어 그 누구로부터도 외면당하기 십상인 낙엽들과 같은 신세로 전락한 남자들. 동서남북으로 헤매며 쫓기고 떠도는 낙엽처럼 이 세상에 안타깝게도 굳건히 설자리가 없는 고독한 나이든 남자들.

비에 젖어 나뒹굴거나 흩날리지 않고 땅이나 나무에 딱 달라붙어 시들어 버린 잎사귀들을 보라. 말 한마디 없고 밟은 대로 밟히는 낙엽들을 또 보아라. 어딘가에 붙어서 떨어지지 않으려는 낙엽들을 시대적인 은유적 표현으로 달리 말 할 수는 없을까. 남자들이 나이가 들면 들수록, 특히 정년퇴직한 이후일수록 아내 곁을 떠나지 않고 의지하면서 함께 살고자 하는 욕망이 강해진다고 하지 않던가. 반면에 여자들은 나이를 먹을수록 예전에 남편과 자녀들에게 쏟았던 헌신과 열정에 따른 구속된 생활에서 벗어나고 싶어 한다. 원숙해질수록 여자들은 보다 자유롭고 독립적인 생활을 하고 싶은 마음이 생긴다고 한다.

남자들과 여자들의 욕망은 나이가 들수록 서로 다른 길을 지향하려고 하는 것 같다. '가까이 하기엔 먼 당신'이라고나 할까. 그래서 상대방의 생각을 이해하려는 노력이 부족하면 칡넝쿨 얽히듯이 부부간 갈등을 초래할 수도 있을 듯싶다.

아, 그래서 남자를 '비에 젖은 낙엽'이라고 한 여자의 말은 나름대로 시사하는 바가 크다고나 할까. 여자는 남편이 없어야 오래 살고 남자는 아내가 있어야 오래 산다는 옛말이 불현듯 가슴으로 와 닿는다.

이런 생각을 골몰히 하면서 나는 어느덧 산 정상에 서 있다. 산 아래를 내려다본다. 장미 과(科)의 산사나무를 비롯하여 각종의 이름 모를 나무들이 벌써 벌거벗은 나목이 된 듯 싶다. 오늘따라 추위가 일찍 찾아와서인지 평지보다 매서운 산바람에 떠밀려 잎사귀들이 마구 떨어진 탓이다.

구부러진 산길을 따라 천천히 하산한다. 촉촉이 비에 젖은 땅에 떨어져 꼼짝달싹 하지 않고 생명이 다한 낙엽을 다시 한 번 물끄러미 쳐다본다. 그리고 직장 선배의 말을 다시 한 번 곰곰이 생각해본다.

"정말, 이순(耳順)의 나이를 넘게 되면 남자들은 다 비에 젖은 낙엽들로 비쳐지는 걸까? 앞길이 창창한 난 어떻게 해야지? 그래도 난 내일의 희망이 있잖아. 내년을 위해 지금 행진하는 거야. 행진 말이야. 행~진~."

['빙그레 가족' 2004년 12월호]

나의 팔 버릇에 대한 변(辯)

　나에겐 기묘한 팔 버릇이 하나 있다. 무의식중에 나오는 꽤 오랫동안 굳어진 습관이라 의식적으로 고치기가 무척 어렵다. 상대방과 깊은 대화를 나누거나 많은 사람들 앞에서 열띤 강연을 할 때 그 고정된 습관은 저절로 튀어나온다. 특히 핏대 올릴 일이 생기거나 대학 강의실에서 수업에 몰두하다보면 나도 모르게 팔을 위 아래로 급격한 각을 이루면서 사방으로 휘젓곤 한다. 그 그럴싸한 동작은 마치 한 때 장안의 화제였던 '논어 이야기'와 '노자' 방송강의로 유명해진 철학자 도올이 격렬한 팔 동작을 펼치면서 열띤 강의를 하였던 동작과 매우 흡사하지 않나 생각해 본다. 고백하건대, 나의 팔 동작은 청중들의 시선을 한 곳으로 모으기 위한 순수한 의도의 결과이다.

　모인 사람들 앞에서 말을 하려고 할 때 두 팔을 올리고 내리고 하는 나의 고약한 버릇이 생기게된 유래는 아마 초등학교 시절로 거슬러 올라가지 않을까 싶다. 그 당시 나는 교내 배구부의 당당한 창단 멤버였다. 그런데 우리 팀원 중에서 나는 키가 제일 작았지만 순발력이 뛰어나고 운동신경이 잘 발달하였다고 코치 선생님께서 생각한 것 같았다. 그래서 나를 제일 중요한 포지션인 세터로 발탁하였다. 그 자리는 공격시에 볼을 적재적소에 잘 배급하여 전위 공격수로 하여금 상대방 코트로 스파이크하여 득

점할 수 있도록 징검다리 역할을 하는 매우 중요한 위치였다. 이렇게 중요한 가교 역할을 맡다보니 다른 선수들보다는 손과 팔을 사용하는 횟수가 자연스럽게 빈번할 수밖에 없었다. 그것도 한 치의 오차도 없이 정확하게 볼을 올려주어야 한다는 막중한 임무를 부여받다보니 손과 팔을 적절히 조절하여 활용하여야만 하였다. 모든 신경이 손과 팔에 쏠릴 수밖에 없었던 나였다. 이와 같이 30여 년 전 초등학교 5학년 시절에 과외활동으로 시작하였던 배구부 세터로서의 경험이 오늘날 나의 팔버릇 형성에 일정한 역할을 하지 않았나 싶다.

중·고등학교에 진학하면서 더욱 그 진가를 발휘하였던 나의 이상야릇한 팔 버릇은 급기야 내가 다니고 있었던 교회의 대학·청년부 회장으로 활동하면서 그 습관의 전통이 정점에 이른 것 같다. 매주 토요일 저녁 시간에 정기 집회를 갖고 임원으로 교회에 봉사하다 보니 수 십 명의 회원들 앞에 나서는 기회가 당연히 많을 수밖에 없었다. 또한 공지사항 전달 등 광고시간이나 또는 각종 성서 관련 세미나 사회를 내가 인도하는 경우에는 어떠한 형태로든지 간에 말을 할 기회가 자주 주어졌다. 그때마다 나의 옛 팔 버릇이 어김없이 수면위로 불쑥 불쑥 나왔다. 모임이 끝난 후 일부 임원들이 진담 반 농담 반 나의 팔 버릇을 따끔하게 지적하곤 하였다. 그 순간 속으로 감내해야 했던 쑥쓰럽고 머쓱한 느낌은 그 누구도 감히 이해하지 못하리라.

나의 얄궂은 팔 버릇은 이제 태평양을 넘어 미국의 어느 한 대학 강의실에서 획기적인 전기를 맞게 된다. 대학 졸업 후 청운의 꿈을 안고 유학을 결행한 나는 평생 잊지 못할 은사인 제닝스 블랙몬(Jennings Blackmon) 교수를 만나게 된다. 나의 최종학위 전공인 영국작가 D.H.로렌스의 문학세계와 철학적 깊이를 그로부터 최초로 접하기도 하였던 나는 또한 그로부터 그의 독특한 팔 버릇을 '사사'한 것 같다. 신비스러운 느낌마저 드는 엄숙한 강의실에서 열변을 토해내는 초로의 교수는 내 인생의 전환점의 극적인 계기를 부여하였을 뿐만 아니라 강의 할 때에 서양인의 긴 혀를 낼름 내밀며 동서남북으로 침까지 튀기면서 활화산 같이 분출하듯 내뿜는 그의 힘찬 팔 동작은 내 삶에서 잊을래야 잊을 수 없는 가히 압권이자 화룡점정이라 할 수 있겠다.

아! 이 무슨 운명의 우연의 일치란 말인가! 나와 그의 팔동작이 어쩌면 이토록 비슷한지 나는 그때 그가 생동감 있게 휘젓는 팔 모습을 보고 그만 자지러지고 말았다. 그렇다! 제자가 스승의 모습을 닮아가는 것은 당연한 법이지 않은가. 팔 버릇의 '부전자전(父傳子傳)'이 아니라 이른바 '사전제전(師傳第傳)'이라고나 할까. 이제 대학 선생이 된지 올해로 만 13년이 흘렀다. 지금의 내가 블랙몬 교수의 멋진 팔 동작 흉내를 내고 강의를 해오면서 나는 현재 병석에서 암과 투병중인 외로운 노교수의 지난 시절의 아름다운 옛 모습의 잔상을 수수(愁愁)롭게 떠올린다.

나는 1989년 대학에 처음 부임 때부터 현재까지도 여학생들 앞에 서면 무척 긴장이 되고 떨린다. 때로는 얼굴까지 빨개지는 경우도 더러 있다. 그러나 시간이 흐르면서 강의에 몰입하게 되고 그 강의가 최고조에 도달하게 되면 지금도 예외 없이 상하좌우 휘젓는 팔 버릇이 무의식적으로 재현된다고 학생들은 '즐겁게' 지적해준다. 그들이 즐겁게 말하는 이유는, 한편으로는 자기들 선생이 수업시간에 '농땡이' 부리지 않고 손과 팔을 흔들며 열정적으로 강의하는 모습에 '감동' 받았기 때문이 아닌가 라고 혼자 우쭐해져서 생각해본다. 또 한편으로는 일년에 한 두 번 정기적으로 시행하는 학과 MT 행사의 여흥시간에 학생들의 열화와 같은 성원에 짐짓 못 이겨 많은 그들 앞에서 내가 빠른 음악에 맞춰 나의 팔 동작의 연장인 '때밀이' 춤을 신들린 듯 추는 모습을 그들이 열광하고 환호하면서 즐겁게 본 것이 연상이 되어 시너지 효과를 불러일으킨 것이 아닌가 싶다.

　반푼어치 짜리 글을 쓰고 있는 지금의 나! 쥐꼬리만한 이성과 지식을 잠시 빌어 서푼어치 짜리 강의를 하고 있는 몸인 현재의 나! 이러한 부끄러운 점에도 불구하고 나의 팔 버릇을 고약하다고 생각하지 않고 오히려 '즐겁게' 그리고 '예쁘게' 보아주는 제자들이 그저 눈물겹도록 고맙기만 하다. 이것이 나의 팔 버릇에 대한 유일한 변(辯)이자 낙(樂)이니 내가 학교에 계속 몸담고 있는 한 앞으로도 나의 팔 버릇을 고치기는 힘들 것 같다.

　['새길' 2002년 봄호]

두 남자의 외출

얼마 전, 한 친구에게 전화를 걸었다. 그리고 이렇게 말했다.

"세종문화회관에서 가곡의 밤이 열리는데 같이 갈까?"

"그래. 좋아."

사실, 나는 가곡에는 전혀 문외한이었고 고급 문화공연 관람은 처음이었다. 잠시 생각해 보았다. 적다고는 볼 수 없는 중년 나이에 이러한 품격 있는 공연장을 찾는 데에 내가 그동안 너무 무심하지 않았나 하는 애처로운 생각이 들었다. 물론 워낙 하는 일이 많아서 이런저런 바쁜 핑계를 댈 수는 있었다. 그런데다 나는 스포츠광이어서 경기장엔 자주 응원하러 갔던 적은 있었다. 그러나 가곡은 정말 내 취향과 관심사는 아니었다.

어찌 됐든 나는 가곡의 밤 공연에 가야만 했었다. 하루 전에 학교 제자로부터 특별 입장권 두 장을 선물 받았던 참이었다. 그녀의 아름다운 성의를 생각해서라도 어떻게든지 가야만 했다. 문제는 누구와 함께 가느냐 하는 것이었다. 때마침 아내는 집에 없었다. 고심한 끝에 다양한 쟝르의 음악에 조예가 깊은 한 대학 친구에게 동행 여부를 물었던 것이다.

두 남자! 나와 친구의 화려한(?) 외출은 이렇게 시작되었다. 집을 나서면서 나는 뭔가를 골똘히 생각해보았다. 아! 청승맞게 두 남자가 주로 여성 관객들이 찾는 가곡의 밤 공연에 가면 남들이 어떻게 생각할까! 저 두 남자는 아내 없이 홀로 사는 독거 유부남은 아닐까! 아니면 동성연애자로 비쳐지지는 않을까! 머리 숱이 빈약한 저 두 남자는 여기는 웬일로 온것일까!

이런 저런 잡념에 잠긴 채 궁싯거리고 있을 때 벌써 나는 공연장에 도착했다. 날씨는 좀 추웠다. 잠시 옷깃을 여미고 나서는 주위를 둘러 보았다. 두껍게 옷차림을 한 관객들이 총총히 모여들었다. 아니나 다를까. 예상했던 대로 대부분 젊은 남녀가 팔짱을 낀 채 한 쌍을 이루었다. 가끔 중년부부인 듯한 관객 모습이 군데군데 눈에 띄었다. 친구와 나도 입장하고 있는 사람들 틈에 끼어 객석을 찾아 나섰다.

웅장한 필하모닉 오케스트라는 '독도는 우리 땅'을 힘차게 연주하기 시작했다. 목적지를 향해 출발하는 배의 선장과도 같은 지휘자! 오케스트라 단원들은 하나도 흠잡을 데 없이 각자 악기를 열심히 연주하고 있었다. 한 치의 오차도 없이 협화음을 이루며 울려 퍼지는 소리가 이렇게 아름다울 줄이야! 장내 분위기는 갈수록 점입가경이었다. 숨을 죽인 관객들은 모두가 하나의 숨을 쉬는 듯 어둠 속에서 무대를 줄곧 응시했다. 편곡한 '독도는 우리 땅' 연주를 이렇게 관객들의 마음을 휘어잡으며 마음 구석구석까지 파고드는 연주는 가히 압권중에 압권이었다. 청중들을 연주 품 안에 끌어들여 매료시켰다고나 할까.

이 세상에는 아름다운 것이 얼마나 많이 있던가! 꽃, 달, 해, 천사, 사랑, 아내, 자녀, 봉사 등 이루 열거할 수 없을 정도가 아니던가! 그러나 약 80여명쯤 되어 보이는 오케스트라 단원들의 우렁찬 연주는 이 세상의 그 어떤 아름다움 보다도 훨씬 더 아름답고 가슴을 적시고 울려주는 불멸의 연주임에 틀림없었다. 게

다가 애국심마저 더욱 깊게 일깨우는 연주였으니 숙연하고 비장한 느낌마저 들었다. 그래서 그런지 이 날의 서막 공연은 내 지친 영혼을 뒤흔들어 놓으며 삶의 새로운 활력소가 된 듯싶었다.

　이어 소프라노, 테너, 바리톤 가수 등이 차례로 나왔다. 정겨운 가곡을 들을 때마다 한 곡 한 곡이 나의 폐부를 찌르는 감동으로 다가왔다. 중학교와 고등학교 음악시간에 배워서 익히 알고있던 가곡이 나올 때면 나도 모르게 합심하여 마음 속으로 따라 불렀다. 찌든 속세와 잠시 절연한 채 두 시간 남짓 계속된 가곡의 밤이었다. 보석처럼 빛나는 밤을 즐기면서 나는 비로소 우리 가곡의 아름다움에 흠뻑 빠져들고 말았다. 특히 국악기인 아쟁과 양악기와의 합동연주는 이른바 '퓨전' 공연인 셈이었는데 그 신선함과 독창성에 그만 넋을 잃고 말았다.

　기쁨과 황홀의 감정이입이 되는 그때였다. 나는 약 12년 전에 영국의 대표적 낭만파 시인 윌리엄 워즈워드 생가와 그 주변 호수를 방문하여 그의 대표적 시를 읽어 보았던 추억을 어렴풋이 떠올렸다. 내가 워낙 좋아하는 시인 워즈어드! 시인의 송시(頌詩) – 어린시절 회상 속에 영생이 엿 뵈는 노래 – 에서 그는 다음과 같이 노래했음을 떠듬떠듬 기억해냈다.

Then sing, ye Birds, sing, sing a joyous song!

And let the young Lambs bound

As to the tabor's sound!

We in thought will join your throng

그러니 노래하라/ 너희 새들이여/ 환희의 가락 부르고 부르렴!

그리고 어린 양들을 뛰놀게 하라

작은 북소리에 박자를 맞추듯!
우리는 마음으로 너희 무리에 끼리라.

그렇다. 이 날 목청껏 열창한 가수들과 오케스트라 단원들은 새였지 않았을까. 기쁨과 즐거움으로 충만한 노래와 연주를 들려주지 않았던가. 이에 관객들은 마치 어린 양처럼 환희의 경이로움과 영광을 거저 선사 받지 않았던가. 노래 가락 소리 소리마다, 연주 한 소절 한 소절마다 우리 모두는 한마음이 되어 혼연일체가 되지 않았던가.

감동의 폭풍을 선사한 공연은 성황리에 끝났다. 이루 말할 수 없는 흐뭇한 마음으로 귀가하는 두 남자의 발걸음은 날아갈 듯 가벼웠다. 마치 종교적 신비를 체험이나 한 듯 나와 친구는 광화문 지하철 역사로 빨려 들어갔다.

['새길' 2005년 겨울호]

'카르페 디엠' 문화 생각하기

벌써 매섭고 추운 겨울이 온몸을 휘감는다. 몸과 마음이 자꾸 움츠러든다. 몸으로 느끼는 체감 경기도 위축되는 것 같다. 이러한 때에 오늘의 힘겨운 삶을 살아가는 우리 모두에게 하나의 질문을 던져본다.

"당신은 인생을 즐기며 살아가고 있습니까? 다가올 미래의 삶에 꿈이 있습니까?". 아마 추측해보건데 "예, 그렇습니다"라는 대답을 하는 사람은 그리 많지가 않을 것 같다. 잔혹한 일제 식민지 치하에서 태어난 60~70대. 동족상잔의 비극 6.25 전쟁 발발을 전후하여 태어난 50대. 박정희 군사정권의 태동을 앞뒤로 하여 태어난 40대. 경제개발이 한창 진행 중이던 1970년대와 그리고 1980년 소위 '서울의 봄'을 전후로 태어난 20~30대. 이들 모두가 과연 '카르페 디엠' 문화를 즐기고 있는지 정말 궁금하기만 하다.

오래 전 나는 대학에서 전공 선택 교과목인 '영미 시 개론'을 수강하였다. 그때 나에게 흥미를 끌었던 것은 17세기 영문학 형이상학파 시인들이었다. 그 중에서도 왕당파 시인의 수장 격인 벤 존슨의 깃발 아래 모인 젊은 시인들은 지적 호기심의 대상이었다. 그들의 작시 주제는 로마 시인들의 사상인 '인생을 즐겨라'의 뜻을 가진 라틴어 '카르페 디엠'임을 배웠던 기억이 아직도 생생하다.

그런데 조금은 이교적이고 찰나적 삶을 노래한 '카르페 디엠' 테마가 몇 년 전 우리나라 젊은이들 문화의 키워드로 떠올랐던 적이 있다. 그 후 이것이 지금은 확고하게 자리잡아가고 있다는 느낌을 받는다. 그렇다면 요즘 젊은 세대들에게 '카르페 디엠' 문화는 어떤 형태로 변형되어 수용되고 있는지 생각해본다.

누구나 직장생활을 하다보면 종종 회식 기회를 갖기 마련이다. 특히 연말이 다가오면 친구들이나 지인들, 그리고 각종 동창회 모임도 잦다. 그런데 40대 이상이 가는 이런 자리들은 대개 코스가 정해져 있다. 1차 행선지에선 보통 삼겹살과 차돌박이에 소주가 나온다. 2차는 호프집에서 입가심으로 맥주를 마신다. 대개 3차는 술을 깨기 위해 노래방으로 직행한다. 이런 모임에서 오가는 대화는 대체로 고정적이거나 딱딱하다. 그러다가 순배가 여러 번 돌고 분위기가 무르익을 때쯤 되면 이미 만취한 이후가 된다.

그러나 언제부터인가 활기에 넘친 대학생들과 '신세대' 직장인들을 중심으로 '쉰세대'(?)의 경직된 문화의 틀을 과감히 깨는 노력이 돋보이는 것 같다. 다시 말하면 '카르페 디엠' 현상이 하나의 문화코드로 자리 잡은 셈이다. 일이 되었든 놀이가 되었든 자기 인생을 확실히 즐기려는 욕망이 20~30대들에게는 당연시되고 있는 것이다. 예를 들면, 테마 파티가 이들의 전형적인 놀이 문화가 아닐까 싶다. 젊은 세대들은 '펑키', '살사 댄싱', '할로윈' 그리고 수상스포츠나 스키 등을 포함한 레포츠 병행 파티 등 다양한 주제로 모임을 갖는다.

혈기 왕성한 젊은이들은 억압되고 강요된 제도에서 벗어나 상상과 자유의 나래를 마음껏 펼치기를 좋아한다. 예전과 달리 이들은 사교적이고 활달한 편이다. 더 나아가 남의 눈치보지 않고 자신들만의 스타일로 인생을 즐긴다. 또한 획일적인 격식에 얽매이는 것을 매우 싫어한다. 부담 없이 어울리며 젊음을 발산할 수 있는 모임을 갖기를 원한다.

십 이삼 년 전에 감동 깊게 감상하였던 '죽은 시인의 사회'라는 영화가 생각난다. 특히 작중 주인공 키팅 선생의 말은 압권이었다. 그가 제자들에게 인격의 가르침을 준 다음의 말이 지금까지 나의 가슴속에 영원히 아로새겨져 있다.

"카르페 디엠! 오늘을 즐겨라. 삶이란 살아있는 연극이며, 자네가 바로 한 편의 시가 되는 것이다. 자네의 인생은 어떤 싯구를 만들기를 원하느냐?"

규격화된 제도의 틀과 '규범'이라는 도덕적 윤리적 압력 사이에서 현재의 젊음을 삶의 절창으로 창출해보라는 의미심장한 말이 아닐까 싶다. 나무는 오늘이 소중한 밑거름이 되어 미래에 아름다운 열매를 맺지 않던가. 마찬가지로 현재에 충실하고 '지금'을 철저히 즐기면서 미래의 꿈꾸는 삶을 살지 않으면 내일의 희망은 결코 있을 수 없지 않을까 싶다. 설령 오늘이 어렵다 해도 현재를 즐기도록 노력하라. 뜻 있는 미래의 가치를 창조하려면 지금에 모든 것을 던져야 하지 않을까 싶기도 하다.

오래 전부터 해외 어학연수나 배낭여행을 통해 외국 생활문화를 직접 체험하려는 젊은이들이 대폭 늘어나고 있는 것 같다. 이들은 나이든 세대의 위압적 문화를 단호히 거부하는 경향이 있다. 위에서 명령을 내리면 무조건 따르는 수직적 상명하달의 지휘체계를 반기지 않는다. 그 대신 다양한 형태의 수평적 잡종 문화를 선호하는 것 같다. 이들은 '동종교배'의 위험성을 잘 알고 있다. 그래서 '이종교배'를 통한 미래의 아름다운 과실(果實)을 꿈꾼다.

'카르페 디엠'이 한국판 '노세 노세 젊어서 노세'와 동격인 좋은 뜻으로 전향적으로 생각해보면 어떨까 싶다. 늙으면 못 놀고 일할 수도 없으니 하루라도 젊었을 때 최대한 푸른 창공을 날며 하고 싶은 일과 놀이에 전념해보면 어떨까 싶다. 오늘을 마음껏 즐기는 것도 젊어서 놀고 일할 수 있을 때 기회를 잡아야 하지 않을까 생각해본다. '카르페 디엠'이라고 말한다고 해서 사치와 향락을 일삼아도 된다는 말은 결코 아님은 분명하다. 그 말의 본 뜻은 주어진 여건을 인정하고 즐겁고 긍정적으로 살아가는 것이 아니겠는가. 미래는 '지금'을 통해 창조되는 법이다. 지금의 자신에 집중함으로써 미래의 목표를 탐색해봄이 어떨까. 알코홀릭 (alcoholic)이 아닌 '비전홀릭(visionholic)'이 되어야 하지 않을까 싶다. 문제는 내 손에 모든 것이 달려 있다는 것이다.

'카르페 디엠' 문화는 어느덧 내 곁에 있다. 아니 우리 곁에 와서 우리의 손짓을 기다리고 있다. 현실을 감당하기 벅찰 정도로 힘들다 해도 조금이라도 '지금'을 즐기려고 마음의 여유를 찾아보면 어떨까. 좋은 영화 한 편, 연극 한 편 관람도 좋을 것이다. 조만간 나도 시간을 내어 마을의 작은 음악회라도 직접 가서 멋진 공연을 흐드러지게 감상해볼 작정이다. 현재를 즐겨라! 자신의 삶을 잊혀 지지 않는 것으로 만들기 위해서!

['새길' 2006년 겨울호]

4

낙엽귀근(落葉歸根)의 생명력은 소중하다

국제중학교 설립, 어떻게 볼 것인가

프랑스의 석학 자크 아탈리는 『21세기 사전』에서 2050년에 이르면 아시아 문화권 중에서 대한민국 서울이 아시아 연합국가의 수도가 될 것이라고 전망했다. 이런 관점에서 보면 현재 우리나라 초등학생들이 한국, 일본, 중국을 중심으로 하는 아시아 문화권의 주인공이 될 것으로 기대된다. 글로벌리즘에서 더 나아가 글로컬라이제이션(Globalization +Localization)시대를 살아갈 수밖에 없는 학생들의 미래를 위해 교육 자율화는 더 이상 회피할 수 없는 우리 시대의 교육개혁 과제이다.

이런 시대적 흐름 속에서 최근 서울시 교육청에서 국제중학교 설립 계획을 발표했다. 국제중은 우리 문화와 외국 문화의 균형 있는 교육을 통해 조화로운 인격 함양에 교육 가치를 부여해야 한다. 또한 국제중을 명칭에 걸맞게 국제적으로 통용되는 인문 사회적 교양과 사고의 확대, 과학적 논리와 합리, 그리고 국제사회 적응에 필요한 기초지식과 태도를 배양해야 한다. 이렇게 할 때 미래 국제사회를 주도할 국제인 양성이라는 본연의 설립취지를 살릴 수 있다. 이런 점에서 국제중 설립의 긍정적 함의에 주목할 필요가 있다.

첫째, 세계를 주도할 코스모폴리탄적 인재 양성의 밑거름이 될 수 있다. 과거 평준화로 대변되는 획일적 관치교육을 철폐하고 자율성과 책무성의 쌍두마차를 필두로 창의성을 지닌 글로벌 인재 육성은 시대적 요청이다. 지금은 21세기 탈산업사회의 새로운 문명의 전환을 고민해야 하는 시대이다. 교육의 다양화와 학교 선택권을 통한 수월성 진작이야말로 글로벌 상황에 걸맞은 새로운 패러다임의 교육정책이 돼야 한다. 국제중은 인간 존중 교육과 외국어 교육 강화를 통한 국제 경쟁력을 배양할 수 있다. 또한 학습자 밀착형 교육과정을 통한 창의성과 수월성 함양에 기여하리라 전망된다.

둘째, 무분별한 조기유학 광풍 차단 효과를 기대할 수 있다. 교육인적자원부(2007) 자료에 따르면 2006학년도('06.3.1~'07.2.28)에 2만9천511명이 해외로 순수 조기유학을 떠나 막대한 외화가 유출되었다. 해외이주와 파견동행 숫자를 포함하면 4만5천431명이 출국하였다. 교육당국은 이 같이 상존하는 교육적 욕구를 국내에서 최대한 충족시켜야 한다. 평준화로 인한 전반적인 학력 저하가 심각한 사회적 쟁점으로 부각된 것은 주지의 사실이다. 국제중 설립 추진은 교육수요자로 하여금 학교 선택의 폭을 확대하여 조기유학으로 내몰고 있는 작금의 파행적 현실을 어느 정도 정상화시킬 수 있다고 본다.

셋째, 국가 미래의 富를 창출할 수 있는 인재 양성의 토대를 구축할 수 있다. 지금은 과감한 교육 개혁을 통해 선진 강대국의 비전을 달성해야 할 때이다. 현재 세계는 교육 혁신을 통해 다가올 미래를 새롭게 설계하려고 치열한 경쟁의 각축장으로 변모하고 있다. 부존자원이 부족한 우리나라로서는 국제중 설립을 통해 막강한 국제적 인적자원을 양성하여 교육 경쟁력을 강화해야 한다. 이는 국가 미래의 부를 새롭게 창출하는 자산이다.

바야흐로 평균주의에 입각한 인재의 대량생산 체제에서 다원주의 가치, 개성, 창의를 존중하는 인재 양성으로 교육을 개혁하여 인재대국을 건설해야 할 때이다. 수월성과 선의의 경쟁을 통한 학력 제고의 관점에서 국제중 설립 추진도 이러한 과정 속에서 이해해야 한다. 다만 국제중 입학에 따른 경쟁의 부작용과 계층 간 교육양극화 최소화 노력에 각별히 신경을 써야할 것이다.

[교수신문 오피니언 2008년 9월 1일]

위기의 전문대

　전국 152개 전문대학은 백척간두의 위기에 처해 있다. 입학자원 감소로 전문대는 2002년 이후 입학정원을 4만 5000명 감축했다.

　그러나 2006학년도 미충원율이 11.3%였다. 대도시 지역을 제외한 기타 도지역 전문대 충원율은 70%였다. 충원율이 50% 이하인 대학도 11개교에 달했다. 특히 사립전문대의 등록금 의존율이 2005년 기준 89.7%임을 감안하면 미충원율이 높은 대학은 학교운영의 심각한 재정 압박을 받고 있다. 설상가상으로 4년제 대학은 전문대의 경쟁력 있는 학과를 무단 복제하여 모방 운영하고 있고 정부는 이를 수수방관하고 있다.

충원율 50% 미만 11개교
　전문대학 위기를 타개하기 위해 정부 및 각 전문대에 제언을 한다.

　첫째, 정부는 고등교육 간 양극화 해소 노력에 전면에 나서라. 전문대는 우리나라 고등교육기관 입학생 40%를 맡고 있는 직업교육의 중추기관이다. 그런데 2006학년도 정부의 대학지원 예산액 3조 7천억 중 4년제 대 대비 전문대 지원액은 18분의 1에 불과한 2천억원이다. 게다가 우리나라 다수의 대기업들은 주요

직군 공채 지원자격을 4년제 대 졸업자로 제한하고 있다. 지원 자체가 원천 봉쇄된 전문대 졸업자는 상대적 박탈감만을 느낄 뿐이다. 또한 국고 지원사업 참여 및 일부 국가고시 출제 및 선정위원 위촉에 전문대 교원들은 배제되어 있다.

둘째, 교육당국은 전문대의 수업연한을 자율화하라. 전문대의 현행 수업연한은 2-3년제로 국한되어 있다. 전문대에는 특화된 교육과정에 따라 1년이면 관련지식과 기술을 익힐 수도 있는 학과가 있다. 또한 4년까지 전공심화 학습이 필요한 학과도 있다.

특성화된 학과로 승부해야

수업연한을 법적 제한으로 묶어놓은 것은 다양한 학과의 변별성에 대한 몰이해에서 비롯된 것이다. 교육부총리는 고등교육법 관련규정의 개정을 통해 수업연한 규제를 없애라. 그래서 전문대 고유의 직업교육에 대한 활로를 활짝 터주어라. 수업연한 문제는 교육시장 흐름에 맡겨야 한다.

셋째, 각 전문대는 지금보다 더욱 특성화된 프로그램으로 학과의 핵심역량을 키워라. 그 동안 전문대는 세계적 과학기술의 금자탑이 될만한 창조적 결과물을 내놓지 못했다. 우물안 개구리 같은 폐쇄적 사고로는 국제 경쟁력에서 뒤진다. 이젠 급속히 변하는 현대사회의 수요를 따라잡지 못하는 학과는 문을 닫을 수밖에 없다. 각 대학은 국내외 경쟁력 담보에 기여할 수 있는 특성화된 학과 개설을 면밀히 검토하여 집중 육성해야 한다. 4년제 대에 비해 작지만 아름답고 강한 경쟁력 있는 대학으로 만들어 나아가야 한다.

군박(窘迫) 당한 전문대를 정부는 강 건너 불 보듯 할 것인가.

대학은 늘 4년제 대학과 동의어였고 전문대학은 3류 백화점 창고에 수북이 쌓여 있는 재고정리용 상품으로 취급받기 일쑤였다. 전문대인들은 뼈를 깎는 내부 개혁 노력에 더욱 박차를 가해야 한다. 정부도 전문대에 대한 각종 규제를 철폐하고 지원을 대폭 확대해야 한다.

[조선일보 오피니언 2006년 11월 27일]

툭하면 '다운'되는 인터넷 강국

연초에 인터넷접수 사이트가 또 '다운'되어 원서접수 업무가 하루 중단되었다. 올해 처음 도입된 사법시험 인터넷 원서접수 장애가 발생하여 혼란을 가중시켰다. 작년 말엔 대학입학 인터넷접수가 마비되었다. 이로 인해 수험생 및 학부모들의 항의가 빗발쳤다.

인터넷 원서접수 대란 현상을 풀지 못하는 우리나라가 정녕 전자 대국과 정보기술(IT) 강국을 지향할 수 있는가. 2005년 IT 수출은 전년보다 6.2% 증가한 794억 달러를 달성했다.

정부는 신기술 개척을 포괄하는 IT839 차세대 전략을 추진하고 있다. 그러나 IT 활성화의 첫단계로서 실생활에 정보통신의 공공적 서비스를 제공하는 인터넷접수 등과 같은 기반 인프라의 심각한 문제점을 해결하지 않고서는 글로벌 IT 리더 국가라는 우리나라 명성에 큰 상처를 남길 뿐이다.

인터넷접수 시스템 마비는 예견된 인재(人災)라는 점을 주목하자. 그것은 단순히 접속폭주에 의한 서버 다운의 돌발사고가 아니다. 서버를 증설하면 인터넷접수 문제를 쉽게 풀 수 있다는 식의 안이한 발상은 금물이다. 지난 대입에선 서버용량을 전년도에 비해 두 배 정도 늘렸다고 하는데도 속수무책이었다.

그러면 인터넷 접수 대행업체는 다년간 연속적으로 재발되는 이런 악순환에 왜 적극 대처하지 못할까. 동시다발적 접속에 따른 시스템 과부하 때문만일까. 문제의 본질은 시스템 개발 및 유지 보수 능력과 시스템 구조를 훤히 꿰뚫고 있는 소프트웨어적인 원천 기술력 보유여부에 있다. 일례로 버스 중앙차로제 확대 시행은 기존 도로에 대한 세심한 소프트웨어적 기술로 해결해야 한다. 작년 행자부 국감에서 지적되었듯이 행정전산망 시스템 해킹과 온라인 민원서류 위·변조도 하드웨어가 아닌 소프트웨어적 기술로 정면돌파 해야 한다.

우리 사회는 인터넷 이용 환경에 갈수록 빠르게 노출되고 있다. 작년 말까지 1067만 7000장의 공인인증서가 발급되어 은행, 증권 등 인터넷 금융처리에 사용되고 있다. 새해엔 '부동산 실거래가 신고제'가 시행된다. 계약 체결 내용을 해당 부동산의 시·군·구청 인터넷 홈페이지에 신고·접수하는 게 가능하도록 되어있다. 이밖에 관공서에서 시행하는 각종 국가 기술자격 시험도 응시생의 편의를 위해 인터넷 원서접수를 하고 있다.

이렇게 중요한 때 2006 학년도 대입과 사법시험에서 '인터넷 서버 다운'으로 사상 초유로 원서접수 마감일과 접수날짜를 연장한 나라가 바로 대한민국이었다. 교육 및 법무를 관장하는 행정당국과 인터넷 원서접수 대행업체들은 이러한 폭발적 대형사고를 불가항력적이고 예상치 못한 상황으로 항변해선 안 된다. 대학도 이에 책임을 면할 수는 없다. 대학 살림의 일년 농사를 짓는 중요한 입시업무를 기술검증 없이 외부에만 맡겨 업무량 감소의 반사이익으로 수입만 늘리려 한다는 비난에서 자유로울 수 없다.

이제 인터넷접수 마비 재발 방지를 위해선 범정부적인 노력이 시급히 요청된다. 각종 국가기술자격시험, 공무원 임용시험, 대학입시 등 원활하고 효율적인 인터넷 접수를 위해선 정부가 기술력 검증 최우선 정책을 기조로 직접 운영·관리·감독하는 최고의 공신력 있는 기관 설립을 진지하게 고려해볼 필요가 있다. 앞으로 피싱(Phishing) 등 파괴적인 사이버 해킹 및 테러 발생이 우려되는 가운데 인터넷접수 대란으로 수험생들과 학부모들이 애간장 태우고 공황 상태에 빠지는 일은 이번으로 족하다.

[조선일보 시론 2006년 2월 1일]

대학정보 공시제와 대학평가

6월 4일과 10일 교육인적자원부는 '대학정보공시제'를 도입하는 내용의 고등교육법 개정안과 '고등교육 평가에 관한 법률'을 각각 예고했다. 양질의 교육을 촉진하기 위한 대학정보 공시제도는 내년 1월1일부터 시행된다. 전국 4년제 대학과 2~3년제 전문대학에 대한 평가를 전담하게 될 '한국고등교육평가원'도 내년 상반기 출범한다.

대학이 학교 인터넷 홈페이지 등에 공시해야 할 주요 항목은 교지 및 교원 확보율, 신입생 충원율, 취업률, 재정 현황 등이다. 1조8019억여원에 달하는 정부의 재정지원의 토대가 될 대학과 전문대 평가 항목은 교육 및 연구수준 평가, 학부(학과)와 전문대학원 평가, 특성화 사업 평가로 이뤄진다.

대학정보공시제와 대학평가가 시행되면 학생과 학부모에게 대학 선택에 실질적인 도움을 주게 된다. 또한 대학 사이 경쟁이 강화되면서 각 대학은 교육 및 연구 여건 향상 노력과 특성화 사업 박차 등 대학 구조조정을 가속화할 것이다. 그러나 이 두 제도 도입은 대학별로 극명한 서열화를 조장하며, 이에 따라 해당 대학들의 격렬한 저항이 예상된다. 대학의 양적 질적 평가 결과가 공시됨으로써 무차별적인 대학구조조정을 밀어붙인다면 고등교육기관의 경쟁력 강화라는 도입취지에도 불구하고 거센 도전을 받을 수도 있다.

교육인적자원부는 지난 2월 2009년까지 대학 · 산업대 · 전문대 등 347곳 가운데 87곳을 통폐합하는 것을 뼈대로 한 대학구조개혁 방안을 확정 발표한 바 있다. 정원감축과 사립재단의 퇴출 경로 규정 등 개혁의 깃발을 흔들고 개혁의 칼을 뺴든 셈이다.

문제의 핵심은 막대한 예산을 볼모로 대학정보공시제와 대학평가를 시행하여 대학을 전방위 압박한다면 살아남을 대학은 과연 얼마나 될까 하는 점이다. 평가결과에 따라 정원감축이 대학재정 수지 악화로 이어지면 상당수 대학이 문을 닫게 된다.

지방대학, 특히 158개 전문대학의 경우엔 자칫 공멸할 수도 있다. 올해 모집정원 26만 6002명의 17.7%인 4만7083명이 충원되지 않았던 전문대학은 급감하는 학령인구를 고려하면 내년 입시에서 서울 시내를 포함해 전국적인 대규모 미충원 발생이라는 참담한 전망이 나오고 있다. 이런 현상은 4년제 대학도 예외는 아니다.

특히 대학정보 공시제 시행에 따른 취업률 공개는 수험생들이 희망대학을 지원하는 가장 중요한 요소가 된다. 그렇다면 각 대학은 취업률 높이기에 특단의 방안을 강구할 것이다.

이럴 경우 대학의 인문학과 기초학문의 고사 현상은 더욱 심화된다. 주지하다시피 인문학과 기초학문 전공 학생들의 취업은 쉽지 않다. 대학은 이들 관련학과를 구조조정의 우선 대상으로 삼을 것이다. 따라서 학문의 부익부 빈익빈 현상이 만연하게 되고 이는 불행히도 학문의 왜곡 현상을 낳게 된다.

부실한 재정구조, 교원 1인당 대학생수 46명의 '콩나물 교실'

화, 지난해 5명중 1명꼴인 20.1%의 휴학생 비율, 구조조정 광풍 등 대학이 직면하고 있는 현실은 비상사태와 다를 게 없다. 2006학년도 입시에서 최악의 '지진해일'이 덮치기 전에 모든 대학은 제로섬 게임과 정글의 법칙에서 살아남기 위한 확고한 전략과 전술을 마련해야 할 운명에 처해 있다. 21세기 격동의 지금이야말로 우리나라 대학이 새롭게 탈바꿈할 수 있는 마지막 기회임도 분명하다.

그러나 두 제도 시행에 앞서 고등교육기관과 교육 관련 시민단체 등으로부터 폭넓은 의견수렴의 절차를 충분히 거쳐야 한다. 또한 공시 내용과 평가 항목에 중도 탈락률과 학생 및 산업체 만족도 등 객관적인 질적 지표를 삽입하여 교육수요자에게 정확한 정보를 제공해야 한다.

국민적 동의를 얻으면 대학정보 공시제와 대학평가 시행은 탄력을 받는다. 어떤 제도이든 획일적 밀어붙이기식 탁상 행정에서 나온다면 그것이 아무리 훌륭한 취지의 제도라 해도 적잖은 반발이 뒤따른다.

[한겨레 신문 칼럼 '왜냐면' 2005년 6월 18일]

전문대학 공멸의 위기

　전국 158개 2~3년제 전문대학에 '쓰나미' 해일이 몰려오고 있다. 작년엔 모집정원 27만7천1백55명의 18.7%인 5만1천8백72명을 채우지 못했고, 올해엔 모집정원 26만6천2명의 17.7%인 4만7천83명이 미충원 되었다.

　이런 와중에 전문대의 일부 성공의 예를 모방한 4년제 대학이 직업교육 관련 학과를 잇달아 신설하면서 무임승차하기 시작했다. 따라서 전문직업인 양성이라는 전문대의 교육목표와 정체성 영역에서 혼선이 빚어지고 있다. 게다가 2004학년도부터 4년제 대학은 실업계고교 진학자에 대한 정원외 3% 특별전형을 실시하여 우수한 실업고 동일계 인적자원을 입도선매하고 있다.

　지난해 152개 4년제 대학에서 동일계 9,411명을 모집하였으니 실업고 연계를 통해 학생을 선발해온 전문대로서는 4년제 대학으로부터 융단폭격을 맞은 셈이다. 최상위 실업고 그룹의 직업 인력 이탈 현상이 미래 대한민국 과학기술 시대의 중추적 현장인력 역할에 어떤 참담한 결과를 가져올지는 분명하다. 또한 전문대는 1980~90년대 국가의 경제 발전에 견인차가 될 수 있는 인력양성을 위한 정부 시책에 부응하여 공업계열로 특성화하였다. 그런데 현재의 상황은 어떤가. 공업계 기피로 각 전문대는 학생 모집에 난항을 겪고 있다.

매년 미충원 갈수록 입지 좁아

그렇다면 전문대의 살길은 무엇인가.

첫째, 전문대 특단의 자구책이 절실히 요청된다. 그동안 전문대학은 정부로부터 일정한 재정 지원을 받으면서도 지금까지 국가적 과학기술의 이정표나 기념비가 될만한 창의적 결과물을 창출하지 못했다.

이러한 전문대의 우울한 자화상을 솔직히 인정하자. 이런 점에서 기존 전문대뿐만 아니라 향후 4년제 대학의 상당수가 직업교육 중심대학으로 전환할 것으로 예상하고 대책을 강구해야 한다. 예컨대 사회의 수요에 부응하지 못하는 학과는 과감히 통·폐합시켜야 한다. 그러나 물리적 통·폐합이 아니라 대학 발전에 이바지하면서 대학 특성을 이해하고 공유할 수 있는 화학적 통·폐합의 지혜가 필요하다.

둘째, 대학은 요란한 외재적 홍보 보다는 내재적 홍보에 눈을 돌려야 한다. 물론 학교를 바깥에 널리 알리는 것은 중요한 홍보 전략이다. 그러나 알찬 교육을 통해 학생들로 하여금 애교심과 소속감 그리고 자부심을 갖게 하여 구전 홍보하는 것이 더욱 효과적이다. 이렇게 내실 있는 교육을 통한 홍보는 교육당국의 구조개혁의 일환으로 도입 예정인 신입생 충원율과 교원 확보율, 취업률 등을 공개하는 대학정보 공시제에 미리 대처할 수 있다.

셋째, 교육당국의 발상의 전환과 정책적 관심이다. 현재 교육인적자원부엔 인적자원관리국 산하 학사지원과에서 주로 4년제 대학 입시 및 학사 업무를 담당하면서 부수적으로 전문대관련 업무를 보조하고 있다. 전문대에 대한 교육당국의 안이한 인식을 보여주는 이러한 조직 체계는 바로 전문대가 천덕꾸러기로 취급 받고 있음을 방증한다. 이래 가지고서는 교육인적자원부의 혁신 목표인 '고품질 교육행정 서비스 제공'과 '열린 교육정책 추진'을 신뢰할 수 없다. 따라서 교육인적자원부나 청와대에 전문대 교원을 정책자문관으로 영입하여 현장의 생생한 목소리가 반영될 수 있는 혁신적 발상의 전환이 시급하다.

자구책 마련 · 경쟁력 제고 절실

지난 12일 국무총리 주재 국정과제회의에 보고된 '직업교육체제 혁신방안'에 따르면 2010년까지 실업계 '명문특성화교교'가 200개로 늘어난다. 이것이 현실화 되면 전문대학은 근로자 재교육 서비스 등 지역사회 계속 교육 센터로 변모되어 기존의 역할과는 완전히 뒤바뀐다. 이렇게 될 때 전문대학의 입지는 갈수록 좁아진다. 양질의 교육과 경쟁력 제고에 사활을 건 혼신의 노력을 경주하지 않는다면 전문대 모두가 공멸할 것이다.

[경향신문 시론 2005년 5월 28일]

빼앗긴 환자주권 되찾을 때다

지금까지 의료소비자인 환자의 주권은 보건의료 현장의 사각지대였다. 환자는 냉혹한 의료 현실 앞에 눈물을 머금고 울분을 삭여야 했다. 환자는 과연 자신의 정당한 주권을 행사하고 있는 걸까. 서울 시내 한 대형병원에 몇 달째 입원중인 중환자의 보호자로서 그동안 분통을 터뜨려야 했던 선택진료제 및 불합리한 의료 현실과 관련해 관계 당국에 몇 가지 제언과 답변을 요구한다.

첫째, 선택진료제란 환자가 자신의 질병을 치료해줄 담당 의사를 선택하여 양질의 진료를 받을 수 있는 제도이다. 그러나 의료 현장에서 환자가 체감하는 현실은 매우 다르다. 외래진료의 경우 선택진료를 받으려면 오래 기다려야 한다. 막상 진료시간은 길어야 몇 분에 불과하다. 특히 입원환자의 경우 치료받고 있는 진료과에서 특정 진료지원과로 전과 치료를 받아야하는 경우에 환자는 담당의사 선택 여지가 없다. 오히려 병원에서 정해준 의사에 의해 환자는 일방적으로 선택된다. 앞뒤가 바뀐 선택진료제의 허위를 목도하게 될 뿐이다.

차제에 보건당국은 병원으로 하여금 전문의 경력 10년 이상 또는 대학병원 조교수 이상의 선택진료의 뿐만 아니라 전문의 경력 다년 이상 또는 전임강사 이상의 검증된 일반의를 다수 확보하도록 해야 한다. 그래서 의료소비자가 자신의 필요에 맞는 의사를 다양하게 선택할 수 있도록 개선방안을 강구하고 실질적인 대책을 내놓아야 한다.

둘째, 선택진료 대상 진료항목과 산정기준의 부당성이다. 현행 보건복지부령 선택진료비에 관한 규칙 제5조를 보면, 각종 진찰료, 입원료, 검사료, 영상진단 및 방사선 치료료, 마취료, 정신요법료, 수술료 등에 선택진료비가 부과될 수 있도록 규정하고 있다. 적게는 20%, 많게는 100% 이내에서 각각 해당 병원장이 정한 수가를 환자에게 추가로 선택진료비 명목으로 비용 부담을 지우도록 명시하고 있다. 그러나 환자는 선택진료 담당 의사가 직접 진료한 진료행위에 한정해 추가부담만 내면 되는 것이지, 각종 검사비 항목에 따라붙는 비용까지 떠맡는다는 것은 어불성설이다. 혹시 선택진료비가 의사나 병원의 수익창구의 한 방편으로 악용되고 있는 것은 아닌지 의혹을 떨칠 수 없다. 결과적으로 건강보험 가입자인 환자에게 이중 비용을 부과하고 있는 선택진료비 청구 규정과 관련해 관계당국은 이를 석연히 해명해야 한다.

셋째, 환자주권의 제도화 문제다. 현재 우리나라 환자의 권리는 부재하며, 있다고 들어본 적도 없다. 지금까지도 위에서 아래로 수직적으로 진행되고 있는 의사와 환자의 관계는 쌍무적인 수평적 질서로 당장 바뀌어야 한다. 그렇지 않으면 그 둘의 관계는 영원히 봉건적 주종 체제로 고착될 것이다. 푸코가 말하는 '생체 통제권력'의 21세기적 부활이라고나 할까. 의사와 병원이라는 거대 권력기제 아래 환자는 도식화되고 그래서 권력의 효과는 환자의 복종, 굴복, 예속화로 규정될 수밖에 없다. 아무리 병원 원무과 및 입원실 복도 게시판에 그럴듯한 '환자 권리장전'을 써 붙여본들 무슨 소용이 있겠는가. 고객을 섬기겠노라고 해놓고 사전 동의 없이 불법·편법으로 환자에게 선택진료비를 부당하게 물린다면 어느 병원이든 환자 권리장전은 유명무실한 홍보용 문구로 전락할 것이다.

　약자일 수밖에 없는 환자가 외면하는 병원은 문을 닫을 수밖에 없다. 이런 점에서 진정한 의미의 환자주권을 선포하고 제도화하여 실현할 수 있는 의료소비자운동을 진지하게 모색할 때다. 보건의료 당국에서도 지대한 관심을 갖고 이를 적극 지원해야 한다. 이제 환자와 그 보호자도 기나긴 겨울잠에서 깨어나야 한다. 환자 주권은 그냥 얻어지는 것이 아니다.

[한겨레신문 '왜냐면' 2004년 11월 4일]

탄핵정국과 우리의 자화상

'대한민국호'가 좌초 위기에 빠질 것인가. 아니면 쾌속 순항의 기회로 삼을 것인가. 그 어떤 천재지변 보다도 중대한 사태인 이번 탄핵정국에 우리나라가 처한 위기상황을 차분히 성찰해보자.

체코 태생의 유태계 작가 프란츠 카프카는 중편 "변신"을 통해 현대사회의 파편성, 현대인의 가증스런 위선과 허위를 질타한다. 작중 주인공이자 카프카의 대변인인 그레고르 잠자는 어느 날 아침 불안한 꿈에서 깨어난다. 그리곤 침대 위의 벌레로 변신한 자신의 모습을 발견한다.

그레고르는 흉측한 몸을 감추려 하고 천정에 매달리고 벽에 기대고 먼지를 뒤집어 쓴 채 실밥, 머리카락, 음식 찌꺼기를 등으로 옆구리에 끌고 기어가며 생존의 탈출구를 찾으려고 몸부림친다. 심지어 그레고르 집에서 거대한 벌레를 발견한 하숙인들은 집 계약을 해약하겠다고 위협까지 한다.

국론분열 참담한 현실

작금 경험하고 있는 우리나라의 처연한 모습 또한 벌레의 모습과 별반 다르지 않은 듯싶다. 요즘 많은 사람들은 어느 날 아침 일어나 보면 실직 및 실업 공포로 인해 생존위기에 처한 자신들의 자화상을 보기 십상이다. 우리의 이웃인 이들은 자신들의 힘겨운 처지를 주위에 드러내고 싶지 않으려 한다. 때로는 누군가에 어딘가에 무작정 매달리고 기대고 싶은 욕망이 일기도 하지만 생사의 경계를 넘나들며 기어가고 막다른 골목을 탈출하려고 울부짖는 모습이 가슴 저미며 다가온다. 특히 졸업 후 아직도 미취업된 상당수 제자들의 통한의 아우성은 안타깝기만 하다.

"변신"에서 그레고르는 비대해진 몸, 빈약한 다리, 끈적거리는 점액 분비, 누이동생으로부터의 죽음 공포감, 언어 및 사고 부재의 상징이다. 마찬가지로 현대인은 배불뚝이의 몸, 비실거리는 허약한 하체, 권력 주변에 얼씬거리며 질질 흘리는 타액 분비, 가족으로부터 제거대상이 될 수도 있다는 두려움, 쌍방간 의사소통의 실패를 생생히 체험하고 있다.

우리는 진정 생존위기와 고통을 느끼는 벌레의 세계에 살고 있는 것인가. '딩동~ 당신은 해고됐습니다' 라는 문자메시지를 통해 전달되는 해고통지서, 용도가 다하면 폐기처분 될 일회용 소모품, 믿었던 가족.친구.직장.사회.국가로부터의 소외와 배신 등이 90 여년 전 카프카가 비판한 흉측한 벌레의 변신의 세계는 아닐까.

지금 대한민국은 현직 대통령 탄핵소추안 가결이라는 헌정사상 초유의 위기에 직면해 있다. 말로만 국민통합을 부르짖는 일부 정치인들의 외침은 이젠 식상하다 못해 공허하기까지 하다. 진행중인 법치 민주주의의 성숙과 발전을 지향하는 역사의 수레바퀴를 퇴보시킬 수는 없다. 이럴수록 국민의 소중한 삶의 희망이 꺼지지 않도록 개인의 양심과 양식을 믿고 냉철한 지혜를 함께 모으는 것이 중요하다.

이런 점에서 어두운 현실을 극복하고 다가올 미래사회에 대한 낙관적 비전을 제시한 영국작가 D.H.로렌스의 장편 "채털리 부인의 연인"은 우리에게 시사하는 바가 크다. 작품의 종결 부분은 탄핵정국으로 야기된 국론분열 해법의 실마리를 제공한다. 천사와 악마의 이분법적 사고는 금물이다.

이분법적 사고는 금물

신분장벽의 참담한 현실을 뛰어넘는 산지기 멜러즈와 귀족부인 코니 사이의 참 행복은 상호 존재를 인정하고 상대방을 기꺼이 포용할 때 찾아온다. 자신의 몸을 태워 주위를 환히 밝히는 양초에서 서서히 타오르는 촛불처럼 그렇게 말이다: "우리는 정말로 이 작은 불꽃을, 그리고 그것이 꺼지지 않도록 지키고 있는 이름 모를 신을 믿고 있소. 정말 당신의 커다란 부분이 여기서 나와 함께 살고 있소. 우리의 큰 부분은 서로 함께 살아 있는 것이오."

[인천일보 오피니언 2004년 4월 7일]

변화 갈망하는 국민을
감정적 단선적이라니……

-서지문 교수의 시론에 대한 반론

조선일보 3 월 27 일자에 게재된 서지문 교수의 시론 "대통령이 변하지 않는다면"을 읽고 두 가지 점에서 반론을 제기한다.

첫째, 서 교수는 대한민국 국민의 개혁열망을 지나치게 폄훼하고 있다. 탄핵정국에 대한 국민의 정치적 판단을 '감정적'이고 '단선적'이라고 지적하는 서 교수의 섣부른 판단이 오히려 감정적이고 단선적이지 않은가.

현직 대통령에 대한 국회의 탄핵소추안 가결에 대한 국민 절대다수의 반대 입장은 민심의 대이동이 시작되고 있음을 방증한다.

이런 점에서 탄핵안 가결로 인해 '민중'이 나라가 붕괴하는 것처럼 '흥분'을 하고 야당을 '매국노'처럼 압박했다고 주장하는 서 교수의 의견에는 동의할 수 없다. 우리나라 국민의 성숙한 민주주의 의식은 이미 기성 정치인의 후진적 정치의식을 월등히 앞서고 있다.

이번 탄핵보다 더 경천동지할 비상사태에 직면한다 해도 대한민국 국민은 분노할지언정 침착하게 일상으로 되돌아갈 민주적 시민 역량을 갖춘 국민이 아니었던가. 과거 서슬퍼런 독재정권 하에서, 그리고 IMF 구제금융 위기하에서 절망할 때도 오뚝이처럼 일어선 우리 국민이었다. 따라서 이번 총선에서 열린우리

당이 절대 다수당이 된다면 야당을 규탄하는 "민중의 반 이상은 가슴을 치며 후회할 수도 있다"는 서 교수의 견해는 다수 국민에 대한 모독이자 변화를 열망하는 다수 민심에 대한 '착독' 현상은 아닐까.

둘째, 앞으로 '대통령이 변하지 않는다면' 우리나라 정국은 차후 보·혁(保·革)갈등의 혼미에 빠질지 모른다. 노무현 대통령이 지난 1년 동안 자질부족과 잦은 정치적 시행착오를 노정하여 민생안정에 소홀히 한 점엔 필자도 동의하며 비판의 대상이 될 수도 있다. 그렇다고 해서 서 교수의 주장대로 앞으로 남은 4년 임기에 대한 극도의 불안감과 의구심의 편향된 시선으로 정국을 바라보는 시각에 대해선 문제가 있다고 본다.

지금 각 당은 민생을 24시간 챙겨야 한다. 민생 돌보기가 일회성 즉흥쇼가 돼서는 안된다.

국민은 두 눈을 부릅뜨고 지켜보고 있다. 현재의 당 지지도는 언제든지 뒤바뀔 수 있다. 인생이나 정치나 모두 럭비공처럼 어디로 튈지 모르는 법이다.

[조선일보 독자칼럼 2004년 3월 31일]

'느린 삶'에 대한 갈증

얼마 전 외신은 현대 유럽인들 사이에서 금전적 수입과 사회적 지위에 구속되지 않고 인생을 느긋하게 즐기고 싶어하는 사람들이 늘고 있다는 보도를 했다. 이른바 '다운시프트족'(Downshift · 느림보족)으로 불리는 이들의 소망은 삶의 속도를 늦추자는 것이다. '다운시프트'는 자동차를 저속(低速)기어로 바꾼다는 의미이다.

'다운시프트族' 늘어

시장 조사 기관인 영국 데이터 모니터에 따르면 2002년 한 해 동안 190만명이 과도한 스트레스를 피해 직장이나 집을 옮겼다. 또한 다운시프트족이 지난 6년간 약 30% 이상이 증가했고 오는 2007년에는 1600만명에 달할 것으로 예상하고 있다. 이 같은 유럽 다운시프트족의 확산은 '빨리빨리'로 대변되는 삶의 양식에 익숙한 우리 한국인들에게 커다란 시사점을 던진다.

첫째, 속도를 최우선시 해왔던 우리 삶에 경종을 울리는 빨간불이다. 박정희 전 대통령시절부터 실시했던 경제개발 5개년계획의 고도성장 목표는 당시 우리 삶의 지상과제였다. 완공한지 5년밖에 안 된 삼풍백화점 참사는 스피드에 연연한 기초 부실공사가 낳은 인재(人災)였다. 무차별적 속도경쟁은 타인에 대한 충분한 고려와 배려의 시간과 기회를 빼앗았다.

그 결과 이기주의가 사회 전반에 팽배하게 되었음은 부인할 수 없다. 이런 점에서 빠름의 철학을 중시하는 삶에 브레이크를 밟으려는 다운시프트족의 확산 추세는 그 동안 숨가쁘게 달려오며 과속문화에 매몰되었던 우리들에게 신선한 자극과 충격으로 다가온다.

둘째, 적은 수입으로도 만족과 행복을 추구하려는 공감대를 환기시키는 중요한 척도이다.

유럽에선 2002년 한 해동안 1200만명이 급여를 삭감당하는 대신, 적은 근로 시간을 선택했다. 돈도 싫고 명예도 싫고 삶의 여유와 질(質)을 중시하는 다운시프트족의 생활패턴은 더욱 확대될 전망이다.

반면 우리 사회는 어떤가. 제동장치 없는 자동차를 과연 상상할 수 없듯이 브레이크 없는 초고속 삶의 곡예를 행하고 있지는 않은지도 반성해볼 일이다. 돈도 중요하겠지만 무엇보다도 미래의 삶의 질을 제고할 수 있는 한국형 다운시프트족 확산의 도래도 그리 멀지는 않을 것같다. 다운시프트족은 무사안일을 추구하는 사치집단이 결코 아니다. 자기만족적인 행복한 삶을 추구하고자 하는 집단이 아닐까.

셋째, 스트레스에서 벗어나고 싶은 것은 인간의 근원적인 욕망의 발로이다. AP 통신에 따르면 미국에서 스트레스를 가장 많이 받는 도시로 워싱턴주 항구도시 타코마가 불명예스럽게 선정되었다. 범죄발생율, 자살율, 실업율 등 여러가지 항목을 종합한 결과이다.

스트레스 공화국 오명 벗길

그렇다면 우리나라의 수도 서울은 어떨까. 높은 인구밀도, 숨막히는 교통지옥, 날로 증가하는 환경오염과 정치오염, 범죄발생률 등을 고려하면 서울도 스트레스의 강도가 파열점에 이른 우울한 도시 중의 하나일 것이다.

특히 최근엔 중산층 전문직 종사자들이 엄청난 스트레스를 받고 있다는 점은 매우 주목할만하다. 게다가 취업난을 반영하는 육이오, 오륙도, 사오정, 삼팔선, 이태백, 십장생 등의 신조어(新造語) 목록이 무더기로 쏟아져 나온 판이니 실업 공포로 야기된 '스트레스 공화국'의 오명에서 벗어날 길이 없다.

이런 점에서 다운시프트는 우리에게 사치와 환상만으로만 다가오지는 않는다. 다운시프트족은 스트레스를 받는 수많은 한국인들에게 느림과 여유의 미학(美學)을 일깨워 준다.

[조선일보 시론 2004년 2월 28일]

오늘을 잡아라!

　현대인은 물질문명의 울타리 속에서 허우적거리며 산다. 황금의 노예로 전락한 지도 오래다. 좋았던 옛 시절에 대한 지나친 집착과 향수를 가진 자는 현재의 변화와 개혁을 거부하기 마련이다.

　"…… 사람들을 지금 여기 '현실의 세계'로 불러 들이는 거야. 정말로 말이야. 현재가 중요한 것이거든. 과거는 우리에게 전혀 소용없지. 미래는 불안하기 짝이 없고 말이야. 오직 현재만이 현실적이지. 여기 그리고 지금. 오늘을 잡아야 되지."

　1976년 노벨문학상을 수상한 유태계 미국 작가인 소올 벨로우는 그의 대표작 『오늘을 잡아라』에서 탐킨 박사를 통해 충실한 오늘을 건설하라고 외친다. 현재의 성실함은 희망찬 미래의 밑거름이 되며 또한 아름다운 과거의 산실이 된다. 한번 흘러가버린 강물은 다시 되돌아오지 않는다. 오늘이라는 기회도 마찬가지다. 사람에게 기회는 항상 오는 것이 아니다.

　대개는 갑자기 찾아와서 눈 깜짝할 사이에 홀연히 사라진다. 따라서 어떤 일이건 내일로 미루지 말아야 한다.

안개처럼 사라지는 기회

　'이것이 기회일까?' 라는 예감이 들면 곧 착수해야 한다. 그리고 주저 없이 단단히 붙잡을 준비를 해야 한다. 내일로 연기하면 오늘의 기회는 안개처럼 사라진다. 준비하는 자에게 기회가 찾아오지 감나무 아래 앉아서 감이 떨어지기를 기다리면 이미 해는 서쪽으로 기울어 지고 있음을 알아야 한다.

그런데 만일 오늘의 기회를 놓치고 실패하여 실의와 좌절에 빠진다면 어떻게 될까. 망연자실하여 인생을 포기해야 할까. 아니다. 실망해서는 절대 안 된다. 오늘의 찬란함이 지나가 버렸다 해도 다른 기회는 얼마든지 다시 올 수가 있다. 영국의 명문 옥스퍼드 대학 졸업식 축사에서 윈스턴 처칠이 행한 단 두 마디 말은 '포기하지 말라' '결코 포기하지 말라' 였다.

요즘 우리 사회가 불안하다고 한다. 민심이 흉흉한 이 때에 위기의 오늘을 기회로 바꿔보자. 어제는 이미 다 써버린 수표, 내일은 약속어음, 오늘만이 사용이 가능한 현찰임을 인식하자.

옛 로마 시인들의 사상인 이른바 '카르페디엠' (오늘을 즐겨라)이란 말이 언제부터인가 우리나라 젊은이의 문화에 하나의 코드로 떠오르고 있지 않은가. 현재에 아니 바로 '여기' 그리고 '지금' 사는 것이 최선이다. 사람은 과거나 미래에 사는 것이 아니지 않던가. 남이 내인생을 대신 살아줄 수 있을까. 오늘의 기회를 꼭 붙잡자. 내 삶은 내가 오늘을 개척하며 성실히 살아가야 한다.

『발심수행장(發心修行章)』에서 원효는 현재적 인생의 중요성을 강조한다. "오늘이 끝이 없는데 나쁜 짓은 날마다 증가하고 내일이 끝이 없는데 선한 일 하는 날은 많지 못하며 금년 금년 하면서 번뇌는 한량없고 내년이 다하지 않는데 깨달음에 이르지 못하네."

사람의 육체는 풀과 같고 풀은 곧 마르고 꽃은 시들어 떨어지

기 마련이다. 그래서 오늘에 흠뻑 취해 성실히 살아야 할 이유가
존재하는 것이 아닐까.

'여기 지금' 사는 것이 최선

오늘의 기회에 눈을 뜨자. 조그마한 가능성이라도 보이면 마음
문을 활짝 열자. 하나의 기회를 잡아 적극 활용하면 더 나은 다
른 기회와 연결된다. 놓친 기회가 많으면 아쉬움과 후회를 하게
된다. 후회한 다음에는 아무런 소용이 없다. 가을과 겨울이 오고
있는데 여름이 가는 것을 멈추게 하기 위해 마른 잎을 나무에 풀
로 붙일 수는 없지 않은가. 때를 놓치면 다시 그 때는 오지 않는
법이다.

이제 죽은 과거는 죽은 채 매장하자. 살아 숨쉬는 오늘 이 시간
이 얼마나 남았는지 헤아려 보자. 잠자는 영혼은 죽은 것이고 시
간은 쏜 살 같이 흘러가는 법이다. 세월은 결코 사람을 기다려주
지 않는다. 오늘을 잡기 위해 분연히 일어나야 할 때이다. 현재
의 변화는 기회이다. 그것은 직접적이고 순간적이다. 한번 시작
되면 또 다른 변화로 이어진다.

그러니 과감히 도전하자. 첫 발이 중요하다. 다음 걸음을 사뿐
히 내딛어보자. 내일은 오늘이 만든다.

[인천일보 오피니언 2003년 11월 26일]

"남자 노릇 못해먹겠다"

남성 노릇 못해먹겠다?

얼마 전 노무현 대통령이 "대통령직 못해먹겠다"라고 말한 것이 유행어가 되어 있다. 이 말을 떠올리다보니 문득 연상되는 말이 있다. "남성 노릇 못해먹겠다"는 말이다.

언제부터인가 남성들 사이에 이 말이 부지불식간에 발설되어 이제는 거의 공감대가 형성되어 있다. 국제통화기금(IMF) 관리 체제 이후 우리 사회는 가정의 경제권이 남성에서 여성에게로 넘어가고 있다. 일례로, 급여가 은행통장으로 온라인 입금되기 때문에 정작 월급날에도 남성들은 우울하기만 하다. 급여 명세표만 달랑 들고 쓸쓸히 귀가해야하는 남성의 딱한 처지를 과연 누가 이해하랴.

가정의 경제권도 문제이지만, 성적(性的)인 영역에서도 여성은 이제 당당한 주체로 거듭나고 있는 듯하다. 남성의 성기능 장애로 인한 파경을 예방하기 위해 '남성증명서'가 '혼수품' 중의 하나로 급부상하고 있다는 소식이다. 이제 여성들은 남성들에게 스스로 성적 능력을 입증하도록 당당히 요구하고 있다. 이래저래 '남성 노릇 못해먹겠다'는 볼멘소리나 불평이 나올 만하다.

이처럼 경제권이나 성 개념에서 여성들의 힘은 갈수록 그 외연을 확대하고 있다. 따라서 모권사회 회귀화 흐름에 따른 새로운 문제는 없는지 살펴볼 일이다. 과거 모권사회에서 여성의 환심을 사기 위하여 남성은 화장을 했다. 요즘 그 모권사회의 퇴행적 흔적인 젊은 남성들의 화장 행위, 제왕절개 수술을 줄여 모체를 보호하자는 모권수호 퍼포먼스, 가족간의 대화가 점차 단절되는 상황과 맞물려 남자아이들의 여성화 등의 풍조는 바로 모권사회 회귀 경향과 무관하지 않다.

남자들이 설 자리가 갈수록 좁아지는 요즘, 오래 전 영국 작가 D. H. 로렌스가 말했던 수탉 같은 여성과 암탉 같은 남성 시대의 출현이 이미 한국 사회에 뿌리를 내리고 있는 건 아닐까. 이런 점에서 '남성 노릇 못해먹겠다'고 하소연하는 '고개 숙인' 남성들도 삶의 능동성이나 재미를 갖도록 해주는 지혜가 필요하다. 이것이야말로 남녀 공존사회의 윤리이자 예의가 아닐까.

[동아일보 독자칼럼 2003년 6월 7일]

산·학 협력 인문학 분야로 넓히자

대학과 산업체의 산·학연계 교육 프로그램은 성공적으로 운영되고 있는가. 문제의 심각성은 산·학협력이 전문기술 및 이공계 위주의 자연과학적 산·학협력만이 전부인양 진행되어 오고 있다는 데 있다. 이런 점에서 인문학적 산·학협력의 새로운 길과 대안을 시도적으로 제안하고자 한다.

첫째, 산·학협력에서 산의 개념을 넓혀 고아원, 노숙자 숙소, 교도소 등 소외되어 있는 사람들에게 인문학 교양강의를 하면 어떨까. 충분한 대화와 깊은 사색을 통해 논리적 사고와 이해를 고양시키는 이른바 '인문학적 멘토링 교육'은 이들이 재기하는 데 효과가 있을 것이다. 미국 작가 얼 쇼리스는 1995년에 논리학자, 예술비평가 등 인문학 교수 전문가들로 구성된 일종의 봉사단체인 '클레멘테 인문학 과정'을 조직해 17세 이상의 노숙자, 전과자, 마약 복용자 등을 대상으로 인문학을 가르쳐 오고 있다. 그럼으로써 대학 진학, 취업 등 직업교육 이상의 효과를 거두고 있다고 한다.

둘째, 기업 CEO(최고경영자)의 경영 철학에 인문학적 산·학협력의 신개념을 도입해보면 어떨까. 21세기 지식기반사회에서는 인문학적 상상력, 독창성, 윤리적 도덕성, 문제해결 능력 등을 두루 갖춘 인재가 요구된다. 기업이 대학의 인문학 교수들과 제

휴하여 폭 넓은 교육을 시행한다면 산·학협력의 일환이 될 뿐만 아니라 이에 걸맞은 인재를 확보하는데 도움을 얻을 수 있을 것이다. 인문학적 사고와 타협 과정은 상생의 노사 협력관계를 재정립하여 대화와 토론의 기업문화 조성에도 도움이 될 것이다.

셋째, 대학과 언론매체간 협력을 고려해보자. 출판사나 인터넷 매체가 운영하는 각종 잡지나 웹진에 인문학자들이 편집위원 또는 편집자문위원으로 참여한다면 인문학 교수의 사회참여 기회를 늘릴 수 있을 것이다. 산·학협력은 이제 단선적 기술협력이나 경영지도에서 한걸음 더 나아가 복합적 지식에 기반을 두고 추진해야 한다. 대학, 기업, 출판 매체와 온라인 매체, 더 나아가 언론 매체, 지방자치단체 그리고 국가기관 및 출연 연구소의 연구, 기술인력을 화학적으로 융합시킬 수있는 이른바 '산·학협력 지식정보 클러스터(집적) 네트워크' 구축을 진지하게 고려해 볼 것을 제언한다. 이 네트워크를 통해 기술적, 인문적 지식의 산출과 교육 그리고 활용을 극대화할 수 있지 않을까.

정부와 대학은 대학교육 발전을 위한 재정지원 및 교원 업적 평가에 인문학적 산·학협력활동을 적극 반영하고 장려해야 한다. 과거의 기술적 산학협력 체제 운영만으로는 미래를 주도할 수 없다. 최근 대통령 직속으로 소위 '인문정책자문위원회'를 구성하자는 인문학 학자, 문화 학술 시민 단체의 주장이 공식 제기된 가운데 인문학적 산·학협력의 필요성은 더욱 절실히 요구된다.

[한국경제신문 발언대 2003년 5월 9일]

'탈리타 쿰'의 희망을 쏘자

"그 것은 최고의 시대이자 또한 최악의 시대였다. 지혜와 우둔의 시대요 신념과 불신의 시대였다. 빛과 어둠의 계절이었고, 희망의 봄인 동시에 절망의 겨울이기도 하였다. 우리 앞에는 모든 것이 갖추어져 있었지만 동시에 아무것도 갖추어져 있지 않았다. 우리 모두는 똑바로 천국을 향해 가고 있는 것처럼 보이기도 하고 또 반대쪽인 지옥을 향해 열심히 가고 있는 것처럼 보이기도 하였다."

19세기 영국 작가 찰스 디킨즈의 『두 도시 이야기』는 프랑스 혁명을 배경으로 당시의 시대상과 사랑을 그린 역사소설로서 시대의 이중 가능성을 위와 같이 묘사하고 있다. 우리 사회가 극심한 몸살을 앓고 있다. 지난 3.1절 대중집회는 이념으로 갈라진 대한민국의 현주소를 극명하게 보여주었다. 3.1절 행사가 갈라져 치러진 것은 해방이후 미 군정 치하 1946년에 좌우익 진영이 각각 집회를 개최한 이후 처음이었다. 또한 국군의 이라크전 파병 문제로 찬반 양론이 첨예하게 맞서고 있어 국론 분열 양상을 띠고 있다.

모든 것이 절망적 이지만
이러한 이중 가능성의 시대에 최근엔 국내 3위의 대기업인 SK

그룹의 1조 5천여 억원 규모의 분식회계가 들통나 주가가 폭락하고 환율이 급등하면서 우리 경제를 강타하고 있다.

일부 기업과 개인들은 '달러 사재기'에 나서고 있다. 게다가 지난 달 27일 한국은행이 내놓은 '2003년 2월 중 국제 수지 동향'에 따르면 우리 나라의 경상수지가 97년 외환위기 이후 처음으로 3개월 연속적자를 기록하고 있다.

한국 경제는 총체적 어려움에 직면하고 있다. 제 2의 경제위기가 현실로 다가오고 있다는 우려의 목소리도 들려온다. 국내에선 유가와 채소류 가격을 중심으로 생활물가가 가파르게 오르면서 서민가계를 압박하고 있다. 여기다 북한 핵 위기는 고조되고 미국과 이라크 전쟁으로 인해 무고한 인명 피해가 속출하고 있다.

이러한 모든 것이 절망적으로 보인다. 그러나 이럴수록 불만을 만족으로, 불행을 행복으로, 위기를 기회로 반전시켜야만 하지 않을까. 이른바 '탈리타 쿰'의 희망의 공을 하늘을 향해 쏘아보자.

성서는 예수가 회당장 야이로의 딸이 병들어 죽었다고 사람들이 와서 말했을 때 슬픔에 잠겨있는 가족과 사람들을 보며 죽은 아이의 손을 잡고 '탈리타 쿰'('소녀야 일어나라'는 뜻의 아람어)의 기적을 행하면서 야이로의 12살 배기 딸을 살렸다고 기록하고 있다.

그렇다. 하늘이 무너지고 땅이 꺼져도 다시 일어나는 '탈리타 쿰'의 희망을 가지자. 움추렸던 죽음의 겨울을 이제 희망과 소생의 봄으로 바꾸어보자. 우리 민족의 유구한 5천년의 역사를 보면 지금보다 더 어려운 수난의 시대도 있었다. 우리 선조들은 절망에 굴하지 않았고 꿋꿋한 정신으로 끈질긴 삶의 자세를 견지하여 온갖 난관을 극복해오지 않았던가.

출범한 지 겨우 한 달이 지난 새 정부의 앞날의 성패는 국민에게 희망을 주느냐 여부에 달려있다고 해도 과언이 아니다. 벌써부터 대통령 측근비리설 의혹이 일고 있다. 개혁을 통해 '깨끗한 정부'를 지향하는 참여정부가 아닌가. 5년 후 퇴임하는 노무현 대통령과 그 권력 상층부가 역사 흐름에서 진정으로 '크고' '으뜸'이 되려 한다면 국민을 섬기고 국민에게 봉사하려는 공복(公僕)의 정신을 항시 잃지 말아야 한다.

'위기'가 곧 '기회' 아닌가

성군이라고 일컬어지는 세종대왕 치하에서도 어두운 절망의 시기가 없었던 것은 아니지 않은가. 역대 왕조와 비교하여 상대평가를 해보니 성군이 되지 않았겠는가. 세종대왕 같은 성군이라는 평가는 아니더라도 역사에 길이 남을 대통령이라는 평가를 받은 역대 대통령이 유감스럽게도 우리 나라엔 없었다.

그래서 지금 홍역을 치르고 있는 이념적 갈등과 국가적 위기도 5년 뒤에는 "그 시대는 가장 훌륭한 시대였고 믿음의 시대였으며 광명의 계절이었고 희망의 봄이었으며 우리 앞에는 모든 것이 열려 있었고 우리 모두는 천국을 향해 나아가고 있었다"라는 평가를 받는 국운 융성의 희망의 시대로 바뀌기를 바란다. 대통령 본인은 훗날 위대한 지도자였다는 소리를 듣고 싶어하겠지만 국민들은 그러한 소리를 간절히 더 듣고 싶어한다.

[인천일보 오피니언 2003년 4월 10일]

전문대 살리는 길

원서 접수 마감을 앞두고 있는 전국 대부분 전문대의 평균 경쟁률이 지난해에 비해 크게 하락해 위기감이 증폭되고 있다. 1970년도에 26개 전문학교에 5800여명의 학생 수로 출발한 전문대는 지금은 158개 대학에 재학생이 60여만명에 이르고 입학정원도 전체 고등교육기관의 40%에 달하고 있다.

지원자 급격히 줄어 위기

전문대가 지원자 급감 현상을 보이고 있는 원인은 무엇일까.

첫째, 2002학년도 대학수학능력시험 지원자는 73만9129명이었는데 반해 2003학년도에는 67만5759명으로 줄어들어 올해에만 무려 6만 3370명이 감소했다. 이러한 학생 부족 현상은, 지난해 7월 1일 현재 총인구 대비 청소년 인구 비중이 사상 처음으로 26% 초반대로 급감한 현상과 맞물려 한동안 지속될 전망이다. 이 같은 맥락에서 올해 4년제 대학과 치열한 입시 생존경쟁을 벌어야 하는 전문대는 신입생 유치에 사활을 걸 수밖에 없는 상황이다.

둘째, 전문대의 정체성 위기이다. 출산율 감소로 한두 명의 자녀를 갖게 된 학부모들과 수험생들은 2~3년제 전문대보다 4년제 대학을 선호한다. 또 올해 전국 173개 4년제 대학의 편입생 모집인원만 5만9000여 명이다. 매년 치열한 편입학 경쟁률을 고려한다면 대재(졸)자를 포함해 수많은 전문대 졸업생(졸업예정자)들이 지원하는 셈이다. 전문대학생들조차 정체성 부재로 인해 4년제 대학으로 편입학 하려는 현상은 아직도 뿌리깊은 학력 중심 사회의 편견이 만연한 우리 사회의 자화상이 아닐까.

셋째, 그동안 전문대 응시자의 주류를 형성했던 실업고 출신 고교생들의 다수가 4년제 대학 수시 모집에서 지난해에 비해 합격률이 평균 3배 이상 증가했기 때문이다. 정원 미달 사태를 우려한 4년제 대학들이 신입생 유치의 일환으로 학생 모집난 등으로 고사 위기에 처한 실업계 고교 출신자들에 대한 문호를 대폭 확대해 일찌감치 실업고에 눈길을 돌렸기 때문이다.

넷째, 교육인적자원부의 무분별한 대학 설립 인·허가이다. 그동안 서울 이외 지역에서 많은 대학들이 신설되다보니 입학자원은 갈수록 감소하는데 비해 입학정원은 상대적으로 늘어났다. 상황이 이러니 지난해 전문대의 정원미달 인원은 2만3000여명이었고 올해에는 이보다 훨씬 증가할 것으로 예상된다.

사정이 이렇게 절박하다면 새로운 기로에 서있는 전문대학의 위기를 타파할 대안을 진지하게 모색하고 실천에 옮겨야 하지 않을까. 첫째, 전문대는 4년제 대학과는 차별화된 고유의 특성화된 분야를 집중 육성해야 한다. 창학 이념, 소재 지역 산업체와의 연계, 국가의 전략적 육성 핵심 분야 등을 고려해 특화해야 한다. 또 취업 경쟁률이 높고 사회적 수요가 뚜렷한 특성화된 분야를 내실 있게 운영하고 양질의 교육 서비스 제공을 통해 전문대 입지를 강화해야 한다. 전문대가 설 땅이 갈수록 좁아지면 일본의 단기 대학처럼 점차 문을 닫게 된다.

둘째, 대내외 홍보를 대폭 강화해야 한다. 전문의 브랜드 가치를 제고할 수 있는 외부 홍보 못지않게 내부 홍보도 대단히 중요하다. 학생들로 하여금 학교에 대한 주인의식을 갖도록 해 떳떳한 자신과 학교를 타인에게 당당히 홍보할 수 있는 정체성 확립을 유도해야 한다.

대학간 '짝짓기'로 활로 모색

셋째, 전문대 간의 '짝짓기'이다. 인수 · 합병을 통해 각 기업이 생존의 활로를 필사적으로 모색하듯이 각 지역 대학 간에 통합이나 실질 교류를 통해 경쟁력을 제고해 살길을 적극 찾아 나서야 한다. 이렇게 뼈를 깎는 고통의 노력이 수반되지 않는다면 수많은 전문대들이 무더기 도산하는 비극적 상황의 도래도 배제할 수 없다.

넷째, 정부와 국회는 작금의 전문대 위기를 간과하지 말고 계속교육과 평생학습교육이 보장되는 제도적 보완과 필요한 행정 · 재정적 지원 등 특단의 배려를 아끼지 말아야 한다. 특히 전문대에 대한 사회적 인식 제고 노력에 전문대와 연계하여 긴밀한 협조가 이루어져야 한다. 끝으로 노무현 대통령 당선자가 상징적으로나마 어느 한 전문대의 입학식과 졸업식에 참석해 사기진작과 관심을 보여주면 어떨까. 간판보다는 능력을 중시하는 실사구시 정신의 토착화야말로 노 당선자의 대국민 공약사항이지 않았던가.

[조선일보 시론 2003년 2월 8일]

무료 영어 평생학습센터 세우자

　우리나라에서 '영어열풍'은 '광풍'과 다름없다. 한 해 동안 어학연수를 떠나는 학생들이 약 10만명으로 추산되며 향후 그 숫자는 계속 증가할 것으로 예상된다. 연수기간에 1인당 평균 1000만원을 사용한다면 연간 1조원에 가까운 어마어마한 돈이 어학연수에 투입되는 셈이다. 특히 조기영어와 관련된 사교육 시장규모는 연간 6조원에 이르고 있다. 그렇다면 학부모들의 천문학적인 사교육비 지출을 억제할 수 있는 묘안은 없을까.

　무료 영어 평생학습센터 건립이 그 대안이 될 수 있다. 각 지방 자치단체가 일체의 수강료 부담 없이 공부할 수 있는 영어학습센터를 세우면 어떨까. 연중무휴로 상시 운영하여 주민 누구에게나 교육혜택이 돌아가게 하면 된다. 가장 중요한 강사진 구성은 전원 원어민으로 채용하자. 그래서 보다 실질적이고 알찬 영어학습이 되도록 하자.

　각 지자체는 자매결연이나 기타 교류협력 관계에 있는 영미권 도시에 강사채용에 관한 협조를 구할 수 있다. 해당 외국 도시의 초·중·고교 교사를 대상으로 이른바 '대한민국 교환교사 프로그램'을 가동하여 실력이 검증된 교사를 초빙하면 된다. 또한 주한 미국·영국·캐나다·호주 등 대사관에 협조를 의뢰할 수도 있다. 1961년 존 F 케네디 미국 대통령이 주창하여 태동한 '평화봉사단' 처럼 각 나라에서 소위 '영어교육 봉사단'을 모집하여 우리나라에 파견하는 방법도 모색해 볼 수 있지 않을까.

지자체에서는 최첨단 교육기자재와 원어민을 적극적으로 활용해서 주민들에게 수준 높고 체계적인 양질의 영어교육서비스를 실시해야 한다. 또 영어학습센터에서 무료로 훈련을 받은 우수한 인적 자원은 대규모 국제 행사나 해당지역 관광명소 안내, 그리고 정부나 지자체의 영문 홈페이지 구축 등에 무급으로 자원봉사하게 하자.

주민복지 및 세계화 차원에서 지금 당장 무료 영어 평생학습센터 건립을 진지하게 고려할 때다.

[조선일보 독자칼럼 2002년 5월 11일]

로봇이 '영어수재'를 만든다니

지난 한 달 전부터 지금까지 각 중앙 일간지에 실린 영어학습 관련 광고 중에서 일부 광고 내용이 조기특기교육 열풍에 편승하여 겨울방학을 맞이한 자녀들을 둔 학부모들을 현혹하는 과장광고여서 이에 대한 세심한 주의와 각별한 대책이 요청된다.

과장광고는 절박한 학부모들의 심리를 이용하는 경우가 대부분이다. 자녀들이 유창하게 영어로 의사소통하는 능력을 갖추기를 바라는 학부모들의 조급한 심리를 부채질하여 올 겨울방학엔 자녀를 영어수재로 만들 수 있다는 과장광고가 그 대표적인 사례이다.

특히 짧은 기간에 영어 학습효과를 극대화시킬 수 있다는 광고 내용은 어불성설이다. 불과 한두 달 만에 입에서 영어가 터져 나와 감격의 순간을 경험한다든지, 학습의지가 고양된 학습자들은 약 반년만 지나면 원어민 수준의 영어대화가 가능하다든지 하는 과장광고에 학부모들은 빠져들기 십상이다.

또한 요즘엔 음성인식 로봇을 이용한 영어학습 신문광고가 눈에 띈다. 로봇을 활용한 학습효과가 검증되지 않은 채 로봇과 하루 두 시간 정도의 학습만으로도 무한대의 효과를 체험한다든지, 일년 후에는 원어민과 유창하게 직접 대화하는 것을 공개 확인시켜준다든지 하는 광고문안도 초조한 학부모들의 귀를 솔깃

하게 한다. 로봇과의 대화를 통한 무한대 효과의 개념 정의와 기준이 불투명한 상황에서 영어학습자의 기본적인 소질과 능력은 천차만별인데도 누구나 열 배 이상의 학습효과를 볼 수 있다는 일방적 광고내용은 그 과장의 포장 정도가 위험수위이다.

이와 같이 과열 양상의 조기 영어교육 시장에서 과장광고가 횡행하여 학부모나 학생 등에게 선택의 판단을 흐리게 하여 결과적으로 유·무형의 막대한 피해를 입히게 되지 않을까 우려된다.

이번에 관계당국은 불공정 허위·과장 표시광고에 대해 강력한 규제를 해야 한다. 그러나 가장 중요한 것은 영어교육 시장 수요자들의 현명한 판단과 선택이다. 최근 언론보도를 통해 조기영어교육의 실상과 허상을 접한 수많은 학부모들이 상대적 박탈감을 느끼고 있는 이때에 지나친 상업주의를 지향하는 과장광고는 지양되어야 한다. 아울러 모든 사람들이 공감할 수 있는 객관적 근거가 없는 허위·과장광고 과신은 절대 금물임을 명심해야 하지 않을까 싶다.

[한겨레신문 독자칼럼 2002년 1월 21일]

미래위한 영어 투자 막을 일인가

[10일자 오피니언면(A6) 여론마당에 게재된 조진수 한양대 교수의 "'묻지마 영어투자' 나라 망친다"는 제목의 기고에 대해 고재경 배화여대 교수가 반론을 제기해 왔다. 토론의 활성화를 위해 고 교수의 글을 싣는다.]

조진수 교수의 글 내용에 수긍하는 면이 없지 않지만 '묻지마 영어투자'의 이상 열풍에 대한 심각한 폐해 가능성에 대해 두 가지 점에서 의견을 달리 한다.

첫째, 조 교수는 모든 국민이 영어 열병에 걸려 망국의 근인이 될 수 있다고 주장했다. 그런데 영어 공부에 과도하게 투자한다고 나라가 망할까. 우리는 학교와 직장 생활을 통해 무슨 일을 하든지 투자한 만큼 과실을 거둬야 그 일이 성공한 것이라고 들어왔다. 오히려 열정과 각오를 가지고 영어에 대한 투자와 학습을 권장해야 하지 않을까 싶다.

영어 학습의 폭발적 열풍을 제대로 이해하기 위해 다음의 예를 들어 보겠다. 국내에서는 대학 영문과를 졸업하고서도 외국인과 영어로 온전히 의사를 소통하기 힘든 것이 현실이다. 더구나 외국대학원으로 유학 간 사람이 전공 분야에 대해 논리적으로 영어 에세이를 쓰기가 힘들다는 사실을 나의 유학생활을 통해 뼈저리게 느꼈다. 외국에서 열리는 학술 발표회나 국제회의, 세미나, 그리고 외국 바이어와 상담할 때 상대방의 말을 잘못 이해해 동문서답하는 해프닝을 어떻게 설명할 수 있을까.

이런 사정을 잘 아는 학생이나 학자, 기업인, 학부모들이 어렸을 때부터 영어 공부에 매달려 실력 향상을 꾀하려는 것은 자신이나 자녀들의 미래를 적극적으로 준비하기 위한 의도라고 생각한다. 따라서 어린이부터 직장인에 이르기까지 영어공부 열풍에 빠져 나라를 망칠 수 있다는 주장은 침소봉대식 발상이라고 하지 않을 수 없다.

둘째, 조 교수는 정부가 직접 대다수 국민의 맹목적인 영어 열풍을 잠재우도록 노력해야 한다고 말했다. 자본주의 사회에서 정부가 과연 모든 사람의 사적 학습권에 관여하면서 과도한 영어 학습 열병을 치유할 수 있을지 의문이다. 국민의 다양한 선택권과 학습 욕구를 국가가 획일적으로 통제할 수 있다는 발상은 일종의 파시즘이 아닐까.

조 교수가 지적했듯이 현대사회는 모든 국가가 치열한 경제전쟁을 치러야 한다. 세계무대에서 영어 능력을 배양해야 하는 이유가 여기에 있다. 이렇게 급변하는 시대적 조류에 능동적으로 대처해야 할 때 중요한 점이 정부가 영어 학습 열풍을 진화하는 것일까? 시대 조류에 맞추려면 오히려 국민이 자유 시간을 적극 활용하고 투자해 영어 학습을 극대화해야 한다. 나아가 정부가 각자의 영어에 관한 소질과 잠재력을 개발해 코스모폴리탄적 시민의식 수준을 갖추도록 제도적으로 뒷받침하고 학습 환경을 조성해야 하지 않을까 생각한다.

국내에서 영어를 사용할 기회가 거의 없기 때문에 과도한 영어 투자는 바람직하지 않다는 조 교수의 지적도 설득력이 없다. 당장은 영어로 말할 일이 없어도 내일을 준비하는 것이 교육이다.

[동아일보 여론마당 2001년 4월 13일]

'落葉歸根'의 교훈 새기자

벽에 달랑 붙어 있는 마지막 한 장의 달력을 보면서 마치 '마지막 잎새'처럼 측은스럽기도 하고 한편으로는 도덕적 분노의 느낌을 감출 수가 없는 요즈음인 것 같다.

'제2의 외환위기'가 오는 것이 아니냐는 우려의 목소리가 나오고, 올해의 대졸 취업문은 그 어느 해보다도 더욱 좁아졌다는 우울한 보도도 나오고 있는 실정이며, 최근에는 금융권 구조조정 문제로 노·사 양측이 합의를 도출하지 못하여 결국 금융노조의 무기한 총파업으로 이어져서 얼어붙은 국민의 마음을 더욱 꽁꽁 얼게 하는 듯하다.

우리 사회의 이러한 사회·경제적 위기감의 불안한 확산 현상 배후에는 이른바 '낙엽귀근'의 자연 이치를 망각하고 역행한 우리 사회 일부에도 그 이유가 있기도 하다.

때가 되면 나뭇잎들이 제 스스로 땅에 떨어져 뿌리로 돌아가 새 생명의 태동을 위한 밑거름으로 쓰이도록 하는 대자연의 섭리를 다시한번 알게 해주는 작금의 시기는 그동안 번잡한 일상에 파묻혀 자연의 순리에 무감각하였던 우리들에게 새삼 소중한 의미를 일깨워준다.

굳이 성서에 나오는 비유를 거론하지 않더라도 하나의 밀알이 땅에 떨어져 썩지 않으면 새로운 생명의 탄생 가능성을 기대할 수 없음은 그 누구도 부인하지 못한다. 소위 '파괴와 창조'의 순환적 자연 법칙도 예외는 아니다. 새로움은 낡은 것의 파괴를 통해 창조된다는 역사적 교훈은 곱씹어 볼만한 진리이다.

마찬가지로 떨어진 낙엽은 땅에서 썩어야 하며 그렇게 함으로써 땅을 기름지게 하여 옥토로 만들어 '새로운 봄'을 맞게 되는 것이다. 만약에 떨어진 잎사귀들이 썩지 않으면 그것들은 모두 수거되어 불태워져서 아무 짝에도 쓸모가 없어지게 되고 결국은 몇 줌의 재로만 황량히 남는다. 척박한 박토에서 아름다운 과실을 수확하기를 기대할 수는 없는 것이다.

난마처럼 뒤얽혀 있는 한국 사회현상에도 '낙엽귀근'의 오묘한 이치가 반추되어야 할 것 같다. 우리 사회 주변에 잠시 눈을 돌려보면, 야심한 밤에 불빛만을 찾아 날아드는 '부나방' 같은 일부 몰지각한 정상배들과 무책임한 관료들 그리고 부도덕한 기업인들의 추한 모습을 볼 수도 있다. 이는 결코 마르지 않고 결코 채워지지 않는 권력욕 추구라는 시대적 풍조와 긴밀히 맞물려 있지는 않은지 곰곰 생각해 볼일이다. 자연의 순리를 거역한 채 안분자족할 줄 모르고 오직 힘과 권세 그리고 부를 맹목적으로 좇기보다는 현재와 같이 나라가 어려울 때일수록 과도한 욕망의 사슬을 과감히 끊고자하는 내적·사회적 결단이 필요하다 하겠다. 이런 점에서 '낙엽귀근'이라는 정직한 자연의 원리에 순응하는 자세가 절실히 요구된다 하겠다.

이제 이러한 자연의 '자연스러움'을 더 이상 부정하지 말자. 3김으로 상징되는 구체제의 권위주의는 이제 더 이상 순리를 거역하며 욕망에 집착해서는 안된다. 그것은 자연법칙에 정면으로 배치되는 아둔한 행위이며 훗날 돌이킬 수 없는 나락의 심연에 빠질 수도 있는 반자연적 행위이기도 하다. 뿌린대로 거둔다는 것이 불교에서 말하는 업(業. 카르마)임을 명심해야 할 듯싶다

올 한해의 마감을 얼마 남겨 놓지 않은 이 시점에서 무엇보다 중요한 것은, '낙엽귀근'의 순리에 순응하면서 동시에 각자 모두가 마음 속에 새로운 생명의 태동과 아름다운 신화를 창조하기 위해 부단히 자신의 부족한 점을 연마하고, 더 나아가 장차 큰 것을 얻기 위해 나를 '죽이고' 타인에게 베풀며 타인의 '다름'을 존중해야 하지 않을까. 여기서 '장욕탈지 필고여지'(將欲奪之 必姑與之) - 장차 얻으려 하거든 먼저 남에게 주라 -' 라는 노자의 삶의 교훈을 빌릴만한 이유가 존재한다.

지난 한 해는 한 해이고 이제 새로운 한 해를 맞이하게 되니 흐트러진 평상심을 올바르게 회복해야 할 중대한 시기가 바로 나라 안팎으로 어려운 지금이 아닌가 싶다. 평상심이란, 조작이 없고 시비가 없고 취사(取捨)가 없고, 단상(斷想)이 없으며, 범부와 성인이 없는 것이 아니던가. 그래서 행여 있을법한 '落葉不歸根 (낙엽불귀근)' 현상의 역행적 퇴행성이 극복될 수 있다면 얼마나 좋겠는지를 생각해 보면 어떨까.

예나 지금이나 자연의 섭리는 인간의 바람직한 삶에 똑같이 적용되는 법이라고 생각한다.

[문화일보 충정로 칼럼 2000년 12월 23일]

'장충동 왕족발'
대법(大法)판결의 교훈

　얼마전, "누구나 '장충동 왕족발' 상호를 사용할 수 있다"는 대법원 판결은 세인들의 호기심과 관심을 끌기에 충분하였다.

　우리는 여기서 잠시 대법원 판결의 정당성 여부를 떠나 이번 판결이 시사하는 사회 문화사적 의의와 교훈을 우리 사회의 급변하는 시대적 조류와 연계하여 주목해 보아도 좋을 듯싶다.

　제일 먼저 생각나는 점은 이번 판결로 인하여 지금까지 '장충동 왕족발'이라는 간판을 내세우면서 누려왔던 기득권을 계속 주장하기가 사실상 불가능해진 이상, 이제 왕족발 제조업자들은 그 상표에 더 이상 연연하지 말고 보다 정갈하고 맛깔스러운 왕족발을 만들어 소비자들에게 맛으로 심판받아야 할 것이다. 한마디로 왕족발에도 시장경제의 논리가 적용된다는 것이다.

　그 다음 생각나는 점은 이제 누구든지 '장충동 왕족발' 상호를 사용할 수 있다는 판결의 의의는 우리 사회 깊숙이 뿌리내린 이른바 '간판주의'에 대한 일종의 경종을 울리는 신호탄이라는 것이다.

　그동안 왕족발 제조업자들은 지금까지 '장충동 왕족발'이라는 상표를 통해 그 인지도를 앞세워 나름대로 수익 극대화를 꾀해 왔을 것이다. 이와 같은 간판 중시 풍조는 비유적으로 우리 사회 곳곳에 독버섯처럼 차지하고 있는 학연, 지연, 혈연 등 '집단 간판'에 의한 사회 독과점과 불평등 현상을 초래한 것과 밀접히 연계될 수도 있다.

앞으로는 사회 구성원 자신의 사회적 지위가 진정한 실력과 능력에 의해 객관적으로 공정하게 평가되는 형태로 과감히 개선되어야 한다는 필연적 당위성을 이번 '장충동 왕족발' 판결이 암시하고 있다고 하겠다.

이제는 진정한 맛으로만 승부하는 '장충동 왕족발' 집만이 생존경쟁에서 살아남을 수 있게 되었듯이, 국내 대학 교수 채용시에도 간판에 구애되지 않고 연구업적이 탁월한 연구자들이 대학에 들어가 대학의 경쟁력을 제고시켜야 할 때라고 본다.

익히 아는 바와 같이, 우리나라 교수 채용에 소위 '동종교배'에 의한 모교 출신을 절대적으로 선호해온 것은 참으로 부끄러운 일이다. 우리나라 대학에도 선진국 대학의 치열한 연구 풍토의 표어 '출판할래, 아니면 사라질래 (publish or perish)'가 착근하기를 희망 해본다.

또 한편으론 4년제 대학 간판을 따기 위한 진학도 사라지길 기대한다. 실제로 4년제 대학 출신들이 전문대학으로 역편입하고 있는 현실을 보면서 시대의 변화 속도가 얼마나 빠른 지 실감할 수 있다.

'간판은 가라! 그리고 내실을 기하며 공정하게 경쟁하라!' 이번 '장충동 왕족발' 판결이 우리 모두에게 주는 사회문화사적 교훈이 아닐까.

[경향신문 포럼 2000년 11월 7일]

넝마주이나 훈장

2010년 3월 15일 초판인쇄
2010년 3월 20일 초판발행

지은이 : 고 재 경
펴낸이 : 이 혜 숙
펴낸곳 : 도서출판 신세림
　　　　100-015 서울특별시 중구 충무로5가 19-9 부성B/D 702호
등록일 : 1991. 12. 24
등록번호 : 제2-1298호
전화 : 02-2264-1972
팩스 : 02-2264-1973
E-mail : shinselim72@hanmail.net

정가 12,000원

ISBN 89-5800-094-5, 03810

* 잘못된 책은 구입하신 서점에서 바꾸어 드립니다.